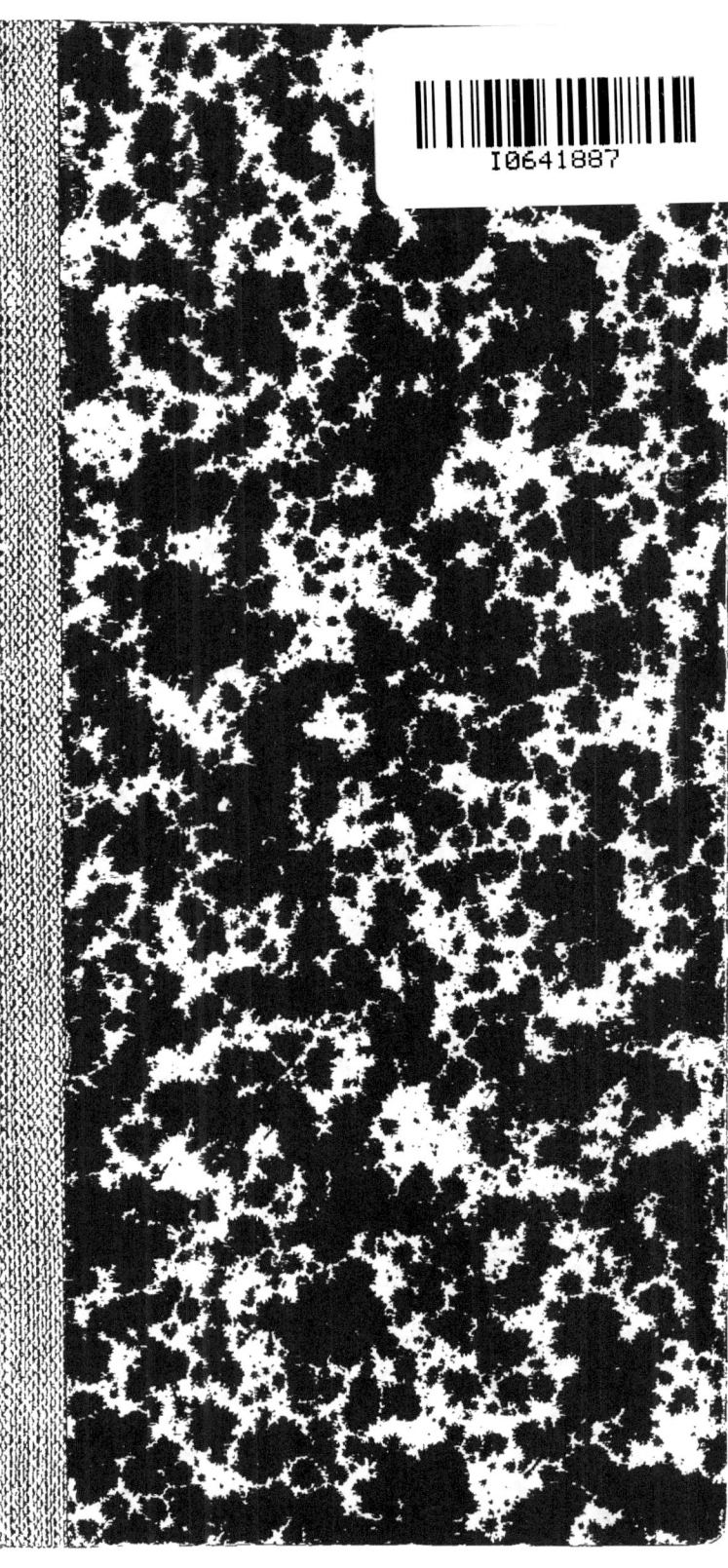

I0641887

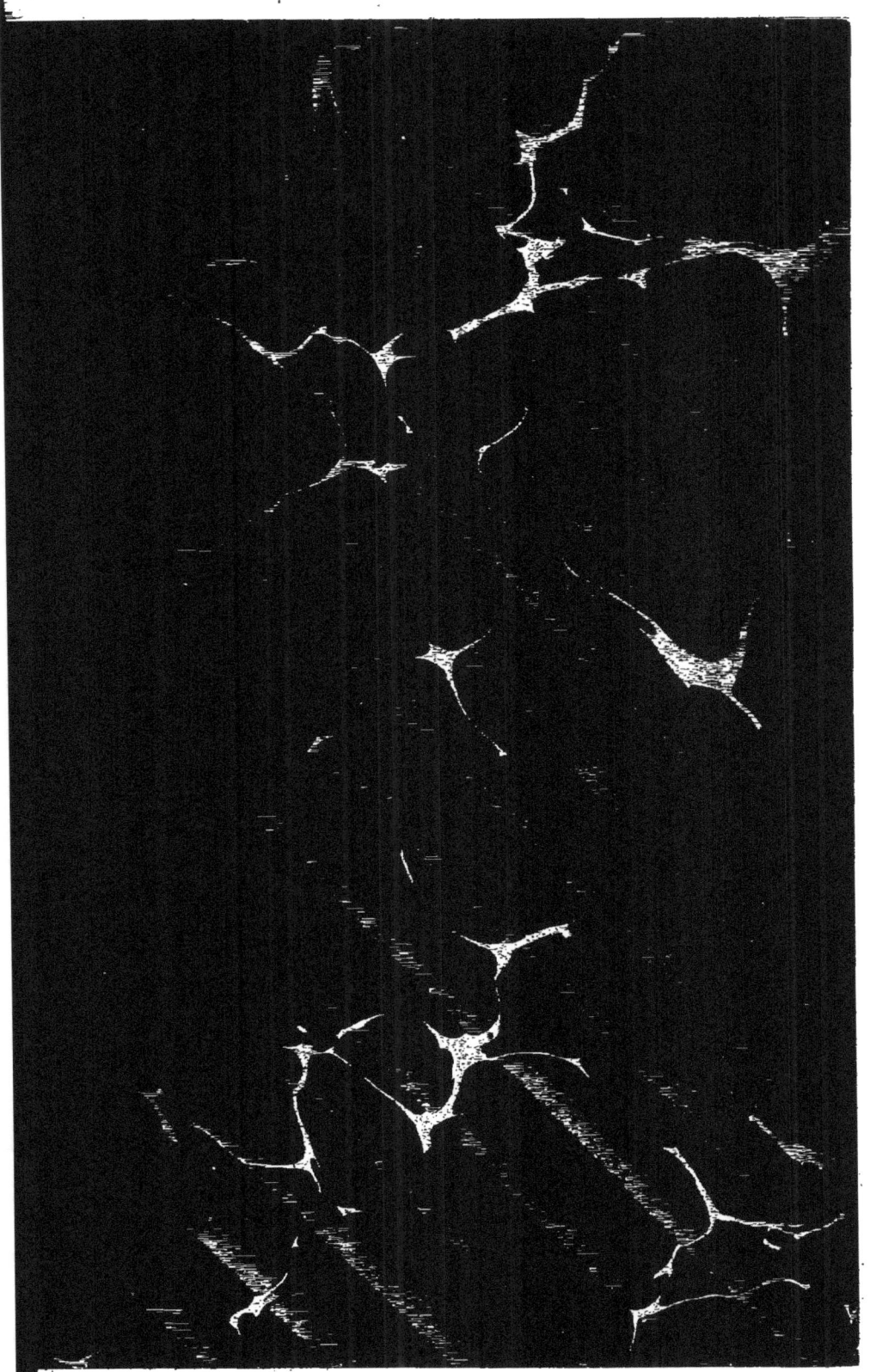

J. EBRABO

DEUXIÈME ÉDITION

LES VACANCES

DE

RIQUET ET MADELEINE

LA
VIE DES ENFANTS
EN AMÉRIQUE

TRADUIT DE L'ANGLAIS

PAR P.-J. STAHL ET DE WAILLY

BIBLIOTHÈQUE

D'ÉDUCATION ET DE RÉCRÉATION

J. HETZEL ET Cie, 18, RUE JACOB

PARIS

LES VACANCES

DE

RIQUET ET MADELEINE

LA

VIE DES ENFANTS EN AMÉRIQUE

RIQUET — LAFAINE — WILLIAM — MADELEINE — FRANCO

LES VACANCES

DE-

RIQUET ET MADELEINE

LA
VIE DES ENFANTS
EN AMÉRIQUE

TRADUIT DE L'ANGLAIS
Par P.-J. STAHL et DE WAILLY

DEUXIÈME ÉDITION

BIBLIOTHÈQUE
D'EDUCATION ET DE RÉCRÉATION
J. HETZEL ET Cie, 18, RUE JACOB
PARIS

PRINCIPAUX PERSONNAGES

MADELEINE, petite fille de New-York, envoyée à la campagne pour sa santé; âgée de six ans.

WILLIAM, son frère, collégien qui vient passer ses vacances avec Madeleine.

FRÉDÉRIC, surnommé *Riquet,* cousin de Madeleine; âgé de neuf ans.

Madame HENRY, mère de Riquet et tante de Madeleine et de William.

ANTOINE DELAFAINERIE, que les enfants ont surnommé, par abréviation, *Lafaine;* jeune garçon français, venant du Canada, et servant chez madame Henry.

MARY BELL, douce et aimable jeune fille, demeurant seule avec sa mère non loin de madame Henry; âgée de onze ans.

CAROLINE, jeune fille intelligente et bien élevée, habitant le village; âgée de douze ans.

LIEU OU SE PASSE L'HISTOIRE

Les scènes de ce récit se passent dans un vallon de la Franconie, dans l'Amérique du Nord, des derniers jours de l'hiver jusqu'aux premières semaines du printemps.

A l'entrée du vallon se trouve une grande maison de campagne, puis, en remontant au-delà, de nombreuses fermes.

SCÈNES

DE

LA VIE DES ENFANTS

EN AMÉRIQUE

I

RIQUET

La terre était encore toute blanche de neige, lorsque la petite Madeleine arriva chez sa tante Henry; et comme elle relevait de maladie et que le vent du nord ne cessait de souffler, plusieurs jours se passèrent sans qu'on trouvât prudent de la laisser sortir.

Un soir enfin, le vent tomba, et le lendemain matin il faisait si chaud et si bon, que Madeleine, en s'approchant de la porte qui donnait sur la terrasse du sud, dit que, s'il n'y avait pas tant de neige par terre, on pourrait vraiment se croire en été.

— Il n'y a pas de neige sur la terrasse, dit sa tante Henry, et si cela te plaît, ma chère mignonne, tu peux sortir et aller t'y asseoir.

Madeleine répondit que cela lui ferait grand plaisir.

La terrasse du sud était chaude et bien abritée. Elle était placée derrière la maison et donnait sur le jardin. Au-delà du jardin se trouvait un verger, puis, après le verger, on voyait des rochers à pic et de hautes montagnes. La terrasse avait une toiture qui était soutenue par des piliers; puis aussi des marches sur le devant qui descendaient dans la cour.

Lorsque Madeleine eut dit qu'elle aimerait à aller sur la terrasse, madame Henry lui chercha son chapeau, ainsi que son manchon et sa pèlerine. Madeleine lui dit qu'elle ne pensait pas avoir besoin de son manchon, car il faisait très-chaud. Pourtant, elle le prit à la main. Sa tante lui apporta aussi des bottines de laine garnies de fourrure, et les lui mit aux pieds.

— Oh! que ces bottines sont chaudes et bonnes! dit Madeleine.

Alors sa tante alla placer un fauteuil dans le

coin de la terrasse le mieux exposé au soleil, puis elle revint chercher Madeleine.

— Veux-tu que je te porte, dit-elle, ou bien préfères-tu marcher?

— Je crois que je marcherai, dit Madeleine. Puis après un moment d'hésitation elle ajouta : Pourtant, si cela ne doit pas trop vous fatiguer, j'aime mieux que vous me portiez.

Sa tante la prit entre ses bras, la porta sur la terrasse et l'assit dans le fauteuil.

— Maintenant, tata, il me faut Franco, si vous voulez bien me l'apporter, dit Madeleine.

La bonne madame Henry rentra pour chercher Franco.

Franco était un petit chien qui avait le corps, les oreilles et la queue de couleur fauve, avec le museau et le cou tout blancs. Il était tout juste de la couleur d'un lion d'Afrique, à l'exception du cou et du museau; c'était à cause de cela que Riquet, le cousin de Madeleine, avait voulu qu'on le nommât Lion.

Mais celle-ci avait lu dans un livre l'histoire d'un chien nommé Franco. Riquet dit alors qu'il ne tenait pas beaucoup à ce qu'on l'appelât Lion, car, au fond, il croyait que le chien deviendrait noir en grandissant; Lafaine le lui avait dit.

Lorsque madame Henry déposa Franco sur la

terrasse, il parut fou de joie de retrouver son amie Madeleine, et courut vers elle en gambadant et en remuant la queue, avec des sautillements et des contorsions qui exprimaient toute sa joie.

— Tata, faut-il que je garde mes mains tout le temps dans mon manchon ? dit la petite.

— Oh, non, dit madame Henry, pas si elles sont assez chaudes sans cela. Si tu as trop chaud, détache ta pèlerine, ou bien même ôte-la. Puis, lorsque tu auras froid, tu pourras la remettre. Arrange-toi pour être bien confortable, mon enfant, c'est tout ce que je te demande. Lorsque tu seras fatiguée d'être ici, tu pourras rentrer ; ou, si tu as besoin de quelque chose, frappe à la vitre et je viendrai.

Madame Henry s'en alla alors et laissa Madeleine dans la compagnie de Franco.

Franco s'assit sur la terrasse devant Madeleine et la regarda bien fixement.

— Franco ! fit Madeleine.

Franco répondit en battant la terre avec sa queue. Puis il resta bien tranquille, penchant la tête de côté et d'autre, comme un oiseau, toujours en regardant Madeleine bien en face, avec l'expression la plus comique du monde.

— Saute ici, Franco, dit Madeleine.

En disant ces mots, elle toucha ses genoux, pour faire comprendre à Franco que c'était là qu'il devait sauter.

Franco sauta donc sur ses genoux ; alors elle vit qu'il n'y avait pas place pour lui et pour le manchon.

— Je me ferai un oreiller de mon manchon, dit-elle.

Elle plaça son manchon dans le coin derrière sa tête ; car elle était assise dans un coin du grand fauteuil. Elle y appuya la tête et trouva son oreiller fort doux. Puis, elle reprit Franco sur ses genoux. Franco coucha sa tête sur le bras de Madeleine, ferma les yeux et s'endormit.

Le jardin et les champs étaient tout blancs de neige. Les rochers et les montagnes escarpées l'étaient aussi. Madeleine parcourut des yeux toute la surface de la neige, dans le jardin, pour tâcher d'y découvrir la place des allées ; mais elle n'y put parvenir. La neige était trop épaisse.

Elle put seulement deviner où étaient les allées principales, en voyant les rangées de groseilliers, les pêchers et les poiriers. A sa droite, il y avait aussi un berceau couvert d'une vigne, et elle supposa qu'il devait y avoir une allée pour y conduire.

— Je serai contente lorsqu'il n'y aura plus de

neige, dit-elle, et que je pourrai me promener dans ce beau jardin.

Puis elle se remit à regarder Franco ; elle aimait à l'avoir sur ses genoux. Elle se demandait si vraiment, comme l'avait dit Lafaine, il deviendrait un chien noir ; puis, si cela était, comment cela se ferait. Elle pensait que peut-être il changerait au milieu de la nuit, et qu'un matin elle le trouverait tout noir ; ou bien encore que le changement aurait lieu en plein jour, pendant qu'elle jouerait avec lui, ou tout au moins pendant qu'elle le regarderait.

Puis elle se mit à considérer si elle l'aimerait autant tout noir que tel qu'il était. Elle se dit que oui, pourvu qu'il fût d'un noir de jais et bien luisant.

Juste à ce moment, Madeleine regarda la côte, qui se trouvait au-delà du jardin et du verger, et là, parmi les rochers et les arbres, elle vit remuer quelque chose de noir qui paraissait traverser un grand espace de neige. Bientôt elle distingua que c'était un petit garçon qui portait une perche à la main.

— En vérité, je crois que c'est Riquet, dit-elle.

Riquet était son cousin.

Riquet, car c'était lui, continua de descendre jusqu'à ce que Madeleine put le voir bien distinctement. Il monta sur un rocher qui avançait et lui cria :

— Madelon ! Madelon ! viens donc par ici.

Madeleine n'aurait pas pu crier assez fort pour se faire entendre de Riquet, elle se borna donc à secouer la tête et à rester tranquille. Franco se leva, dressa les oreilles, écouta et parut tout excité.

Au bout d'une minute, Madeleine entendit Riquet, qui criait encore.

— Si tu ne peux pas venir, disait-il, ne pourrais-tu pas au moins prier William de m'accompagner pour chercher nos harpons?

Madeleine lui fit signe que non.

Riquet attendit quelques minutes; puis, voyant que Madeleine ne bougeait pas, il dégringola des rochers et disparut bientôt, caché par les arbres du verger et par la haie du jardin.

Avant peu, Madeleine le vit enjamber la haie, puis ensuite traverser le jardin, car la neige, quoique fort épaisse, était si dure qu'on pouvait très-bien marcher dessus. Lorsqu'il fut arrivé devant le jardin, il escalada la barrière; il ne pouvait pas l'ouvrir, car tout le bas était enterré dans la neige.

— Pourquoi n'as-tu pas dit à mon cousin William de venir? demanda Riquet.

1.

— Oh! cela ne m'était pas bien commode, répondit Madeleine.

— Bon! au fait je n'y tenais guère, dit Riquet, puisque, de toute façon, j'étais obligé de venir chercher mon traîneau.

Alors, Riquet recula de quelques pas dans la cour, et, levant les yeux vers une fenêtre du second étage, il appela son cousin William. Il l'appela très-fort et à plusieurs reprises, mais personne ne répondit.

— Je ne crois pas qu'il soit dans la maison.

— Si fait, il y est, dit Madeleine; je l'ai vu monter.

— Je vais voir, dit Riquet.

La fenêtre qu'avait regardée Riquet était assez étrange. Elle s'ouvrait jusqu'à terre, et donnait sur une sorte de balcon, entouré d'une balustrade en forme de veranda, qu'on avait bâti tout contre la maison. Les personnes qui étaient dans la chambre pouvaient ouvrir la fenêtre, sortir sur le balcon et s'y tenir. C'était un charmant endroit lorsque le temps était beau. Le balcon reposait sur deux piliers fort longs et fort minces qui allaient jusqu'à terre. Afin de soutenir la vigne et les plantes grimpantes qui croissaient au pied, on avait planté à égale distance les unes des autres des chevilles de bois tout le long de ces piliers. Riquet se servait quelquefois de ces chevilles en guise d'échelle, et préférait grimper de cette façon chez son voisin, à faire le tour par l'escalier. Il commença donc l'escalade.

Arrivé au haut du pilier, et au moment d'enjamber la balustrade, il s'arrêta et regarda Madeleine qui était en bas; car, de l'endroit où elle était assise, elle pouvait le voir, à la condition de se pencher en avant et de dépasser le coin du mur.

— Mais, Riquet, cria-t-elle, tu vas tomber!

— Oh! que non! dit Riquet, je suis monté comme cela plus de cent fois.

En disant ces mots, il passa par-dessus la balustrade, ouvrit la fenêtre, entra, puis Madeleine le perdit de vue. Elle savait bien pourtant qu'il était entré dans la chambre de son frère William.

Au bout de quelques minutes, la fenêtre se rouvrit, il reparut et se mit à enjamber la balustrade comme s'il allait redescendre. Lorsqu'il fut à moitié chemin du pilier, Madeleine lui demanda ce que William avait dit.

— Il dit qu'il viendra voir sur le balcon, dit Riquet.

William sortit à l'instant. C'était un jeune garçon plus âgé que Riquet; ses cheveux étaient châtains, ses yeux bruns, et l'expression de sa figure était fort intelligente et fort bonne. Madeleine le trouvait très-beau, mais c'était peut-être un peu parce qu'elle l'aimait beaucoup. Nous sommes tous portés à trouver beaux ceux que nous aimons, et c'est pour cela que ceux qui veulent qu'on les trouve beaux doivent faire en sorte qu'on les trouve aimables.

— Il fait assez bon aujourd'hui, fit William, en regardant le ciel.

— Oh ! oui, dit Riquet, il fait un temps magnifique ; je viens de monter là-haut sur les rochers, et les oiseaux y chantaient : d'ailleurs, il fait chaud comme en été.

— C'est bien, dit William, j'irai. Nous aurons besoin d'une hache : cherche-la, sois prêt, et je viens dans quelques minutes. En disant cela, William rentra dans sa chambre ; mais, au moment où il disparaissait, Riquet lui cria : William, puis-je prendre mon traîneau ?

— Oui, dit William.

— Et puis-je demander à Lafaine de venir avec nous ?

William hésita un instant, puis dit : — Non.

— Eh bien ! Madeleine alors ? demanda Riquet.

— Non, dit William, en branlant la tête.

— Franco ? dit Riquet.

— Oui, dit William, tu peux prendre Franco, si Madeleine le veut bien.

— A la bonne heure, dit Riquet avec satisfaction ; puis il alla chercher son traîneau.

Au bout d'un instant, il revint en le tirant vers l'endroit où Madeleine était assise ; il avait attaché la hache avec une corde sur le traîneau.

— Ici, Franco ! dit Riquet.

Franco s'éveilla en sursaut, s'élança des genoux de Madeleine, et courut vers Riquet.

— Finis donc, Riquet, dit Madeleine d'un ton dolent, pourquoi as-tu appelé Franco ?

— Tiens ! mais parce qu'il vient au bois avec nous, répliqua Riquet. William a dit que nous pouvions l'emmener.

— Non, dit Madeleine, William a dit qu'il pouvait y aller si je le voulais bien, et moi je ne le veux pas. Je veux qu'il reste avec moi.

— Oh ! non, dit Riquet, laisse-le venir avec nous. Je sais que je verrai un écureuil, ou peut-être bien un lapin ou un renard, et je lui apprendrai à chasser.

— Non, dit Madeleine, je ne veux pas qu'il apprenne à chasser.

— Et puis, ajouta Riquet, je t'apporterai des perce-neige.

— Je ne crois pas qu'il y ait des perce-neige, dit tristement Madeleine d'un ton de doute.

— Oh! que si, il y en a beaucoup, je n'en doute pas, dit Riquet. Il y avait des machines vertes, qui poussaient sur les rochers, là-haut où tu m'as vu, et je suis sûr qu'il y a beaucoup de perce-neige au fond du bois. Je t'en apporterai en masse.

Riquet disait toutes ces choses avec beaucoup de rapidité et d'entrain.

Madeleine, qui était faible et fatiguée, se lassa de discuter avec lui, quoiqu'elle ne se souciât pourtant pas de laisser partir Franco ; elle l'appela, mais il était si hors de lui à la vue de Riquet et du traîneau, et à l'idée d'une expédition, qu'il ne voulut pas venir. Alors Madeleine rejeta sa tête en arrière sur son manchon avec une sorte de désespoir, tandis que Riquet s'en allait en tirant son traîneau, et en lui disant : — Je te le ramènerai dans une heure ou deux, Madelon ; puis, aussi je te rapporterai des tas de perce-neige. Il courut alors vers le chemin des pâturages, tandis que Franco, enchanté d'aller quelque part, n'importe où, gambadait et bondissait autour de lui.

Il y avait une grande barrière placée entre la

cour derrière la maison et le chemin des pâturages ; cette barrière était ouverte, car en hiver
on ne la fermait jamais. Riquet grimpa jusque
sur le haut d'un des poteaux et s'y assit pour attendre William. Franco l'attendait à terre, assis
près du traîneau.

— C'est bien, Franco, dit Riquet ; toi, garde le
traîneau et la hache, et moi je guetterai William.

Franco battit deux ou trois fois la neige de sa
queue pour montrer qu'il acceptait la fonction
qu'on lui confiait, puis il se mit à veiller.

II

ANTOINE LAFAINE.

Madeleine était toute désappointée et toute
triste de voir partir Franco. Elle craignait qu'il
ne se perdît dans les bois. Pourtant, elle se mit
bientôt à songer à autre chose, et finit par oublier
complétement ses chagrins.

La bonne et douce chaleur du soleil qui donnait
sur elle, ainsi que l'air frais et printanier, la ranima
au point qu'elle se sentit toute gaie et tout heureuse. Elle retira son manchon du coin où elle
l'avait placé pour en faire un oreiller, et le posa
par terre à côté d'elle, puis elle s'assit tout droit
dans sa chaise sans oreiller. Un moment après,
elle ôta sa pèlerine et la coucha sur son manchon.

— J'ai envie de faire une petite promenade, se
dit-elle. Elle se leva donc et se mit à se promener
le long de la terrasse, et, tout en marchant, elle
se parlait ainsi :

— Quelle belle journée, et comme tout est
tranquille ! Chut ! j'entends un petit bruit : c'est
sans doute la neige qui commence à fondre, ou
bien est-ce un pivert ? Je voudrais bien savoir si
Riquet verra un pivert là-bas dans les bois. Ah !
mon Dieu ! je voudrais bien que Riquet n'eût pas
emmené Franco.

Entre le jardin et la terrasse où se promenait
Madeleine se trouvait une jolie petite cour ; le
soleil y brillait très-fort et avait tout à fait fondu
la neige du côté de la maison, de sorte que Madeleine pouvait voir les sentiers tracés sur l'herbe ;
mais l'herbe n'était pas encore verte : Madeleine
se demandait quand elle commencerait à reverdir.

Voyant que la terre était bien sèche, elle descendit les marches et se mit à s'y promener. Bientôt elle remarqua un chemin de planches qui bordait un des côtés de la cour, et, comme elle n'était pas sûre d'avoir bien fait de marcher sur la terre, elle monta sur les planches bien sèches et bien chaudes, avec l'intention d'y continuer un peu sa promenade.

Le petit chemin de planches menait à la cour où l'on faisait sécher le linge. Madeleine continua sa route dessus, passant entre des rosiers et des lilas d'un côté et le mur d'un hangar de l'autre. Elle arriva ainsi devant une porte qui donnait dans ce même hangar. La porte était fermée, mais Madeleine était décidée à l'ouvrir pour voir ce qu'il y avait à l'intérieur. La serrure était si haute qu'elle pouvait à peine y atteindre ; elle parvint pourtant à appuyer son doigt sur le loquet, et la porte s'ouvrit.

Madeleine regarda à l'intérieur, et vit que c'était en effet une sorte de hangar ; il n'y avait pas de plancher, et la terre était couverte de petits copeaux. En face de la porte par où Madeleine regardait se trouvait une autre énorme porte à doubles battants, toute grande ouverte, si bien que la petite fille put voir au travers du hangar jusque dans une autre cour.

Il y avait dans le hangar bien des choses qui captivèrent l'attention de Madeleine; il y avait un chevalet pour scier les bûches, puis un tas de bois tout auprès. Comme Madeleine se demandait où pouvait être la scie, elle leva les yeux et l'aperçut bien soigneusement accrochée au mur, entre deux poutres. Elle vit beaucoup d'autres outils, tous rangés en bon ordre; puis aussi des courroies et des harnais, ainsi que deux grandes peaux de buffle qui étaient suspendues à des chevilles de bois.

Lorsque Madeleine eut bien regardé toutes ces choses, elle crut entendre le bruit de quelqu'un qui fendait du bois dans la cour, au-delà du hangar. Elle écouta.

— Qui est-ce qui peut donc fendre du bois? se dit-elle, je crois vraiment que c'est Lafaine. Puis elle écouta encore : mais comme d'écouter le bruit d'une hache ne fera jamais découvrir qui est le bûcheron, Madeleine prit le parti d'aller voir par elle-même. Elle traversa donc le hangar jusqu'à la grande porte qui était ouverte en face d'elle. Elle regarda dans la direction d'où venait le bruit, mais un grand tas de bois l'empêchait de voir celui qui travaillait. Elle pensait bien que ce devait être Lafaine, et elle voulait aller le trouver; mais ce n'était pas chose facile, car la neige cou-

vrait toute la partie de la cour qui se trouvait
entre elle et le tas de bois, ainsi que tout le côté
du tas qui était vers elle, et elle savait qu'elle ne
devait pas marcher sur la neige.

— Je l'appellerai, se dit-elle, et sur-le-champ
elle se mit à crier de toute sa force, qui n'était
pas bien grande :

— An-toi-ne ! Jo-ny !

Antoine ne l'entendit pas tout d'abord, car le
bruit qu'il faisait avec sa hache l'en empêchait.
Mais, au bout d'un instant, il posa sa hache pour
retourner sa bûche : Madeleine cria de nouveau.
Alors il entendit sa voix et fit immédiatement le
tour du tas de bois pour voir qui l'appelait.

Antoine était un grand garçon d'environ douze
ans, Français, né au Canada. Il portait une petite
calotte noire garnie d'un gland ; il tenait sa hache
à la main.

—Ah ! mademoiselle Madeleine, dit-il, j'ai bien
l'honneur de vous souhaiter le bonjour.

— Je voudrais aller où vous êtes, dit Madeleine.

— Volontiers, répondit Antoine. Que préférez-
vous ? marcher ou aller en voiture ?

— Tiens, mais aller en voiture, fit Madeleine.

— Et quel genre de véhicule choisissez-vous ?

— Que voulez-vous dire ? reprit Madeleine.

— Mais je veux savoir quel est le genre de transport que vous préférez. Voulez-vous aller en coupé, en calèche, en charrette ou en traîneau ?

Il faut qu'on sache qu'Antoine, — ou Lafaine, comme l'appelaient souvent les enfants, — était toujours à dire ou à faire des choses qu'ils trouvaient drôles, et que, lorsqu'ils étaient avec lui, ils comptaient toujours s'amuser. Madeleine hésita donc un moment, puis se décida à aller en traîneau : elle pensait que ce serait plus sûr pour passer sur la neige d'être dans quelque chose de très-bas. Elle dit donc : En traîneau.

— Et avec quel attelage ? demanda Antoine.

— Qu'est-ce que cela veut dire ? dit Madeleine.

— Oui, par quoi voulez-vous être traînée ? par des bœufs, par un cheval, par' une locomotive, par un ours ? dit Antoine.

— Voyons, — par un ours, lui dit Madeleine.

— C'est bon, dit Antoine, en disparaissant derrière le tas de bois.

Madeleine attendit quelques minutes; mais, ne le voyant pas revenir, elle commençait à se demander ce qu'il était devenu, lorsque tout à coup elle entendit derrière elle un grognement d'ours. Elle se retourna et vit Antoine tout enveloppé dans une peau d'ours, qui venait doucement à quatre pattes en grognant.

— Ah! c'est vous, Lafaine! s'écria Madeleine en riant; j'ai presque cru voir un vrai ours.

Lafaine rejeta sa peau d'ours et se releva; puis il alla chercher de l'autre côté du hangar un vieux plateau pareil à ceux qu'on emploie pour servir le thé. Il était hors de service, et à la maison on l'avait jeté; mais Lafaine l'avait mis de côté, pensant que tôt ou tard il trouverait moyen d'en tirer parti. Il l'apporta donc, et, l'ayant posé sur la neige, il y fit asseoir Madeleine en lui disant que c'était là son traîneau. Le plateau était très-grand, de façon qu'elle y était bien à son aise.

Lafaine chercha une courroie, et l'ayant attachée à la poignée du plateau, il la tint solidement : puis, enveloppé de la peau d'ours, il se mit à traîner Madeleine en marchant à quatre pattes sur la neige, et en grognant tout le temps comme une bête féroce.

Ce petit voyage en traîneau fut une distraction agréable pour la pauvre petite malade.

Le côté du tas de bois que Madeleine avait d'abord vu était couvert de neige, mais l'autre côté était chaud et en plein soleil. Lafaine la traîna en passant sur les copeaux, vers un bon coin bien abrité où elle pouvait s'appuyer sur une bûche bien lisse, puis, ayant jeté sa peau d'ours noir sur le bois, il retourna à son ouvrage.

— Merci, merci, Lafaine, lui dit Madeleine, tout en défripant un peu sa robe, que la course avait chiffonnée.

Madeleine s'accouda sur la bûche que Lafaine lui avait préparée.

— Oh ! que cet arbre est donc lisse ! s'écria-t-elle.

C'était une bûche de hêtre, et l'on sait que l'écorce du hêtre est fort lisse.

— Lafaine, dit-elle, j'ai bien envie que vous m'organisiez un siége avec la peau d'ours.

— Avec plaisir, mademoiselle Madeleine, mais à la condition que vous me raconterez ensuite une histoire.

— Mais je ne sais pas d'histoire, dit Madeleine.

— Oh ! que si, dit Lafaine, une toute petite histoire pour me distraire pendant que je travaille.

Tout en causant, Lafaine arrangeait le siége de Madeleine. Il appuya un bout d'une petite planche sur le bord de la bûche de hêtre, et sous l'autre il mit deux morceaux de bois pour la soutenir et en faire un vrai petit banc. Puis il étendit la peau d'ours sur le siége et sur la bûche, en guise de coussin bien chaud et bien doux. Madeleine put s'y accouder tout comme sur le bras d'un fauteuil. A vrai dire, la bûche était si bien couverte et cachée par la peau, que personne n'eût deviné que ce n'était pas un bon canapé.

Lorsque le siége fut terminé, Madeleine s'y assit, et appuya la tête contre les bûches d'en haut, en ayant soin de se faire un oreiller de son manchon. Lafaine se remit alors à son ouvrage.

Madeleine réfléchit quelques minutes en silence, puis se chanta tout bas une petite chanson : Lafaine, ayant fini de fendre sa bûche, se retourna et lui demanda ce qu'elle pensait de son siége.

— Je l'aime beaucoup, dit Madeleine, c'est assurément un excellent fauteuil; seulement la peau d'ours est bien noire et bien ébouriffée. Mais dites donc, Lafaine, j'ai envie que vous alliez demander à ma tante Henry si je puis venir ici.

— Mais vous y êtes déjà.

— Je le sais bien, mais je crains que ma tante ne soit pas contente que je sois venue.

— Que si, elle sera contente, dit Lafaine, j'en réponds. C'est un charmant endroit; car, voyez-vous, je n'ai qu'à placer mon bois comme ceci, et tous les copeaux s'envolent de l'autre côté.

Mais Madeleine était si inquiète de s'être tant éloignée de la terrasse où on l'avait installée,

qu'elle persuada à Lafaine d'aller obtenir l'assen-
timent de sa tante. Lafaine, étant dans la maison,
descendit au cellier et en rapporta une grosse
et belle pomme qu'il comptait offrir à Madeleine à son retour; en attendant, il mit la
pomme dans sa poche; mais quand il revint au
hangar, il l'oublia.

S'étant remis à l'ouvrage, il commença à fendre, au moyen de coins, les bûches qu'il venait
de scier; en même temps il ne cessait de causer
avec Madeleine, de la façon la plus amusante; il
lui racontait des histoires et la faisait rire conti-
nuellement.

Parfois il venait s'asseoir à côté d'elle pendant
quelques minutes pour causer, ou bien il discu-
tait avec des écureuils ou des ours qu'il faisait
semblant de voir sous le tas de bois, puis encore
il chantait des chansons. Les chansons étaient
généralement de vieux airs français, qu'il avait
appris chez lui lorsqu'il était enfant, et auxquels il accommodait des paroles anglaises, qu'il
inventait au fur et à mesure pour amuser Madeleine.

Comme il était assis près du bois, il lui fit aussi
une poupée. Pour la faire, il prit une branche
d'arbre, qui avait deux petites brindilles, qu'il
coupa à la longueur convenable pour en faire des

bras; puis deux autres brindilles placées plus bas servirent de jambes.

Enfin Madeleine le pria de lui raconter une autre histoire.

Lafaine commença ainsi :

HISTOIRE DE GOLGORONDO.

Il y avait une fois un géant, un grand géant, il avait l'air très-laid, une figure effroyable et un gros bâton noir. Il vivait dans une caverne.

— Je ne veux pas une de ces histoires-là, dit Madeleine; je n'aime pas qu'on me parle de géants, cela me fait trop peur.

— Bah! cette histoire ne vous fera pas peur. Celui-ci était un bon géant.

— Mais vous avez dit qu'il était laid, reprit Madeleine.

— J'ai dit qu'il avait l'*air* d'être laid, voilà tout. C'est bien différent.

— Comment s'appelait-il? demanda Madeleine.

— Son nom, — voyons, — son nom était — Golgorondo.

— Je ne crois pas qu'avec ce gros nom-là il pût être bon, dit Madeleine, en remuant la tête avec un air de doute.

— Si fait, il l'était, repartit Lafaine en se retournant pour regarder Madeleine très-sérieusement ; c'était un excellent géant.

— Alors qu'avait-il besoin de ce gros bâton noir ?

— Cela avait seulement l'air d'être un bâton. C'était creux, et il y avait quelque chose à l'intérieur. Il pouvait dévisser la poignée et le retirer comme on retire la lame d'une canne-épée.

— Et qu'y avait-il à l'intérieur ? demanda Madeleine.

— Il y avait une longue et belle plume.

— Est-ce que ce géant vivait en France ? dit Madeleine.

Elle supposait que Golgorondo devait vivre en France, parce que les parents de Lafaine en venaient et que presque toutes les histoires qu'il racontait avaient trait à ce pays.

— Oui, il vivait en France, dans les Pyrénées, répondit Lafaine.

— Y a-t-il encore beaucoup de géants en France ?

— Non, dit Lafaine, l'Empereur les a tous tués à Waterloo.

— J'en suis bien aise, dit Madeleine, quoique cela ait dû leur faire un peu de mal.

— Un jour, le vieux Golgorondo était assis à

l'entrée de sa caverne, il avait la fièvre et il avait
bien soif. Passa un petit garçon avec un bonnet
rouge sur la tête. — « Bonnet-Rouge, Bonnet-
Rouge, dit Golgorondo, j'ai la fièvre et j'ai soif;
voudrais-tu prendre ce pot, aller à la source, et me
le rapporter tout plein d'eau fraîche ? — Je ne
puis guère y aller maintenant, dit Bonnet-Rouge,
j'ai envie d'aller jouer ! — C'est bon, passe ton
chemin, dit Golgorondo. »

Ensuite vint une jeune fille qui avait un ruban
vert à son chapeau. — « Ruban-Vert, Ruban-
Vert, dit Golgorondo, j'ai la fièvre et j'ai soif;
prends ce pot, va à la source, et rapporte-moi de
la bonne eau fraîche ! — Vous me faites peur !
dit Ruban-Vert, vous êtes si laid. Je me sauve.
— C'est bon, passe ton chemin, dit Golgorondo. »

Bientôt après arriva un autre petit garçon, qui
portait un bonnet bleu. — « Bonnet-Bleu, Bonnet-
Bleu, dit Golgorondo, j'ai la fièvre et j'ai soif;
prends ce pot, va à la source, et rapporte-moi de la
bonne eau fraîche ! — Oui ! dit Bonnet-Bleu, je le
ferai. » Alors il prit la cruche, alla à la fontaine,
et rapporta au géant de la belle eau claire.

Lorsque le géant eut tout bu, Bonnet-Bleu lui
demanda s'il en voulait encore. « Encore un pot, dit
Golgorondo. » Bonnet-Bleu retourna à la source et
lui rapporta encore un pot d'eau. Golgorondo lui

dit alors : « Je serai guéri cette nuit ; viens me voir demain, et je te récompenserai d'avoir été me chercher deux fois de l'eau à la source. »

— Est-ce qu'il guérit vraiment? dit Madeleine.

— Oui, et le lendemain Bonnet-Bleu revint.

— Et qu'est-ce que lui donna le géant?

— Il lui donna un vase magique, dit Lafaine, un vase magique en argent. Il rentra chez lui et ouvrit une porte de fer construite dans les rochers qui servaient de murs à sa caverne. Là se trouvait une sorte d'armoire ou de cabinet plein de trésors. Il en tira un magnifique vase d'argent posé sur une espèce de soucoupe et fermé par un couvercle ; les côtés étaient ornés de charmantes figures ciselées en argent. Pour ôter le couvercle, on le tenait par un bouton qui représentait un beau petit chien ; puis, un peu au-dessous, sur les côtés du couvercle, étaient sculptés un chasseur et un lièvre.

Le géant dit à Bonnet-Bleu que c'était dans le chasseur et le lièvre que gisait tout le charme, et qu'avec ce vase il pourrait obtenir tout ce qu'il voudrait, pourvu qu'il fût bon poète. Il fallait fermer le vase et le tenir sur ses genoux, composer un vers où il serait question du chasseur ou du lièvre, puis ensuite faire sa demande dans un second vers qui devait rimer avec le premier. Il pouvait dire par exemple :

« Noble chasseur d'argent, qui sais chasser le lièvre,
Une poire en ton vase et tu guéris ma fièvre. »

Puis, ouvrant le vase, il trouverait la poire à l'intérieur.

— Vrai, il la trouverait? demanda Madeleine.

— Oui, à ce que dit l'histoire ; car Bonnet-Bleu prit le vase, le mit sur ses genoux et dit :

« Noble chasseur courant un lièvre dans la mousse,
Accorde-moi, de grâce, une poire bien douce. »

— Tiens, mais il changea la poésie, dit Madeleine.

— Oui, repartit Lafaine, il ne se la rappelait pas au juste ; mais le géant lui avait dit que cela ne faisait rien, pourvu que les vers fussent de vrais vers. Dès que Bonnet-Bleu eut répété ces deux lignes, il ouvrit le vase et trouva dedans une grosse poire bien mûre et bien juteuse. Le géant était toujours resté assis à la porte de son antre.

— Que je voudrais donc avoir un vase comme ça, dit Madeleine.

Bonnet-Bleu mangea sa poire ; puis il en désira

2.

une seconde : il remit donc le couvercle sur le
vase, et dit :

« Noble chasseur d'argent, sans que je te courrouce,
Accorde-moi, de grâce, une poire bien douce. »

Puis il ouvrit le vase et il n'y trouva rien.
« C'est manqué ! dit Golgorondo ; un même vers
ne peut pas servir deux fois le même jour, il faut
que tu composes de nouveaux vers.
Bonnet-Bleu réfléchit un moment, puis il dit :

« Noble chasseur d'argent, n'ayant pas de quoi boire,
Il me faut, cette fois, et la pomme et la poire ! »

— Eh bien ! eut-il la pomme et la poire ?
— Oui, dit Lafaine, mais cette poire n'était pas
tout à fait aussi grosse que l'autre. Bonnet-Bleu
la mit dans sa poche avec la pomme, et remercia
le géant pour son vase.

Il en était enchanté et il l'emporta sous son
bras. Lorsqu'il revint à la maison, il le montra à
sa sœur, et ils essayèrent tous les deux de faire de
nouveaux vers, mais ils trouvèrent que c'était
très-difficile. Enfin ils composèrent ceux-ci :

« Salut, chasseur d'argent, le plus adroit des hommes,
Un morceau, s'il te plaît, d'un bon pâté de pommes. »

— Dites, eurent-ils un morceau de pâté de pommes? demanda Madeleine.

— Ils obtinrent un pâté entier, répondit Lafaine, un pâté tout entier, aussi grand que le vase pouvait le contenir; et sur la croûte il y avait des chiens, des chevaux, des chasseurs parfaitement faits.

— Oh! quel bon vase! dit Madeleine, que je voudrais donc en avoir un tout pareil! Est-ce que cette histoire est vraie, Lafaine? ajouta-t-elle, après un moment de réflexion.

— Vraie! dit Lafaine, c'est la vérité tout juste, aussi juste que le manche de ma hache.

— Mais le manche de votre hache est-il un peu juste au moins?

— Oh! quant à ça, il a un *tic* d'un côté, dit Lafaine.

Madeleine réfléchit un peu, se demandant ce qu'il voulait dire par là; puis, renonçant à comprendre, elle dit :

« Mais l'histoire est-elle vraiment et sûrement vraie? Je ne crois pas qu'il puisse y avoir un pareil vase?

— Voudriez-vous en avoir un?

— Oh! oui! dit Madeleine! je commencerais par demander une grosse pomme pour la faire cuire.

— Je suis tout juste assez magicien pour pouvoir vous la procurer, dit Lafaine.

Alors il s'agenouilla à côté de Madeleine qui était assise. « Je vais vous trouver une pomme, dit-il, sous cette bûche. » Il en recouvrit soigneusement le bout avec la peau d'ours, puis il ordonna à Madeleine de mettre ses deux doigts l'un contre l'autre sur ses genoux et de les regarder bien attentivement, tandis qu'il dirait les paroles magiques.

Madeleine n'ôta pas les yeux de ses doigts, pendant que Lafaine récitait, moitié chantant, moitié parlant, les lignes suivantes :

> « Sous le rondin de hêtre vert,
> Regardez bien, ô Madeleine ;
> A vous le bien, à moi la peine ;
> Riquiquenquaine et tra-la-laire »

Lafaine souleva un peu la peau d'ours et dit à Madeleine de regarder ; elle aperçut couchée sur les copeaux une magnifique pomme de reinette. Elle coula sa main par l'ouverture que lui avait ménagée Lafaine, et retira la pomme.

Il lui conseilla de ne pas la manger tout de suite, mais de la garder pour la faire cuire en rentrant à la maison.

Bientôt Madeleine se leva en disant qu'il était bien temps pour elle de rentrer. Le vrai, c'est qu'il lui tardait de faire cuire sa pomme.

Lafaine la remercia du plaisir que lui avait fait sa longue visite, et lui promit que, la première fois qu'elle reviendrait le voir, il lui montrerait quelque chose.

— Que me montrerez-vous donc?

— Oh! je ne le sais pas encore au juste, dit Lafaine, je vous ferai un cheval ou une balançoire, au choix.

— A la bonne heure, dit Madeleine, d'un ton de grande satisfaction.

Comme elle n'avait plus envie d'aller en traîneau, Lafaine la porta dans ses bras pour traverser la neige et la déposa dans le hangar. Madeleine s'en retourna à la terrasse par le même chemin de planches, et, tout en marchant, elle se disait à demi-voix ce qui suit :

« Je ne crois pas que l'histoire soit vraie. Je ne crois pas qu'il puisse y avoir un pareil vase. Chasseur d'argent, lièvre d'argent, riquiquenquaine, tra la lair, chasseur d'argent, poire douce. Madeleine, Madeleine, regardez bien sous le rondin de hêtre vert. »

En fredonnant ces mots, elle ouvrit la porte et rentra dans la maison.

Madeleine avait bien raison de croire que l'histoire n'était pas vraie.

Lafaine l'inventait à mesure, pour l'amuser; et quant à la pomme sous la bûche, c'était tout bonnement celle qu'il avait dans sa poche. Il avait profité du moment où Madeleine regardait ses doigts pour la laisser tomber dans une ouverture, et de là elle avait roulé jusque sous la bûche de hêtre où la petite fille l'avait trouvée.

Ce soir-là, comme ils montaient se coucher, Madeleine commença à raconter à Riquet l'histoire de Golgorondo. Ils s'arrêtèrent sur le palier pour la finir et s'assirent sur la dernière marche. Madeleine raconta très-bien tous les événements de l'histoire, mais elle ne put pas se rappeler exactement les vers. Elle dit que le premier était : — « Noble chasseur d'argent qui chasses le lapin, » mais elle ne savait plus ce qui venait après.

Riquet dit qu'il pariait que cela devait être ainsi :

« Noble chasseur d'argent qui chasses le lapin,
Que j'obtienne une pomme, et j'y mets le grappin. »

Les enfants rirent aux éclats de ces suppositions poétiques, puis ils allèrent se coucher.

III

L'EXCURSION DANS LA NEIGE.

Pendant que Madeleine jouait dans la cour et écoutait les histoires que lui contait Lafaine, ainsi que nous l'avons vu dans le dernier chapitre, William et Riquet commençaient leur expédition en prenant le chemin des pâturages où diverses aventures les attendaient. La route qu'ils suivaient partait de la cour derrière la maison et, après avoir traversé tout un ravin escarpé, aboutissait aux pâturages ; c'est à cela qu'elle devait son nom. Ces pâturages comprenaient une grande étendue de vallées et de collines de l'aspect le plus varié. Il y avait des bosquets, des fourrés, des pentes gazonnées, puis des fonds marécageux où se pressaient les plus beaux arbres des forêts. On y rencontrait également des anfractuosités de montagnes garnies de sapins depuis le haut jusqu'en bas, des précipices rocheux, et des pics hardis, qui tous contribuaient à augmenter la grandeur du paysage.

En été, tout paraissait frais et verdoyant dans ces solitudes; mais, au moment dont il s'agit, quoique le feuillage des sapins serrés sur le flanc des montagnes parût d'un vert plus foncé qu'en été, les autres arbres montraient leurs branches dépouillées, et la terre était presque partout recouverte d'un grand drap de neige durcie. Bien qu'elle eût deux ou trois pieds d'épaisseur, la neige était si ferme le matin, avant que le soleil eût commencé à la faire fondre, qu'on pouvait y marcher comme sur un plancher.

Les deux enfants allaient au bois pour y chercher de longues perches, dont ils comptaient faire ce que Riquet nommait des harpons. On devait enfoncer une pointe de fer dans le bout de la perche; mais pour empêcher le bois de se fendre, il fallait commencer par l'entourer solidement d'un anneau qu'on faisait glisser jusque vers la pointe. Les harpons ainsi fabriqués étaient employés au moment des crues du printemps après la fonte des glaces; on se tenait au bord de la rivière sur un petit quai, et là on s'en servait pour accrocher et attirer à soi les bûches, les planches, les troncs d'arbres enfin, tout ce que les eaux amenaient.

La rivière faisait un coude non loin du quai ou

petit port où se tenait Riquet pour harponner les bois flottants, et tout juste au-dessous de l'embouchure d'un ruisseau. Ce coude renvoyait naturellement le courant et tout ce qui surnageait vers l'autre bord, où était Riquet, harpons en main. Quand l'eau était haute, elle couvrait complétement le quai, et par les très-fortes crües elle arrivait presque au pied du grand chêne, près de la grille qui menait à la rivière. Lorsqu'il en était ainsi, Riquet se mettait sur la terre au bord de l'eau, ou bien sous l'arbre; parfois encore, plus bas sur le rivage vers la droite, enfin, du côté où il voyait arriver le bois flottant. Lorsque le butin était à portée, il y enfonçait son grand harpon et l'attirait sur le bord. Les eaux en se retirant laissaient le bois à sec; alors Riquet et Lafaine le sciaient et le rentraient à la maison. Le soir il y avait de quoi faire des feux de joie magnifiques avec les brindilles et les copeaux qui restaient.

A l'époque où se passe cette histoire il y avait beaucoup de glace et la rivière était prise d'un bord à l'autre. On y avait tracé des chemins où passaient et repassaient des attelages; puis il y avait des portions tout unies et brillantes où les petits garçons du village venaient glisser, patiner et jouer. Les harpons ne pouvaient évidemment pas servir avant la fonte des glaces; mais Riquet

3

était très-aise de les avoir tout prêts. Ceux de
l'autre année étaient cassés ; d'ailleurs il les voulait
plus longs, car lui-même était devenu bien plus
grand et bien plus fort qu'il ne l'était au printemps
d'avant. Il avait mis de côté les pointes et les an-
neaux de fer des vieux harpons, et il comptait les
employer pour garnir les nouveaux.

William, qui n'avait jamais passé le printemps
dans le pays, ne connaissait pas cette pêche au
bois flottant. Riquet la lui ayant décrite, il avait
promis de l'aider à trouver de nouvelles perches.
Il comptait aussi s'en faire une pour lui-même,
pensant que le harponnage serait un bon exercice
et l'amuserait tout aussi bien que son cousin.

William, Riquet et le chien, qui composaient
toute la troupe, suivirent d'abord le chemin des
pâturages en partant de la barrière où Riquet et
Franco avaient attendu William ; puis, ayant fait
le tour par le fond du précipice, ils se mirent à remonter la vallée de l'autre côté, jusqu'au moment
où ils trouvèrent deux longues traverses de bois
qui servaient à fermer l'entrée des pâturages. On
avait enlevé ces traverses de leurs montants pendant l'hiver, ainsi que cela se pratique dans la
plupart des fermes ; comme à cette saison de l'année les chevaux et les vaches sont à l'écurie, il
n'est guère besoin de clôtures extérieures. On

avait appuyé le petit bout de ces traverses, qui étaient longues et minces, contre la haie, et le gros bout touchait terre en s'enfonçant dans la neige. Riquet pensa qu'elles feraient de bonnes perches, et, quoique William lui dît qu'elles seraient trop grandes et trop lourdes, il voulut en prendre une pour essayer ; mais il lui fut impossible de la retirer de la neige durcie.

Tandis qu'il cherchait à l'arracher, William poursuivait tranquillement son chemin le long du sentier qui, d'un côté, était bordé par un talus escarpé, et, de l'autre, plongeait sur un sombre et profond ravin ; on n'y voyait que des sapins, et le sommet de ceux qui croissaient dans le bas n'arrivait que bien au-dessous de l'endroit où marchait William. Un gros ruisseau coulait dans ce ravin ; mais il était tellement au fond et tellement caché par les arbres, sans compter la neige et la glace, que William ne pouvait pas le voir.

L'air, pourtant, était si pur et si calme, qu'en écoutant bien il pouvait entendre le bruit de l'eau courant sur les rochers.

Enchanté de cette belle matinée de printemps, et du magnifique paysage qui l'entourait, William marchait toujours, observant et réfléchissant ; mais, à chaque instant, il était interrompu par Riquet, qui le suivait à distance.

— William, William, lui cria-t-il d'abord, voilà une abeille sur la neige.

William se retourna, fit quelques pas à reculons, mais ne s'arrêta pas.

— William, s'écria ensuite Riquet, voici un arbre qui fera une excellente perche.

—Non, dit William, en continuant de marcher.

Le fait est que Riquet, se trouvant en arrière, voulait que William l'attendît. Lorsqu'il vit qu'il ne réussissait pas à l'arrêter par ces moyens détournés, il lui cria :

— William, attends-moi donc une minute, je te prie !

William s'assit sur une pierre au bord de la route.

Riquet arriva bientôt en tirant son traîneau, tout essoufflé de s'être tant dépêché.

— Tu ne devrais pas lambiner comme ça, dit William.

— C'est toi qui marches si vite que je ne puis pas te suivre, dit Riquet.

— Au contraire, je marche très-lentement, mais je marche toujours, tandis que toi tu fais des pointes continuelles à droite et à gauche. Continuons-nous ?

— Oui, dit Riquet, mais j'ai envie de me mettre sur le traîneau, afin que tu me tires un peu.

— Lorsque nous serons là-haut, répondit son cousin.

Ils arrivèrent bientôt sur un grand plateau qui, dans cette saison, n'était qu'un vaste champ de neige durcie. Riquet s'assit sur le traîneau, et mit Franco devant lui. Alors William prit la corde, et, tout en marchant sur la neige, tira le traîneau après lui.

— Comme c'est facile à traîner ce matin, dit-il.

— Vraiment? dit Riquet.

— Oui, on ne devinerait pas qu'il y a quelqu'un dessus.

En disant ces mots, William retira l'un après l'autre les doigts qui tenaient la corde jusqu'à ce qu'il ne restât plus que son petit doigt, et, avec celui-là seul, il put parfaitement tirer le traîneau. Riquet, étonné, voulut à son tour essayer de traîner William; celui-ci se mit sur le traîneau : mais Riquet n'alla pas loin; car, bientôt las, il s'arrêta et William se remit à marcher.

Riquet voulut ensuite que Franco apprît à aller en voiture.

Il le plaça sur le traîneau, en lui commandant d'une voix sévère de ne pas bouger. Mais dès que son maître ne le tint plus, le chien sauta à bas.

— William, dit Riquet, aie donc la bonté de maintenir Franco sur le traîneau, jusqu'à ce que nous soyons un peu en route.

William s'approcha, et, à force de douceur, il réussit à tenir le chien en place, pendant que Riquet prenait la corde et tirait tout doucement le traîneau.

— Attention, dit William.

Riquet avançait avec le plus grand soin. Franco, tout étonné, regardait de côté et d'autre, sans bouger, probablement parce qu'il n'osait pas sauter tant que le traîneau était en mouvement. Enfin, arrivés à une inégalité de terrain, il y eut des cahots dont Franco profita pour sauter et s'enfuir. Riquet lâcha la corde et courut le rattraper.

Il essaya encore plusieurs fois de le faire rester tranquille, jusqu'à ce que le traîneau fût bien lancé. William, pendant ce temps, continuait sa route. Il avait tiré un livre de sa poche, et lisait en marchant lentement.

Riquet, quoique très-gentil et plein de bonne volonté, n'était pas très-discret : aussi recommença-t-il à interpeller William, afin de l'arrêter et de pouvoir le rattraper.

— Regarde, regarde, William ! Franco va à merveille maintenant.

— C'est bon, dit William, sans lever les yeux de son livre.

— Bon ! le voilà parti, William ! attends-moi un instant, pendant que je le remets en voiture.

Enfin William arriva à la limite du plateau, là où le terrain commençait à descendre dans la direction qu'ils voulaient suivre. Mais, avant de remonter, le chemin se séparait en deux, et un des embranchements retournait fort en arrière dans la direction d'où venaient nos promeneurs. William s'arrêta avant de descendre et attendit son cousin.

— Riquet, lui dit-il, tu me tracasses beaucoup en restant toujours en arrière, puis en m'appelant sans cesse pour tâcher de me rattraper. Tiens, tu as une bonne occasion de gagner de l'avance sur moi ; descends cette pente en traîneau, puis commence à remonter la colline sans m'attendre. Tâche de t'amuser en ne me dérangeant que pour quelque chose d'important. Si de nouveau tu te laisses attarder, je ne t'attendrai pas, mais je continuerai ma route vers le bois d'en haut, où tu me trouveras en écoutant d'où vient le son de ma hache.

— Mais c'est moi qui ai la hache, dit Riquet, elle est attachée à mon traîneau.

— C'est vrai. Alors appelle, et je répondrai.

— Je ne compte plus me laisser attarder, dit Riquet.

Il s'assit sûr son traîneau, étendit ses jambes en avant pour pouvoir se diriger, mit Franco devant lui et commença à glisser. Arrivé au bas de la première pente, là où il devait s'arrêter pour remonter la colline en face, il trouva que la descente se prolongeait à droite d'une façon très-tentante ; aussi laissa-t-il tout doucement continuer son traîneau, qui allait avec beaucoup de grâce, passant légèrement sur les inégalités de la route, se balançant d'un côté à l'autre en suivant l'impulsion que lui donnaient les ondulations du terrain, et qui, parvenu en bas, ralentit sa course à mesure que la pente devenait moins rapide, et finit pas s'arrêter quand le terrain devint tout-à-fait plat.

Riquet, qui trouvait charmante cette longue glissade, se retourna pour voir si William l'admirait aussi. Mais William avait eu le temps de descendre la première pente, et gravissait lentement la côte opposée. Riquet sauta à bas de son traîneau, et, le tirant après lui, se mit à remonter la colline en courant et en appelant Franco.

William, qui avait déjà beaucoup pris d'avance, était souvent caché par les rochers et par les petits massifs de sapins qui se trouvaient sur la route.

Riquet se hâta pour le rattraper. Il craignait, une fois arrivé au bois, de ne plus pouvoir le retrouver. Comme il se dépêchait ainsi, Franco cessa tout à coup de le suivre, et se mit à courir en tous sens, en aboyant et en hurlant de la façon la plus étrange. Au bout d'un moment, il courut dans un petit fourré se cacher sous une grosse pierre : il tremblait, gémissait et paraissait fort malheureux. Riquet crut qu'il devenait enragé ou qu'il allait avoir des convulsions.

Il grimpa sur un petit monticule, d'où il pouvait apercevoir d'assez loin son cousin montant la côte et lisant toujours. Riquet l'appela, mais William, bien qu'il l'entendît à merveille, ne fit pas attention et continua tranquillement son chemin. Riquet cria encore plus fort. William était ennuyé d'être appelé à chaque instant : d'ailleurs, il avait loyalement prévenu Riquet que, s'il s'attardait encore, il ne devait plus compter que sur lui-même et tâcher de se tirer d'affaire sans le secours de personne. William poursuivit donc son chemin sans répondre.

Riquet, malheureux et inquiet, ne savait que faire. Il n'osait prendre Franco dans ses bras et le porter, car il le croyait atteint de la rage. Il n'aimait pas à l'abandonner, et en même temps il n'aimait pas à rester auprès de lui, tandis que

3

William s'éloignerait toujours. Il se disait que son cousin s'enfoncerait dans les bois et qu'il ne pourrait plus le retrouver. A dire vrai, il commençait à avoir tout à fait peur.

Enfin, voyant qu'il n'y avait pas de temps à perdre, et qu'il fallait agir au plus vite, il fit un effort désespéré sur lui-même, rassembla son courage, s'élança vers la roche où s'était blotti Franco, le saisit et l'emporta dans ses bras. Il courut ainsi l'espace de quelques pas; mais, trouvant que c'était fort incommode de porter le chien tout en tirant le traîneau, il déposa Franco à terre, espérant qu'il le suivrait de bon gré. Franco, bien au contraire, se comporta de la façon la plus étrange. Il s'accroupit aux pieds de Riquet, et parut en proie à une grande souffrance ou à une grande terreur. Il suivit pourtant son maître pendant un bout de chemin; mais, au moment où ils traversaient un petit taillis, il fut atteint d'une nouvelle crise plus violente encore que la première. Il courait par ci, par là, comme un fou. Enfin il se précipita comme pour chercher refuge entre les racines d'un gros arbre qui avait été arraché par le vent. Il y avait un creux entre ces racines et la terre; ce fut dans ce creux que se jeta Franco : une fois caché, il se tut. Riquet écouta pendant quelques minutes, mais il n'entendit plus rien. Il pensa que Franco se mourait; mais il n'osa pas aller voir.

Il se décida sur-le-champ à l'abandonner et à faire son possible pour retrouver William, qu'il comptait prier de venir voir ce qui en était. William n'était plus en vue. Riquet, pourtant, se mit à gravir la côte au plus vite, en suivant le même chemin que son cousin. Après avoir monté quelque temps, il lui sembla voir, sur le sommet d'un petit mamelon pelé, un homme assis sur une roche. Il s'aperçut bientôt que c'était William qui l'attendait. Il continua de grimper péniblement aussi vite qu'il le pouvait, en tirant toujours son traîneau après lui. Comme il approchait de l'endroit où était assis William, celui-ci lui dit :

— Vois donc, Riquet, j'ai découvert une île.

— Une île? dit Riquet, d'un ton interrogatif.

— Oui, dit son cousin, j'appelle une île ce monticule qui s'élève tout gazonné hors de la neige. C'est une île sur laquelle il y a un rocher et deux arbres.

— J'ai envie que tu viennes avec moi pour voir ce qui est arrivé à Franco, dit Riquet.

— Comment, mais que penses-tu donc qu'il lui soit arrivé?

— Je crois qu'il est enragé, dit Riquet, en se mettant à raconter de son mieux tout ce qui était arrivé, sans oublier la conduite étrange de Franco. — Il est allé, à la fin, se cacher sous les racines d'un arbre, dit-il en finissant; puis il pria William de venir voir ce que le chien était devenu.

— Viens, lui dit-il.

Mais William, plongé dans ses réflexions, ne bougeait pas; il semblait se demander ce qu'il devait faire.

— Crois-tu qu'il soit, oui ou non, enragé? demanda Riquet.

— Non, je pense qu'il ne l'est pas, dit William.

— Alors, pourquoi ne veux-tu pas venir m'aider à le retrouver?

— Parce que, répliqua William, je ne suis pas sûr qu'il ne soit pas enragé.

— Quels sont les signes de la rage? demanda Riquet.

— Je n'en sais rien! dit William. Je sais peu de chose sur les chiens, et je n'aimerais pas à en avoir un si j'étais petit garçon.

— Mais moi, j'aime beaucoup les chiens! dit Riquet.

— Moi aussi, dit son cousin.

— Mais tu viens de dire que tu ne les aimais pas.

— Du tout, répliqua William! j'ai dit que je n'aimerais pas à en avoir.

— Ça revient absolument au même, dit Riquet, et je trouve que tu te contredis.

— Non, j'aime beaucoup les qualités du chien. Il est sagace, affectueux, fidèle et dévoué. Mais je n'aimerais pas à en avoir un, parce qu'un jour ou l'autre il pourrait devenir enragé. Toutes les fois qu'il serait malade ou qu'il ne se conduirait pas comme d'habitude, je me figurerais que c'est la rage, et je serais toujours à me tourmenter.

— Mais, c'est très-rare qu'un chien soit enragé, dit Riquet, c'est vraiment très-rare.

— C'est vrai! dit William; il arrive très-rarement, je l'avoue, qu'on soit mordu par un chien enragé; mais lorsque cela arrive, c'est un si affreux malheur, que je crains de m'y exposer en aucune façon.

— Enfin, dis, qu'est-ce qu'a Franco maintenant?

— Mais je suppose que quelque chose lui aura fait peur, dit William.

— Non, il n'y avait rien pour l'effrayer.

— Alors, peut-être est-il malade?

— Oui! dit Riquet, je crois qu'il est malade. Viens donc le chercher avec moi.

— Non, répondit William ; il vaut mieux le laisser tranquille où il est pour le moment : montons au bois chercher nos perches, et en revenant j'irai voir si je puis le trouver. S'il est malade, à notre retour il sera peut-être mieux.

— Ou bien il sera mort, dit Riquet.

— Oui, ou bien il sera mort. Espérons qu'il sera mort.

— Oh ! William ! s'écria Riquet.

William, sans répondre à cette exclamation, se leva et se dirigea vers l'endroit où ils comptaient couper leurs perches. S'enfonçant dans un recoin, ils arrivèrent bientôt à un endroit marécageux où croissaient un grand nombre de sapins et de sapinettes du Canada, fort jeunes et fort minces. Ce lieu était un marais en été, mais au moment dont nous parlons il était couvert d'une neige si dure que William et Riquet marchaient dessus aussi bien que dans le champ le plus sec.

Le bois des arbres verts, tels que les sapins, les sapinettes du Canada et les pins, est celui qui convient le mieux pour faire les perches du genre que voulaient William et Riquet. Il y a deux raisons pour cela : la première, c'est que ces arbres-là poussent très-droits, tandis que les érables, les hêtres, les chênes et les autres arbres à bois dur, comme on les appelle, sont tou-

jours plus ou moins noueux et tortus. L'autre raison, c'est que le bois des arbres verts est très-
léger, tandis que celui des arbres durs est très-
lourd. Le bois de cette dernière catégorie d'arbres est très-fort en même temps que très-lourd,
aussi pour de certains usages on l'emploie de
préférence au bois tendre des arbres verts. Mais
il fallait, avant tout, que les perches de Riquet
fussent droites et légères.

Il est également nécessaire, pour faire des perches convenables, de trouver de jeunes arbres
très-élancés et très-minces, ayant peu de branches le long de la tige principale. C'est pour cette
raison qu'il faut aller les chercher dans les bois
ou dans les marais, là où les arbres sont nombreux et rapprochés les uns des autres. Les arbres
qui croissent isolés au milieu d'un champ restent
toujours comparativement courts et bas, et éten-
dent une grande quantité de branches et de feuillage dans tous les sens. Ceux, au contraire, qui
poussent en masses serrées dans les forêts, ont
des tiges droites, élancées et minces, avec seulement une petite touffe de branches et de feuilles
à leur sommet.

William s'était rendu dans les bois d'en haut,
vers cet endroit marécageux, parce que les jeunes
sapins et les jeunes pins y poussaient fort rappro-

chés, et étaient, par conséquent, minces et élancés. Il se mit donc à chercher en silence parmi ces arbres celui qui lui conviendrait. Riquet chercha aussi, mais pas en silence, car il ne cessait de s'écrier : — En voici un, William, qui est droit comme une flèche. Puis : Regarde ici, William, regarde donc celui-ci; puis encore : En voici un admirable, William, pourvu qu'il ne soit pas trop gros. William alla examiner les deux ou trois premiers qu'il lui indiqua, mais il les trouva tous mauvais. Les uns semblaient droits d'où les apercevait Riquet; mais, dès qu'on les regardait d'un autre côté, on voyait qu'ils étaient de travers; les autres étaient ou trop petits ou trop gros.

William finit par trouver ennuyeux d'aller toujours examiner les découvertes de Riquet, qui, après tout, n'aboutissaient jamais à rien.

— Tu devrais les inspecter un peu plus soigneusement, lui dit-il, et savoir ce que tu en penses toi-même avant de m'appeler. Il ne sert de rien que je vienne te montrer qu'un arbre est de travers, lorsqu'avec tes yeux tu peux le voir comme moi. Ne m'appelle plus que lorsque tu verras que ta perche a toutes les qualités requises, et que tu en seras parfaitement satisfait toi-même.

— Quelles sont les qualités requises ? demanda
Riquet.

— Il faut que la perche n'ait pas plus de deux
pouces et demi de tour en bas, près de terre, et
pas moins d'un pouce dans le haut, là où on doit
la couper. Elle doit être environ trois fois grande
comme toi, quand tu lèves le bras, et elle doit
avoir peu de branches, si ce n'est tout à fait au
sommet. Ensuite, elle doit paraître à peu de
chose près droite, de quelque côté qu'on la regarde.

Après avoir cherché quelque temps, Riquet
trouva un arbre et William en trouva trois qui
tous étaient convenables. Ils les abattirent et les
dépouillèrent de leurs branches et de leur faîte :
puis ils les attachèrent solidement ainsi que la
hache sur le traîneau et reprirent le chemin de la
maison.

Ils s'arrêtèrent en route pour chercher Franco,
mais ils ne purent le trouver. Ils regardèrent
sous les racines du gros arbre où Riquet l'avait
vu se cacher, mais il n'y était plus. William ayant
dit qu'il ne savait qu'y faire, ils quittèrent cet
endroit et se remirent en route.

Riquet était fort tourmenté de la perte de
Franco ; mais William pensait que le chien était
probablement rentré à la maison, et qu'ils le trou-

veraient en arrivant. Il croyait, d'ailleurs, qu'en tout cas Franco reviendrait dans le courant de la journée. William fit donc son possible pour distraire Riquet en causant avec lui et en l'amusant de mille manières. Il le mettait sur le traîneau devant lui et glissait tout le long des pentes neigeuses. Une fois, comme ils descendaient rapidement une colline, Riquet eut peur et crut qu'ils allaient se jeter dans un fourré d'arbustes et de buissons qui croissaient au bas : il cria de son plus fort :

— William, William, tu vas nous précipiter dans es proussailles !

Mais William se sentait parfaitement maître du traîneau ; car, en enfonçant ses talons dans la neige, il pouvait l'arrêter à la minute. Il continua donc sa course jusqu'au bas de la côte ; puis il fit halte au moyen de ses talons.

Plus loin, Riquet vit un lapin que leur approche avait fait sortir du fourré. La vue de cet animal le mit hors de lui ; car, après l'avoir montré à William, il se mit à le poursuivre de toute sa force. Il revint pourtant bientôt sans avoir pu l'attraper.

— Que j'aurais voulu que Franco fût ici, dit-il ; quel dommage qu'il se soit perdu avant que j'aie vu ce lapin ! quel malheur !

— Quel bonheur ! se dit William, — mais il garda le silence.

Sitôt que Riquet, à son retour des bois, aperçut la maison, ce qui arriva au tournant du chemin au pied du précipice, le souvenir de Franco lui revint en mémoire : aussitôt, presque tout le plaisir qu'il éprouvait à avoir trouvé ses perches se transforma en crainte et en malaise à l'idée de ce que dirait Madeleine en apprenant que Franco était perdu. Subitement aussi, il se rappela qu'il lui avait promis des perce-neige, et qu'il n'avait pas songé une seule fois à en chercher.

— Voilà, s'écria-t-il en s'arrêtant tout court, il faut que je m'en retourne.

— Pourquoi ? demanda William.

Riquet marchait derrière William en tirant son traîneau ; il s'arrêta, mais William continua.

— Je veux retourner chercher des perce-neige, dit Riquet, j'avais promis des perce-neige à Madeleine.

— Mais il n'y en a pas, dit William, et il n'y en aura pas avant une quinzaine de jours.

— Que si, dit Riquet, je crois que je pourrai en trouver, si seulement tu voulais bien venir avec moi, William.

Mais son cousin était trop en avant de lui pour très-bien entendre ce qu'il lui disait.

Alors Riquet cria plus fort : — William !

William se retourna, mais continua de marcher en allant à reculons.

— Ne peux-tu pas retourner avec moi au bois chercher des perce-neige ?

— Non. Mon temps de récréation est écoulé.

— Alors j'irai seul, dit Riquet, car j'en ai promis à Madeleine.

— C'est bon, dit William, en se retournant pour continuer son chemin.

— Il va à ses études, dit Riquet d'un ton de dédain. Il est toujours fourré dans ses études. Je ne voudrais pas être au collége et avoir tant à étudier, quand tous les livres seraient en or. D'ailleurs nous sommes en pleines vacances.

Il demeura un moment debout au milieu de la route, avec une mine de désappointement et de vexation ; puis, laissant là son traîneau chargé des perches et de la hache, il se décida à rebrousser chemin pour tâcher de trouver les perce-neige de Madeleine. Sans l'inquiétude que lui causait la perte du chien, il n'eût peut-être pas tant tenu à remplir sa promesse. Mais il comptait sur les perce-neige pour apaiser Madeleine.

Il rangea d'abord son traîneau sur un des côtés de la route, afin de le mettre à l'abri dans le cas où viendrait à passer un cheval ou un bœuf, puis il commença à remonter la côte. Mais, dès qu'il se retrouva derrière le précipice qui lui cachait la vue de la maison, il lui sembla bien lugubre et bien affreux de s'en retourner tout seul au ravin. Il pensa aussi à Franco qui, s'il était enragé, pourrait bien le mordre. Puis il s'imagina que, probablement, à l'heure qu'il était, il parcourait les bois en écumant et en mordant tous les arbrisseaux.

— Ensuite dit Riquet, se parlant à lui-même, je suis trop fatigué pour remonter là-haut dans les bois; sans compter que je ne pense pas trouver de perce-neige quand j'y serai; William dit qu'il n'y en a pas, et il sait ça, lui. Mais il y en a peut-être ici sur les rochers. Je vais voir!

En disant ces mots il quitta la route et commença à grimper dans les rochers près du précipice, à l'endroit où se séparait en deux le chemin des pâturages. La neige était toute fondue sur un petit espace, où il faisait bon et chaud. Riquet s'assit sur un quartier de roc et se mit à lancer des pierres sur la route. Après s'être amusé ainsi pendant quelque temps, il finit par trouver un petit caillou tout à fait transparent et très-brillant : il se dit que c'était un diamant et se décida à l'apporter à Madeleine au lieu de perce-neige. Il trouva aussi un peu de mousse verte qui poussait dans un petit recoin bien exposé au soleil. Il en arracha également un échantillon. Il était sûr que Madeleine préférerait le caillou-diamant avec la mousse aux perce-neige seuls : il dégringola donc des rochers et se dirigea vers la maison.

En approchant, il regarda s'il ne voyait pas Madeleine sur une terrasse ou à un balcon, mais il n'avait pas, comme d'habitude, envie de la voir ; au contraire, il redoutait même de la rencontrer, quoiqu'il espérât bien n'avoir pas à lui annoncer le premier que Franco était perdu, car il pensait que William avait déjà dû le lui dire.

Mais Madeleine n'était visible nulle part. Elle dormait, car on la couchait toujours dans son petit lit au milieu de la journée, parce que sa santé était très-faible.

IV

A LA RECHERCHE DE FRANCO.

Ce jour-là Riquet ne revit Madeleine que vers la fin de l'après-midi. Tous les jours après le dîner il avait un devoir à faire dans la chambre de William. Il devait passer une heure à cette leçon. Il mesurait son temps à l'aide d'un sablier qu'avait son cousin : ce sablier était enchâssé dans un cadre carré, de manière qu'on pouvait le coucher sur le côté sans craindre de le voir rouler. Lorsque Riquet était tout à fait prêt à commencer, il redressait le sablier sur un de ses bouts, afin que le sable pût s'écouler. S'il était obligé d'interrompre son travail pour s'en aller, ou pour parler à William même d'une bagatelle, il devait toujours commencer par coucher le sablier sur le côté, afin d'arrêter l'écoulement du sable. Ce n'était qu'après être revenu à sa place et avoir repris son travail, qu'il lui était permis de relever le sablier. C'était William qui avait trouvé ce moyen d'empêcher Riquet de venir à chaque instant le déranger par des questions oiseuses.

Lorsqu'il étudiait, Riquet avait l'habitude de s'asseoir tout seul à une table qui était près d'une des fenêtres. William se tenait dans ce qu'il nommait son alcôve, sorte de renfoncement fermé par des rideaux et placé près de la cheminée qui lui tenait lieu de cabinet.

Plus loin nous décrirons cette alcôve avec plus de détails.

Le jour de l'expédition dans les bois, Riquet

alla, comme de coutume, dans la chambre de William, et commença à étudier ; mais l'idée de Franco perdu lui revenait sans cesse à l'esprit et nuisait sérieusement à son travail. Enfin il coucha le sablier pour se donner le droit de parler à William et lui dit :

— Sais-tu, William, que je regrette bien de n'avoir pas, dès notre retour, envoyé Lafaine chercher Franco. Il l'aurait peut-être trouvé.

— Oui, dit William, ç'aurait été une très-bonne idée.

— Puis-je maintenant aller lui demander de le faire ?

— Oui, répondit son cousin, mais n'oublie pas de coucher le sablier !

Riquet alla donc à la recherche de Lafaine. Quand il le trouva, il lui raconta l'étrange façon d'agir de Franco dans les pâturages. Il débita son histoire avec beaucoup d'ardeur et de sérieux, et ajouta qu'il ne doutait pas que Franco ne fût devenu enragé dans les bois ; puis il finit par demander à Lafaine s'il ne voudrait pas aller voir ce qu'était devenu ce chien.

Lafaine écouta Riquet jusqu'au bout, puis il s'écria :

— Enragé ! Quelle folie ! Il aura senti un renard, voilà tout.

— Un renard ! répéta Riquet.

— Oui, dit Lafaine, un renard ou quelque autre animal du même genre. Il est si jeune que c'est sans doute la première fois qu'il sent la bête fauve, et il n'aura pas su ce que cela pouvait être. De quel côté est-il ? Je vais aller le chercher.

Riquet lui décrivit l'endroit où Franco s'était caché sous l'arbre, en ajoutant que William et lui l'avaient cherché là en revenant, mais qu'il n'y était plus.

— Oh ! il doit être quelque part à l'entour, dit Lafaine, je n'en doute pas. Je vais prendre mes raquettes à neige et j'irai voir.

— Vous n'avez pas besoin de vos raquettes, dit Riquet, la neige est très-dure.

— Elle était très-dure ce matin, répondit Lafaine ; mais, à l'heure qu'il est, elle est très-molle.

Il disait vrai. Le soleil avait donné toute la journée sur la neige et l'avait tellement fondue, que si Lafaine avait tenté de marcher dessus il y aurait enfoncé jusqu'aux épaules.

Les raquettes à neige ont été inventées pour empêcher les gens d'enfoncer dans la neige lorsqu'elle n'est pas durcie. Elles sont grandes, plates, et faites en forme de soufflet. Elles sont très-légères car on les fait avec de l'osier ou des lanières entrelacées, puis on les entoure d'un bord de bois flexible, comme un cerceau : elles sont si grandes et si plates, que la personne qui s'en sert, les ayant posées sur la neige et se tenant dessus ne peut guère plus y enfoncer. Il y a au milieu de chaque raquette une petite courroie sous laquelle il faut glisser le pied ; de cette façon on ne fait jamais un pas sans enlever la raquette et la reposer plus loin. On avance ainsi, d'une manière fort laide, fort gênante et fort désagréable, mais cela vaut toujours mieux que d'enfoncer dans la neige de deux ou trois pieds à chaque pas, au risque de ne pouvoir s'en retirer.

Lafaine revint bientôt avec ses raquettes sous le bras et se mit à monter par le chemin des pâturages. Il n'était évidemment pas nécessaire de mettre les raquettes avant d'arriver à l'endroit où la neige était épaisse. Pendant un grand bout de chemin la terre était toute nue, ou bien, s'il y avait de la neige, à force d'être piétinée elle était devenue ferme. Lafaine fit donc le tour du précipice avec ses raquettes sous le bras : Riquet le guettait de la fenêtre. Il avait bien envie d'aller avec lui ; mais il savait que c'était l'heure de sa leçon et que le sable n'était pas encore à moitié écoulé.

Il était depuis quelques minutes dans l'irrésolution, sur la terrasse, lorsque parut un garçon du village, nommé Arthur, qui était ami intime de Lafaine. Il demanda où était ce dernier : Riquet lui conta l'affaire, ce qui parut beaucoup l'exciter, car il put à peine écouter jusqu'au bout, tant il paraissait impatient d'aller retrouver son ami.

— Par où doit-il prendre après être arrivé aux pâturages? demanda-t-il.

— Eh bien ! lorsqu'on est au grand sapin, dit Riquet, on tourne vers...

— N'importe, dit Arthur, je verrai bien ses traces. Il se sauva en prenant sa course sur le chemin des pâturages et disparut bientôt comme venait de le faire Lafaine. Riquet retourna à ses leçons.

Il reprit son travail et redressa son sablier ; mais, après avoir étudié assez attentivement pendant un quart d'heure, il entendit qu'on ouvrait la porte tout doucement. Il leva la tête et vit Madeleine qui entrait. Voulant éviter d'avoir à lui parler du chien, il se pencha sur ses livres et prit un air très-absorbé.

Madeleine vint à côté de sa table et y resta quelques minutes, attendant qu'il renversât le sablier et qu'il lui parlât, ainsi qu'il le faisait toujours lorsqu'elle venait le trouver. Mais Riquet se contenta de la regarder en lui faisant un petit sourire amical, puis il se replongea dans ses études.

Madeleine, voyant qu'il ne se disposait pas à coucher le sablier, et sachant qu'elle ne devait pas lui parler tant qu'il ne l'aurait pas fait, se décida à le faire elle-même. Dans ce but elle voulut s'en saisir, mais Riquet étendit la main pour l'arrêter, tout en baissant immédiatement les yeux sur son livre, et en étudiant de plus belle.

— Je veux te parler, dit Madeleine. Elle dit ceci très-bas et d'une voix très-douce, afin de ne pas déranger William qui travaillait dans son alcôve. Cette alcôve, ainsi que nous l'avons déjà dit, était une sorte de renfoncement entre la cheminée et le mur, où William se retirait pour travailler. Dans ce renfoncement il y avait place pour une fenètre, un petit canapé, une table, une petite bibliothèque, et un escabeau à deux marches pour atteindre les livres. L'alcôve était fermée par deux rideaux, qui, s'ouvrant au milieu, pouvaient se relever de chaque côté. Voici quel était le règlement de l'alcôve : — Lorsque les deux rideaux étaient baissés, Madeleine et Riquet pouvaient entrer dans l'alcôve, s'y asseoir sur l'escabeau et lire les livres de la bibliothèque, chose qu'ils aimaient beaucoup à faire ; mais ils ne devaient pas dire un seul mot à William, ni même se parler entre eux. Lorsque les deux côtés étaient relevés, ils avaient le droit de se parler doucement et même de parler à William, quand ils avaient quelque chose à lui dire, mais ils ne devaient pas le déranger pour rien.

Les deux rideaux étant relevés dans ce moment, Madeleine sut qu'elle pouvait parler à Riquet, à condition de le faire à voix basse.

Aussi, voyant qu'il ne lui permettait pas de coucher le sablier, elle lui dit :

— J'ai besoin de te parler.

Riquet ne lui répondit qu'en branlant légèrement la tête et en montrant le sablier, puis il se remit à étudier comme avant.

Madeleine commençait à prendre un air inquiet et malheureux.

Elle se tourna du côté de William, et, après un instant d'hésitation, se dirigea vers l'alcôve ; elle allait évidemment s'adresser à lui.

Riquet coucha le sablier sur le côté et lui dit :

— Allons, Madeleine, reviens ; tu peux me parler, si tu veux.

— Je voudrais savoir où est Franco, dit-elle.

— Comment ! Franco, dit Riquet, il n'est pas rentré avec nous. Il a préféré rester un peu làhaut. Mais Lafaine est allé le chercher. Puis je t'ai rapporté une magnifique pierre de diamant et de a mousse; je les ai cachées sous la terrasse. J'irai te les chercher, dès que mon sable sera écoulé.

En disant cela, Riquet posa la main sur le sablier pour le relever.

— Non, dit tristement Madeleine, je n'ai pas besoin du diamant; j'ai besoin de Franco.

— Enfin, Lafaine est allé le chercher, et je les attends d'un moment à l'autre, dit Riquet; si tu vas te mettre sur la terrasse et que tu regardes dans l'allée du jardin, je parie que tu les vois revenir dans ce moment.

— Mais pourquoi l'as-tu laissé là-bas? demanda Madeleine.

— C'est que, vois-tu, il a senti un renard, et je pense qu'il sera resté pour l'attraper. Il est probable qu'à l'heure qu'il est le renard est pris et tué. Si c'est comme je dis, Lafaine les ramènera tous les deux, Franco et le renard.

— Je ne crois pas qu'il ait tué de renard, répondit douloureusement Madeleine, c'est plutôt le renard qui l'aura tué, lui.

En disant ces mots, elle s'en alla bien affligée.

Pour rien au monde Riquet n'aurait dit un vrai mensonge; mais il lui arrivait souvent de fausser

ainsi la vérité. Il aurait bien mieux fait d'aller
trouver Madeleine le plus tôt possible après son
retour du bois, et de lui dire franchement, après
lui avoir raconté ce qui était arrivé, qu'il craignait
que Franco ne fût perdu. Il eût fait son devoir en
agissant ainsi, et en assurant à Madeleine qu'il
comptait faire tout son possible pour réparer, si
Franco était décidément perdu, le tort qu'il venait de lui faire. Il est plus digne et plus noble,
dans de pareils cas, d'agir avec franchise et droiture, que de se laisser aller à des cachotteries et à
des réponses évasives.

Après le départ de Madeleine, Riquet essaya de
se remettre au travail ; mais il se sentait si inquiet
et si mal à son aise, qu'il ne pouvait penser à ce
qu'il faisait. Il retournait le sablier à chaque instant, pendant qu'il allait à la fenêtre voir si Lafaine ne revenait pas par le chemin des pâturages ; de cette façon le sable disparaissait fort lentement. Enfin, lorsqu'il fut tout écoulé, Riquet
put fermer ses livres et les mettre de côté.

Il alla trouver William dans son alcôve et s'accouda sur le bout de la table, en attendant que
son cousin lui parlât.

Enfin William posa sa plume et lui dit :

—Eh bien ! Riquet?

— Penses-tu que Lafaine retrouve Franco ?

— Je n'en sais rien, dit William, je n'entends rien aux chiens. Mais je me connais peut-être un peu plus en justice et en droit, et je trouve qu'au lieu de déployer tant d'habileté à te débarrasser de Madeleine à force d'excuses et de suppositions, tu ferais mieux de chercher un moyen de lui faire quelque réparation, puisque tu lui as perdu son chien.

— Mais comment puis-je lui faire réparation ? demanda Riquet.

— Je ne sais pas, répondit William, c'est à toi d'y réfléchir.

— Je pourrais lui acheter un autre chien.

— En trouverais-tu un autre ?

— Oui, dit Riquet, au même endroit il y en a un autre tout pareil à Franco.

— As-tu de l'argent pour le payer ?

— Oui.

— Combien as-tu ?

— J'ai quatre pièces de cinq francs, puis trois francs, puis dix sous, puis cinq sous, sans compter que Lafaïne me doit deux sous.

Après un moment de silence, William reprit sa plume comme pour continuer à écrire.

— As-tu encore quelque chose à me dire ? demanda Riquet.

— Non, je ne crois pas, dit William.

Riquet quitta la table où il était resté accoudé tout le temps et s'en alla.

Lafaine ne revint que fort tard, à la nuit tombante ; et il revint sans Franco. Il dit qu'il avait fort bien trouvé l'arbre arraché, mais que le chien n'y était plus. Il avait suivi ses traces sur la neige, mais il les avait perdues en arrivant à un endroit où la terre était à nu ; il avait ensuite parcouru les environs pendant fort longtemps, en examinant la surface de la neige sans trouver ni traces ni Franco.

Riquet dit alors à Madeleine qu'il était bien fâché de lui avoir perdu son chien, qu'il comptait prendre trois francs de son argent et aller lui en chercher un autre le lendemain, et qu'elle pourrait l'accompagner si sa mère voulait bien permettre à Lafaine de les mener dans le traîneau. Sa mère y consentit, et leur départ fut fixé au lendemain matin.

Madeleine pensa d'abord qu'elle n'aimerait jamais un autre chien autant que Franco ; — puis elle se dit que le plaisir d'aller en traîneau pour l'acheter était bien quelque chose.

Ce fut en allant se coucher, une fois les affaires arrangées à souhait, que Madeleine conta à Riquet l'histoire du vase d'argent. Nous avons déjà mon-

tré dans le chapitre précédent combien Riquet
l'avait fait rire en disant :

« Noble chasseur d'argent qui chasses le lapin,
« Que j'obtienne une pomme, et j'y mets le grappin. »

Lorsqu'il y a de jeunes enfants dans une famille,
c'est une excellente habitude américaine pour le
père ou la mère, pour une sœur ou un frère aînés, d'aller les voir dans leur chambre quand ils
sont couchés, et de leur parler ou de leur faire
quelques minutes de bonne lecture avant qu'ils
s'endorment. Il est bon aussi de leur faire quelques remarques sur les événements de la journée,
et de leur donner quelques avis et quelques bons
conseils. A cette heure, l'esprit des enfants est
calme et inoccupé. L'obscurité et le silence de la
nuit, l'approche du repos, tout tend à calmer leur
esprit, les dispose à la réflexion et les rend plus
aptes à recevoir de bonnes impressions. En général, madame Henry allait ainsi voir Riquet et Madeleine pour causer dix minutes avec eux avant
leur sommeil. La visite se terminait toujours par
la prière.

Le jour où Franco fut perdu, madame Henry
vint, comme d'habitude, voir les enfants lorsqu'ils

furent au lit. Riquet et Madeleine couchaient
dans deux cabinets qui donnaient dans la même
chambre. Près de la cloison qui séparait les cabinets était placée, dans la chambre, une petite table sur laquelle se trouvait une lampe. Il y avait
un grand fauteuil auprès de la table. Madame
Henry, — ou William, car William la remplaçait
quelquefois, — s'asseyait dans ce fauteuil pour
lire ou causer, et les deux enfants pouvaient l'entendre. Les lits étaient placés de telle façon dans
les cabinets que Riquet et Madeleine pouvaient
tous les deux voir, aussi bien qu'entendre, la personne qui était assise à la table.

— Je vais commencer, dit madame Henry en
s'asseyant, par vous lire trois versets de la Bible :
les septième, huitième et neuvième versets du
treizième chapitre de la Genèse.

Elle lut ainsi qu'il suit :

« Cela excita une querelle entre les bergers du
« bétail d'Abraham et les bergers du bétail de
« Loth.

« Et Abraham dit à Loth : Je te prie, qu'il n'y
« ait point de dispute entre toi et moi, ni entre
« mes bergers et les tiens ; car nous sommes
« frères.

« Tout le pays n'est-il pas à ta disposition ? Sé-
« pare-toi, je te prie, d'avec moi : si tu choisis

« la gauche, je prendrai la droite ; et si tu prends
« la droite, je m'en irai à la gauche. »

— Il y eut une querelle, dit madame Henry, parce
qu'Abraham et Loth avaient d'immenses troupeaux de bétail, et que les bergers trouvaient à
peine de quoi les nourrir en errant de tous côtés.
Les bergers d'Abraham et ceux de Loth voulaient
chacun avoir les meilleurs endroits, c'est-à-dire
ceux où poussait le plus d'herbe verte et où cou-
laient le plus de frais ruisseaux.

Comme la lumière de la lampe pénétrait dans
les cabinets où couchaient les enfants, madame Henry put les voir tous les deux, lorsqu'elle
leva les yeux de son livre pour leur donner cette
explication.

Madeleine était tranquillement étendue et avait
glissé sa main entre sa joue et son oreiller. Riquet
leva vivement la tête lorsque madame Henry se
mit à parler, et resta appuyé sur son coude à regarder fixement sa mère.

— Mais, maman, dit-il, pourquoi chacun d'eux
ne lâchait-il pas son bétail dans ses propres pâturages ?

— Ils n'avaient pas de pâturages séparés, répondit sa mère. La terre était libre et en commun :
Abraham et Loth erraient dans tout le pays en
chassant devant eux leurs troupeaux, et en cher-

chant les endroits où l'herbe était la plus verte. Voyez, mes enfants, de quelle noblesse Abraham fit preuve. Il ne voulut point disputer.

« Choisis, dit-il à Loth : si tu vas à gauche, je prendrai à droite; si tu prends la droite, je m'en irai à la gauche.» Quel désintéressement et quelle générosité d'âme il montra en parlant ainsi, — au lieu de dire, comme beaucoup d'autres l'auraient fait à sa place : — « J'ai le même droit que toi d'aller à gauche ou à droite, en nommant le côté qu'il préférait. »

— C'est ainsi, dit madame Henry, que les enfants devraient agir les uns avec les autres. Ils doivent savoir céder et s'abstenir. Les petits et les filles, qui ont toujours plus ou moins à souffrir de l'injustice des grands et des garçons, devraient faire preuve, en pareil cas, de toute la patience et de toute la douceur dont Abraham usa envers Loth.

—Maman, je ne crois pas que les garçons soient toujours injustes envers les filles. Je ne suis pas injuste pour Madeleine. N'est-ce pas, Madeleine ?

Madeleine parut réfléchir, mais elle ne dit rien.

—Tu es quelquefois injuste, dit madame Henry. Les aînés sont souvent injustes pour leurs cadets. En se livrant avec ardeur à leurs propres goûts,

5

ils oublient les droits et les plaisirs des autres. Certains enfants sont plus injustes et plus égoïstes que d'autres, mais tous le sont à un degré quelconque. Un enfant qui parviendrait à l'âge d'homme sans avoir empiété sur les droits d'autrui, soit par étourderie, soit par d'autres causes, serait parfait.

— Je ne crois pas que je sois injuste, dit Riquet, je suis sûr que je ne le suis pas.

— Si, tu l'es quelquefois, dit sa mère. Tu as été injuste aujourd'hui pour Madeleine à propos de Franco.

— Mais, maman, dit Riquet, ce n'est pas ma faute si j'ai perdu Franco dans les bois. J'ai bien fait tout ce que j'ai pu pour l'engager à me suivre.

— Je ne trouve pas que tu sois à blâmer de l'avoir perdu dans les bois ; mais je te blâme de l'y avoir emmené.

— Mais William m'avait permis de le prendre, dit Riquet.

— Si Madeleine le voulait bien, dit madame Henry.

— Aussi, dit Riquet, Madeleine le voulait bien. Je le lui ai demandé.

— A-t-elle dit oui ?

— Pas précisément ; mais elle n'a pas dit que

je ne devais *pas* le prendre. Alors j'ai supposé qu'elle le voulait bien.

— Et William avait-il dit que tu pouvais le prendre si Madeleine ne refusait pas d'y consentir ?

— Pas tout à fait, dit Riquet, il a dit si Madeleine le voulait bien.

— Et crois-tu vraiment qu'elle le voulût ?

— Mais... je ne sais pas, répondit Riquet en hésitant.

— Eh bien ! dit sa mère, je crois, moi, qu'elle ne le voulait pas ; et c'est pour cela que tu as mal agi en emmenant Franco. Tu le lui as pris, parce qu'elle n'avait pas la force de résister ; tu as abusé de sa faiblesse.

— Oh ! maman ! Elle n'a pas résisté du tout.

— Je ne dis pas qu'elle ait employé la force physique, mais elle s'est servie des moyens qu'elle avait à son service, c'est-à-dire de remontrances et de refus. Alors à force d'ardeur et d'importunité tu es venu à bout de sa résistance. Je sais bien que tu as employé les arguments et les promesses, mais ce n'est pas par ce moyen que tu as persuadé Madeleine ; elle a fini par céder à ton ardeur et à ton impatience, parce qu'elle n'avait plus la force de te dire avec fermeté qu'elle voulait garder Franco. N'est-il pas vrai, Madeleine ?

Madeleine ne répondit pas. Madame Henry la regarda et vit qu'elle dormait. Mais sa joue était encore humide d'une petite larme qui avait glissé entre ses paupières pendant qu'elle pensait à Franco.

— Tu vois, dit sa mère, elle a du chagrin.

Riquet alors avoua lui-même que c'était la vérité. Il dit qu'il était bien fâché d'avoir pris Franco sans le consentement de Madeleine; mais qu'il était bien heureux de s'être décidé à lui acheter un autre chien.

Que Madeleine s'accommode à la longue d'un autre chien, c'est possible, dit encore la bonne mère, mais Franco, qui lui rendra une Madeleine! sais-tu qu'il doit être bien malheureux.

Ce fut le tour de Riquet d'avoir des larmes dans les yeux.

Il faut, lui dit sa mère, se rendre compte de toutes les conséquences d'une faute. Puis, après lui avoir fait faire sa prière, elle lui souhaita le bonsoir, l'embrassa et s'en alla en emportant la lampe.

V

LE PALANQUIN.

Quand Lafaine s'occupait des enfants, il inventait toujours quelque chose de drôle ou d'étrange, qui souvent les étonnait et toujours les amusait. Mais, avec toute sa drôlerie, il était un garçon très-raisonnable, qui n'entreprenait jamais rien qui pût être dangereux ou qui pût causer de l'ennui ou de l'inquiétude à madame Henry.

Aussi elle avait confiance en lui et le laissait faire à sa guise. Ses inventions amusaient beaucoup plus les enfants que la manière ordinaire de procéder, et, au bout du compte, réussissaient tout aussi bien.

Cette fois-ci, lorsque, après le déjeuner, Madeleine demanda à Lafaine dans quel traîneau il comptait les mener chercher le nouveau chien, il répondit qu'il ne se servirait d'aucun traîneau, mais qu'il les voiturerait sur la claie.

Riquet fut enchanté de l'idée, et même Madeleine en fut d'abord très-satisfaite ; mais en y réfléchissant la réflexion lui vint que, une fois en route, elle pourrait bien passer au travers des barreaux.

Elle dit que la claie n'avait pas de fond.

— J'y mettrai un fond, dit Lafaine, et non-seulement un fond, mais aussi un tapis ; et non-seulement un tapis, mais encore un divan ; et non-seulement un divan, mais jusqu'à un dais. Venez voir dans la grange.

Madeleine et Riquet suivirent alors Lafaine, qui leur fit traverser le hangar pour se rendre à la grange. Arrivés là, ils trouvèrent la claie à sa place, dans un compartiment à part où l'on serrait les instruments de labour. Lafaine alla chercher, dans l'atelier qui se trouvait tout auprès, deux larges planches, d'abord l'une, puis ensuite l'autre. Ces planches étaient juste de la longueur de la claie, et elles étaient si larges que, posées dessus, elles remplissaient tout le vide compris entre les piquets extérieurs. Elles avaient été faites exprès et on les réservait pour cet usage.

— Tenez, dit Lafaine, voilà votre fond.

— Oui, c'est un excellent fond, dit Madeleine.

Lafaine monta dans un grenier à l'aide d'une échelle, et jeta en bas cinq bottes de paille ; chaque botte était liée, vers le milieu, par une tresse de paille. Il les plaça autour de la claie, tout contre les piquets ; il en mit deux d'un côté et deux de l'autre, ce qui en faisait quatre ; puis il mit la cinquième en travers, tout à fait en arrière.

— Tenez, dit-il, voici votre divan.

— Je n'aime pas beaucoup ce divan-là, dit Madeleine.

— Attendez un peu, dit Lafaine. Puis il alla chercher à l'autre bout de la grange trois ou quatre peaux de buffle, qu'il étendit sur le fond de la claie, ayant soin d'en recouvrir aussi les bottes de paille sous lesquelles il les rentra bien solidement en dehors, ainsi que l'on rentre les couvertures pour border un lit. De cette façon, la paille était complétement cachée, et la claie elle-même était fort tentante, avec sa douce couverture de peaux de buffle qui creusait vers le milieu comme un nid.

— Voilà, tout ensemble, vos tapis et vos housses de divan, dit Lafaine.

— Maintenant, je l'aime beaucoup, dit Madeleine, laissez-moi y entrer.

— Une minute, attendez que j'y mette la peau d'ours, afin que vous vous asseyiez dessus.

Il chercha la peau d'ours et l'étendit par-dessus les peaux de buffle pour faire un bon siége à Madeleine.

En finissant de l'arranger il dit : Voilà, tout est prêt.

Madeleine et Riquet se jetèrent dans le nid que Lafaine venait de leur préparer et se mirent à essayer de toutes les positions, soit en se couchant, soit en s'asseyant ; la dernière leur paraissait toujours la meilleure. Lafaine continuait à travailler.

Il alla dans l'atelier et en rapporta trois planches très-étroites, qui avaient à peu près cinq pieds de long. Il en prit une qu'il posa en travers de la claie en l'appuyant sur le haut de deux piquets ; puis il y fit une marque à l'endroit où touchaient les piquets. De cette façon, la distance qui séparait les piquets les uns des autres se trouva marquée sur la planche.

Il retourna à l'atelier où, avec une tarière ou quelque autre outil, il fit des trous aux endroits marqués. Les bouts des piquets devaient y entrer. Il en fit de semblables à l'extrémité de chacune des autres lattes ; puis il se mit à les disposer au-dessus de la claie, et à faire entrer les bouts des piquets dans les trous des planches. Les piquets étaient tout juste assez pointus pour entrer dans les trous, mais pas assez pour pénétrer très-avant ; de cette façon les planches ne couraient pas le risque de glisser trop bas. Ces lattes, en allant d'un piquet à l'autre, faisaient, pour ainsi dire, office de poutres ou plutôt représentaient une charpente de toit.

— Qu'allez-vous donc faire ? demanda Riquet.

— Vous allez le voir, répondit Lafaine.

En effet, les enfants le virent bientôt ; car dès que Lafaine eut placé toutes ces traverses, il alla chercher à l'écurie une belle couverture de cheval, toute neuve, qu'il étendit sur la charpente qui devait soutenir le dais. Il attacha la couverture avec des ficelles au haut des piquets, afin que le vent ne pût pas l'enlever.

— Voilà, dit Lafaine, appelons cela notre palanquin.

La claie étant toute prête, Lafaine y attela le cheval et l'amena devant la porte. Sur le devant, il mit une caisse sur laquelle il s'assit pour conduire, puis un panier recouvert d'une toile dans lequel il comptait, sans doute, ramener le nouveau chien. Lorsque tout fut prêt, que Madeleine et Riquet furent en place, et qu'ils furent au moment de partir, madame Henry vint sur le seuil de la porte admirer leur invention.

Au moment de se mettre en route, Riquet dit que le panier le gênait. Lafaine lui répondit que, pour remédier à cela, il pourrait prendre son traîneau à main et l'attacher par derrière en mettant le panier dessus. Riquet fut enchanté de l'idée. Il alla chercher son petit traîneau et y mit le panier. Le traîneau était garni de petits pieux qui empêchaient le panier de tomber. Riquet attacha la corde du traîneau à la claie et ils partirent.

La maison où ils allaient était une ferme située dans le vallon, à une demi-lieue environ de chez madame Henry. Deux routes y menaient, dont l'une passait au pied d'une colline exposée au nord. A cette époque de l'année, partout où le soleil donnait, il avait fait fondre la neige sur les chemins ; mais elle était restée intacte sur cette route, parce que la colline la mettait à l'abri du soleil. Lafaine le savait, et c'est pour cela qu'il avait choisi le chemin le plus ombragé.

Madeleine dit qu'elle aimait bien à se promener en palanquin, mais qu'elle craignait que cela ne fût un peu dangereux.

— Pourquoi donc? demanda Lafaine.

— Je ne sais pas, dit Madeleine, — mais cela me semble si bas.

— Plus c'est bas et plus c'est sûr, dit Lafaine. Il n'y a qu'une chose à craindre à cette époque de l'année, c'est de verser lorsqu'on passe sur les anciens tourbillons de neige. Mais la claie est si près de terre, qu'il n'y a rien à redouter. C'est une des raisons qui me l'ont fait choisir.

Il faisait chaud et bon devant la maison en se mettant en route, mais au fond du vallon et à

l'ombre de la colline il commença à faire un peu
frais. Madeleine dit qu'elle allait s'enfoncer la
tête sous la peau d'ours pour avoir chaud ; et, en
même temps, elle pria Riquet de lui dire tout ce
qu'il verrait en passant.

— Volontiers, répondit-il.

Alors Madeleine se cacha la tête et l'appuya sur
un des coussins de paille ; et Riquet se mit à lui
raconter tout ce qu'il voyait, ainsi qu'il suit :

— Maintenant nous allons sur une route qui,
d'un côté, a des rochers, une grande colline et
quantité de sapins et de pins, et qui, de l'autre, a
de grands bois. Je puis voir à travers les arbres,
jusque dans le bas d'une profonde vallée. Voici une
immense grosse bûche ! Maintenant nous l'avons
dépassée. Puis, là-bas, il y a un grand tronc tout
noir, qui a l'air d'un ours dressé sur ses pattes de
derrière.

Madeleine se releva pour donner un coup d'œil
au tronc ; mais, trouvant qu'il ne ressemblait pas
beaucoup à un ours, elle se recouvrit la tête.

— Maintenant, dit Riquet, je crois que nous
arrivons au moulin. Oui, je commence à le voir. Il
est inutile que tu regardes, car tu peux entendre
le bruit de l'eau. Je vois la grande rouc qui tourne
et qui tourne.

Madeleine, qui avait grande envie de voir la

roue, se releva et regarda. Elle examina longtemps le moulin avec attention. C'était un moulin à scie, et il y avait beaucoup de billes de bois dans la cour. Dès que le palanquin en eut fait le tour, Madeleine vit, par une grande ouverture dans le moulin, une immense scie qui, par un mouvement rapide et violent de bas en haut et de haut en bas, sciait une bille de bois.

— Je ne comprends pas, dit Madeleine, ce qui fait monter et descendre si vite cette scie.

Riquet lui répondit : — Mais c'est l'eau ; on m'a expliqué tout cela.

— Non, dit Madeleine, car l'eau coule en bas tout le temps.

— Et la scie va en bas aussi, dit Riquet.

— Elle ne va en bas que la moitié du temps, reprit Madeleine ; elle descend et puis elle remonte.

— C'est l'eau, j'en suis sûr, dit Riquet, car je suis entré dans un moulin à scie, et on m'a tout expliqué.

— Comment se peut-il, demanda Madeleine, que l'eau, qui descend toujours, puisse faire descendre la scie et puisse la faire remonter ensuite ?

— Mais, — je le sais bien, dit Riquet, en hésitant, c'est par la mécanique, Madeleine, — c'est la mécanique.

Il arrive souvent à des gens bien plus âgés que Madeleine, qui étudient les sciences et la philosophie, de vouloir s'enquérir des causes d'un phénomène et d'avoir à se contenter d'un mot savant, au lieu d'une explication de la part de leurs professeurs. Ce grand mot « mécanique » ferma la bouche à mademoiselle Madeleine.

La mécanique explique tout, mais le savoir seul explique la mécanique.

Le palanquin ayant dépassé le moulin, Madeleine se recoucha, et Riquet recommença sa description :

— Nous descendons un chemin qui serpente dans le bois. Maintenant je puis apercevoir l'étang du moulin à travers les arbres. Avant peu, nous serons arrivés au coin.

Le coin dont parlait Riquet se trouvait à l'embranchement de deux routes. C'est là que se voyait l'école où se rendaient les enfants qui habitaient aux environs du moulin. Une route, qui partait de cet endroit et qui passait sur un pont, menait chez le fermier où ils allaient chercher le chien.

— Maintenant je commence à voir l'école, dit Riquet ; je vois des enfants assis près de la fenêtre. Ils regardent notre palanquin.

— Où donc? Laisse-moi voir, dit Madeleine. En disant ces mots, elle se releva, rejeta la peau d'ours et se mit à regarder les enfants qui étaient à la fenêtre de l'école.

Lafaine, qui allait vite, tourna subitement avant d'arriver à l'école, et se dirigea vers le ruisseau du moulin. Ce ruisseau prenait sa source à l'extrémité du vallon, et finissait par se jeter dans la rivière près du hangar à bateaux. Dès qu'ils s'éloignèrent de l'école, Madeleine se cacha de nouveau la tête, et Riquet reprit :

— Nous voilà tout près du pont. Je vois l'étang du moulin ; mais il est couvert de glace et de neige. Je vois aussi un homme qui conduit un attelage de bœufs vers le moulin. Il passe sur la glace. Je crois vraiment que les bœufs vont passer à travers.

— Voyons, voyons, fit vivement Madeleine.

Profitant de ce que Lafaine leur faisait monter la colline au pas, Madeleine se mit à regarder attentivement l'homme. Les bœufs marchaient à l'aise sur la glace, qui était aussi solide que la terre ferme. Ils traînaient une immense bille de bois que l'on allait faire scier au moulin. Madeleine les perdit bientôt de vue ; mais, sachant que la ferme était tout près, elle resta assise afin de voir tout ce qui se passait.

Lafaine, en arrivant devant la ferme, entra dans une grande cour, entourée de hangars et de

granges, où un jeune homme attelait une couple
de bœufs ; il allait porter du bois. Il avait déjà
passé le joug sur le cou d'un des bœufs, et il allait
en faire autant à l'autre, lorsqu'il vit arriver tout
notre monde sur la claie. Cette vue lui causa une
telle surprise qu'il lâcha le joug et le laissa pendre jusqu'à terre, soutenu seulement d'un bout
par le bœuf qui était déjà harnaché. Puis il se mit
à rire, et, laissant là joug et bœufs, il vint voir ce
qui en était.

— Lafaine, qu'avez-vous donc là ? s'écria-
t-il.

— C'est notre palanquin, dit Lafaine.

— Oui, dit Riquet, et nous sommes venus acheter Tom. Voulez-vous nous le vendre pour trois
francs.

— Tiens, mais qu'avez-vous fait de Franco ? demanda le jeune homme.

— Nous l'avons perdu, dit Riquet, il s'est sauvé
quelque part dans les bois. Il est devenu enragé.
ou bien il a vu un renard ou quelque autre chose
Moi, je soupçonne qu'il a vu un renard et qu'il
est allé l'attraper. Voulez-vous nous vendre Tom ?

— Dame, je ne sais pas si nous pourrons nous
passer de Tom, dit le jeune homme d'un air de
doute.

Après quoi il se mit à siffler et à appeler en disant : Tom, Tom, Tom ! ici, Tom ! Il appela vite et fort. Mais Tom ne vint pas.

— Il est quelque part dans la cour, dit le jeune homme ; cherchez-le, Riquet, et vous le trouverez.

— Je vais le chercher, répondit Riquet ; viens, Madeleine, viens avec moi.

Pendant que cette conversation avait lieu, Lafaine attachait le cheval à un poteau. Il partit avec le jeune homme dès que Riquet et Madeleine se furent mis à la recherche de Tom. Les enfants commencèrent par aller dans la grange. Puis ils regardèrent dans l'étable, où plusieurs vaches étaient couchées sur la paille ; mais il n'y avait pas de Tom. Ensuite ils cherchèrent dans l'écurie. Il y avait des chevaux dans les stalles, et Madeleine avait peur d'entrer.

— Oh ! il n'y a pas de danger, dit Riquet.

— Si fait, dit Madeleine, ce sont des chevaux qui ruent, je le sais. Ils ruent dans ce moment.

— Non, ils piaffent, voilà tout, dit Riquet.

En disant cela, il alla tout droit se mettre dans une stalle à côté d'un des chevaux, pour prouver qu'il n'y avait pas de danger.

Mais, loin de dissiper les craintes de Madeleine, cela ne fit que les augmenter. Elle ne dit rien pourtant, mais elle lui tourna le dos et se mit à marcher vers le milieu de la grange, que l'on nomme généralement « l'aire de la grange.»

Riquet la suivit, et, après avoir traversé cette partie de la grange, ils arrivèrent à un endroit où se trouvaient plusieurs portes.

— Ouvrons cette porte, dit Riquet, et voyons s'il n'est pas par ici.

— Il saisit le loquet, tandis que Madeleine, toute prête à regarder, se tenait timidement à côté de lui, les mains croisées derrière le dos.

Ils ouvrirent la porte et regardèrent tous deux. Ils virent une toute petite chambre dans laquelle on avait fait une sorte d'enclos où étaient deux petits agneaux qui se mirent à bondir en voyant Madeleine et Riquet : ils croyaient peut-être qu'on venait les lâcher.

— Oh ! les jolis agneaux ! dit Madeleine, que je voudrais donc avoir un agneau !

— Aimerais-tu mieux avoir un agneau qu'un chien ? demanda Riquet.

— Mais, — je ne sais pas au juste, dit Madeleine lentement et avec hésitation, comme si elle réfléchissait. Le vrai, c'est qu'elle aurait préféré Franco à n'importe quel agneau ; mais, en même temps, elle aurait choisi un agneau de préférence à n'importe quel autre chien.

— Moi, j'aime mieux avoir Tom, dit Riquet.

— Mais moi, j'aime mieux un agneau, dit Madeleine, à moins de ravoir Franco.

— Mais Tom est tout pareil à Franco, dit Riquet, — il est tout pareil. Tu n'y pourrais pas voir de différence. A vrai dire, il n'y a pas de différence.

En finissant de parler, Riquet se tourna vers la porte pour sortir. Il ne voulait pas que Madeleine prît goût à avoir un agneau ; car, en sa qualité de garçon, il préférait un chien. Tout son raisonnement ne convainquit pas Madeleine. Quoique extérieurement il n'y eût pas de différence entre Franco et Tom, Madeleine savait qu'au fond il y en avait beaucoup.

Franco la connaissait, l'aimait, venait à elle lorsqu'elle l'appelait et obéissait à tous ses ordres. Tom serait un étranger. Elle ne pourrait pas, sous prétexte qu'ils se ressemblaient, reporter subitement sur l'un l'amitié qu'elle avait eue pour l'autre.

Riquet ouvrit une autre porte et vit qu'elle donnait dans une chambre où il n'y avait que des grands coffres ; ces coffres étaient remplis d'avoine et d'autres provisions pour les chevaux. Les enfants, ayant traversé cette pièce, se trouvèrent dans une jolie cour, mais ils ne virent pas trace de Tom.

Une jeune fille traversait la cour, portant à la maison un panier de copeaux. Riquet l'accosta et lui demanda si elle savait où était Tom.

— Oui, répondit-elle, il se chauffe au soleil sur les marches de l'entrée; du moins, il y était il y a quelques minutes.

Madeleine et Riquet coururent aussitôt vers le devant de la maison, en passant par une barrière qui séparait la petite cour de la grande cour d'entrée. Là ils trouvèrent Tom étendu bien à son aise sur une grande pierre plate. Il leva la tête en dressant les oreilles, lorsqu'il vit les enfants, mais il ne bougea pas.

— Ah! Tom, Tom, dit Riquet, pourquoi n'es-tu pas venu, petit coquin, lorsque je t'ai appelé?

— Il n'est pas obéissant, dit Madeleine; je ne l'aime pas.

— Oh! répondit Riquet, tu peux le rendre obéissant; tu peux faire son éducation.

Là dessus, Riquet s'approcha de Tom en l'appelant. Tom se leva, mais il ne sembla pas pressé d'arriver. Riquet marcha à reculons en disant sans cesse : Tom, Tom! Ici, Tom! et en faisant mille signes et mille bruits pour l'attirer, tandis que Madeleine, placée derrière le chien, tâchait de le faire avancer en frappant la terre de son

petit pied et en disant d'un ton d'autorité : Avance,
Tom ; il faut que tu avances !

Ils parvinrent ainsi à le mener jusque dans la
cour où ils avaient laissé Lafaine et le jeune
homme ; après quelques minutes de conversation,
le marché fut conclu. Ils donnèrent trois francs
au fils du fermier et mirent Tom dans le panier. Il
ne voulut d'abord pas y entrer : puis ensuite, chaque fois qu'on l'y remettait, il en sortait d'un seul
bond : mais Lafaine sut l'en empêcher en recou-
vrant le panier d'une toile. Ils rentrèrent ensuite
dans leur palanquin, comme l'appelait Lafaine,
et, après avoir mis le panier sur le traîneau de
Riquet, ils tournèrent bride et s'en allèrent.
Madeleine n'était pas du tout contente d'avoir Tom
au lieu de Franco, mais elle était d'un caractère
trop doux, trop soumis, pour se plaindre. Peut-
être que tout bas elle pensait au petit agneau.

VI

FRANCO EST RETROUVÉ

Au retour, le temps était charmant, et Made-

leine, assise sous le dais, regardait tout autour
d'elle. Elle surveillait le chien, ou plutôt le panier
qui contenait le chien pendant quelques minutes.
Tom se débattait de temps en temps pour sortir ;
mais, voyant qu'il n'y avait pas moyen, il parut
se calmer. Il demeura si tranquille que Riquet, le
croyant endormi, attira tout près de lui le traîneau au moyen de la corde qui l'attachait au
palanquin ; il voulait soulever un coin de la toile
pour voir ce que Tom faisait, mais Madeleine lui
conseilla de ne pas le faire, de crainte d'éveiller
le chien. Alors Riquet rendit peu à peu de la
corde et le traîneau reprit sa place, comme un
bateau qui est à la remorque d'un vaisseau.

Madeleine prenait grand plaisir à examiner
tous les aspects si sauvages du vallon. Habituée à
vivre dans la ville de New-York, où habitaient son
père et sa mère, tout lui semblait nouveau et
merveilleux dans cette pittoresque et solitaire
région ! Les précipices, les sombres bois de sapins,
ce grand espace uni et blanc au fond de la vallée,
que Riquet lui disait être l'étang du moulin couvert de glace et de neige ; le long chemin tor-
tueux tracé sur la glace, où l'on voyait tantôt un
cheval et un traîneau, tantôt un attelage de bœufs
tirant lentement une lourde voiture ; la maison
de l'école que l'on distinguait au loin de l'autre

côté du pont ; enfin le pont lui-même, jeté sur un petit ravin neigeux au lieu d'être sur une eau courante, tout cela la frappait et l'intéressait au plus haut degré.

Juste avant d'arriver au pont ils rattrapèrent un petit garçon qui menait deux jeunes bœufs attelés à un diable, ou chariot sur lequel était une barrique. Lorsque le jeune garçon vit le palanquin, il dirigea ses bœufs sur un des côtés de la route, afin de laisser à Lafaine la place pour passer. Lorsqu'il eut fait ranger ses bœufs, il s'arrêta, s'appuya sur eux, et regarda le palanquin ; sa physionomie exprimait beaucoup d'étonnement et de curiosité. Mais lorsque Lafaine et Riquet furent tout près de lui, il sourit. Il fit un signe de tête à Riquet ; Riquet lui fit un signe de tète.

— Holà, André ! dit Riquet, ça coule-t-il bien aujourd'hui ?

— On ne peut mieux, répondit André.

Le palanquin l'eut bientôt dépassé, mais Madeleine en se retournant put voir André qui ramenait ses bœufs au milieu de la route.

— Qu'est-ce qui coule bien ? demanda Madeleine à son cousin.

— La séve, dit Riquet, la séve des arbres à sucre.

Il expliqua alors à Madeleine comme quoi il y avait une sorte d'arbres dont la séve était très-sucrée, et qu'on nommait pour cette raison érable à sucre, puis comme quoi les gens du pays faisaient des trous dans ces arbres et y ajustaient de petits tuyaux sous lesquels ils plaçaient des baquets. La séve qui s'échappait des arbres passait à travers les robinets et tombait dans les baquets. Lorsque ces derniers étaient pleins on vidait toute la séve dans une barrique pour la rapporter à la maison où on la faisait bouillir afin de la changer en sucre.

— La faire bouillir pour la changer en sucre? répéta Madeleine.

— Oui, dit Riquet, on met la séve dans une grande, une immense chaudière, et on la fait bouillir jusqu'à ce qu'elle se change en sucre.

— Mais comment cela peut-il se faire? dit Madeleine.

— Je n'en sais rien, mais cela arrive toujours.

— Si nous pouvions avoir de la séve, continua Riquet, et si nous la mettions dans une chaudière à bouillir sur le feu, elle commencerait par se changer en sirop bien doux, puis enfin en sucre, en sucre d'érable.

—Essayons, dit Madeleine.

— Oui, dit Riquet, nous essaierons un de ces

jours. Tiens, ajouta-t-il, tu peux voir les baquets
là, sous les arbres.

Et Riquet lui montra le bois qui bordait un des
côtés de la route. Ce n'était pas un bois d'arbres
verts comme ceux qui croissaient sur le penchant
des montagnes; leurs branches, au contraire,
étaient toutes dépouillées, de façon que Madeleine pouvait voir fort au loin sans être empêchée
par le feuillage. La terre était couverte de neige,
et on voyait beaucoup de baquets posés tout près
des arbres.

— Ces baquets sont remplis de séve, dit Riquet,
ou du moins ils sont en train de se remplir de
bonne séve sucrée.

— Je voudrais bien les voir! dit Madeleine.

— Tout à l'heure, dit Lafaine, nous trouverons
un peu plus loin un chemin qui passe au milieu
des arbres.

Ils arrivèrent bientôt, en effet, à un chemin qui
avait été tracé par le chariot d'André, et dans
lequel Lafaine s'enfonça. Lorsqu'ils furent au milieu des arbres qu'on avait percés, il s'arrêta et
aida Madeleine à sortir du palanquin : elle trouva
fort amusant de regarder les conduits et d'y voir
couler la séve goutte à goutte, jusque dans les
baquets. Lafaine lui fit voir les trous qu'on avait
faits dans les arbres, et, pour cela, il retira un

des tuyaux et le lui fit examiner ; ce tuyau était
creux d'un bout à l'autre, de façon que Madeleine
pouvait voir au travers.

— Comment fait-on ces petits tuyaux creux ?
demanda-t-elle.

— On les fait avec des tiges de sureau, dit Riquet ; le bois du sureau, vois-tu, est plein d'une
moelle très-molle que l'on fait sortir en fourrant
un petit morceau de bois dur dans le milieu de la
tige : et c'est comme cela qu'on fait ces petits robinets creux. Moi je sais très-bien les faire. Il y a
beaucoup de sureaux près de la pierre du bord de
l'eau.

Cette pierre du bord de l'eau se trouvait à l'endroit où le ruisseau se jetait dans la rivière, et, en
été, Riquet allait souvent y jouer.

— Et y a-t-il beaucoup d'arbres à sucre près de
la maison ? demanda Madeleine.

— Je ne sais pas, dit Riquet. Y en a-t-il beaucoup, Lafaine ?

— Oui, dit Lafaine, il y en a assez pour ce que
vous en voulez faire.

— Alors, dit Riquet, perçons-les et faisons du
sucre. Moi je ferai les tuyaux, et Lafaine percera
les arbres. Ou bien je les percerai moi-même ; —
oui, je prendrai une tarière et je les percerai moi-
même.

6

Madeleine, après avoir goûté la séve, dit qu'elle n'était pas du tout sucrée, que cela n'était que de l'eau.

— Je le sais, dit Riquet ; mais quand on l'a fait bouillir un peu de temps, cela commence à devenir un peu sucré ; puis, plus cela bout, plus cela devient sucré, jusqu'à ce qu'enfin cela soit aussi épais et aussi doux que du miel.

Les enfants étant rentrés dans le palanquin, Lafaine sortit du bois, après avoir fait un grand détour parmi les arbres qui, presque tous, avaient des baquets près d'eux. En regagnant la grande route, il rencontra André avec son chariot, qui entrait dans le bois.

Notre palanquin avec tout son monde arriva bientôt près du pont. En descendant la petite colline qui y menait, ils aperçurent l'école, et ils virent que les enfants étaient à jouer dans la cour.

— C'est la récréation, dit Riquet.

— Oui, c'est pour cela qu'ils jouent, dit Madeleine.

Riquet et Madeleine, lorsqu'ils furent au bas de la descente, là où l'on passait l'eau, ne purent plus voir l'école ; mais, en remontant de l'autre côté du pont, ils l'aperçurent de nouveau. Plusieurs des enfants s'avancèrent vers la route pour voir le palanquin ; d'autres se tenaient près de la maison et tâchaient de regarder dans un trou qui était dans le mur. Lafaine arrêta le cheval lorsqu'il fut arrivé près des enfants qui regardaient le palanquin.

Il l'arrêta pour procurer aux enfants le plaisir de le bien examiner. Il voyait que cela les intéressait, et il était heureux de satisfaire leur curiosité. Mais, pendant que les enfants contemplaient avec étonnement le palanquin en se demandant ce que ce pouvait être, Madeleine et Riquet, de leur côté, regardaient ceux qui étaient près du trou du mur, et tâchaient de découvrir ce qu'ils faisaient là.

Un petit garçon s'avançait vers le trou en tenant une pierre à la main.

— Joseph, dit une petite fille qui était près de lui, en parlant d'un ton de reproche et d'alarme, Joseph, je ne veux pas que tu l'assommes ! La petite fille frappait du pied et parlait avec sévérité.

Un autre petit garçon qui était à genoux, tenait à la main un morceau de pain qu'il semblait offrir à quelque animal qu'il voulait engager à sortir du trou.

— Ici, Pompée, Pompée, Pompée ! disait-il ; viens ici, pauvre Pompée !

— C'est un chien qui s'appelle Pompée, dit Riquet.

A ce moment, parut à l'ouverture du trou une tète de chien. Elle était blanche avec des oreilles de couleur fauve.

— Je crois vraiment que c'est Franco, dit Riquet. En disant ces mots, il s'élança du palanquin et courut vers l'école en criant : Franco ! Et c'était bien Franco ; car, dès qu'il entendit la voix de Riquet, il sortit en courant du trou et se mit à sauter et à gambader autour de lui avec tous les signes de la plus grande joie.

Cette rencontre imprévue agita Madeleine presque autant que Franco. Elle cria à Riquet de le lui apporter, et, comme il ne venait pas assez vite, elle s'impatienta et se mit à descendre du palanquin pour aller à leur rencontre. Mais l'endroit où ils s'étaient arrêtés était tout mouillé, car le soleil y avait fait fondre la neige. Lafaine avança dans la cour de l'école, ou plutôt dans l'espace ouvert qui se trouvait à côté de la maison, car il n'y avait pas de cour fermée, et s'arrêta au beau milieu des enfants. Franco sauta alors dans le palanquin, se blottit tout contre Madeleine, et la regarda bien en face en remuant la queue. Madeleine partit d'un joyeux éclat de rire, tandis que Franco gardait le plus grand sérieux.

— Je suis si contente, dit-elle ; je l'aime bien mieux que Tom.

Riquet demanda aux enfants quand et comment Franco s'était mis dans le trou. Ils répondirent qu'en arrivant le matin à l'école ils l'avaient trouvé couché sur les marches, qu'ils avaient essayé de l'attraper, et qu'alors il s'était réfugié dans le trou. Vainement ils avaient tâché de le faire sortir en l'appelant, et Mary Bell lui avait laissé de son goûter afin qu'il le mangeât pendant la classe. Lorsque vint la récréation, ils virent qu'il avait mangé tout ce qu'on lui avait mis près du trou, et Mary Bell avait fait tout son possible pour l'engager à revenir manger.

Pendant que les enfants racontaient tout ceci à Riquet, Mary Bell, qui était une très-belle fille de douze ans, avec de jolis yeux bleus, se tenait un peu en arrière avec ses mains croisées derrière le dos. Elle avait l'air d'être contente et heureuse, mais un peu intimidée.

— Mary, dit Lafaine, n'aimeriez-vous pas à faire une promenade en palanquin ?

— Non, merci, répondit Mary.

— Oui, dit Lafaine, il faut que vous fassiez un petit tour ; et vous pourrez prendre avec vous tous ceux qu'il vous plaira d'inviter.

Plusieurs petites filles se mirent à crier aussitôt : Moi, Mary ! moi ! moi !

6.

— Qui voulez-vous prendre avec vous, Mary?
demanda Lafaine.

— J'aimerais les emmener tous, — s'il y avait
assez de place, dit Mary.

— Il ne manque pas de place, dit Lafaine; je
laisserai Madeleine et Riquet ici jusqu'à notre retour.

— Bon, attendez une minute, dit Mary; et elle
courut vers la maison.

Les enfants se mirent à danser et à sauter de
joie. «Elle est allée demander la permission à la
maîtresse, dirent-ils. Et sûrement elle nous lais-
sera aller, car elle connaît Lafaine.»

Pendant que Mary Bell était absente, Lafaine
fit descendre Madeleine du palanquin et la fit asseoir sur les marches d'entrée. Il détacha le traîneau à main de la claie et le mit de côté avec le
panier qui était dessus et qui contenait Tom. Mary
Bell revint à ce moment dire aux enfants que la
maîtresse leur permettait d'aller faire une promenade. Ils se mirent tous aussitôt à grimper sur le
palanquin. Les aînés y montèrent les premiers et
s'assirent aussi près que possible les uns des autres sur l'espèce de traversin que formaient les
bottes de paille recouvertes de peaux de buffle.
Les petits entrèrent ensuite et se casèrent de leur
mieux dans le centre. Quelques-uns des garçons

s'accrochèrent aux côtés du palanquin en tenant
entre leurs mains, de peur de tomber, les piquets
qui supportaient le dais. Lorsque tous furent
prêts, Lafaine se plaça sur la caisse par devant et
se mit en route. Madeleine, toujours assise sur
les marches avec Franco sur ses genoux, suivait
avec intérêt les préparatifs. Riquet, tantôt regardait tout ce monde entassé sur le palanquin, tantôt
soulevait doucement la toile du panier pour voir
ce que faisait Tom.

Les enfants, tout joyeux, remplirent l'air d'é-
clats de rire dès qu'ils se sentirent bouger ; —
puis croyant, au moindre balancement imprimé
au palanquin par les inégalités de la route, qu'ils
allaient verser, ils se mirent à pousser des cris
moitié de frayeur, moitié de joie. Riquet aban-
donna son panier et se mit à les poursuivre en
criant et en chantant, jusqu'à ce qu'enfin ils dis-
parurent tous, et Madeleine resta seule.

Du moins elle se croyait seule ; mais, au bout
de quelques minutes, elle entendit derrière elle
une voix très-agréable qui lui dit :

— Ce chien est-il à vous ?

Madeleine se retourna et vit une jeune femme
à la fenêtre de la maison. Elle se sentit un peu
effrayée. Elle supposa que c'était la maîtresse, —
et elle ne se trompait pas.

— Ce chien est-il à vous ? demanda de nouveau la maîtresse.

— Oui, madame, dit Madeleine.

— Comment se nomme-t-il ?

— Franco.

— Comment se trouve-t-il ici ? demanda la maîtresse.

— Je ne sais pas, madame, répondit Madeleine.

Puis il se fit un court silence.

— N'aimeriez-vous pas à visiter la salle d'étude ? reprit la maîtresse.

— Non, madame, dit Madeleine.

Elle refusa l'invitation, simplement parce qu'elle avait peur. Au fond, elle avait grande envie de voir ce qu'il y avait dans la salle d'étude. Bientôt elle se mit à regretter beaucoup d'avoir dit non, et à espérer que la maîtresse renouvellerait son invitation.

Mais elle ne la pria plus d'entrer ; seulement, après quelques minutes de silence, elle lui dit :

— Quel est votre nom ?

— Je m'appelle Madeleine.

— Et où habitez-vous ?

— J'habite New-York, dit Madeleine.

— Non, j'entends : où demeurez-vous par ici ?

— Je demeure chez mon cousin Riquet.

— Riquet ? répéta la maîtresse, comme si c'était
la première fois qu'elle entendait ce nom. Voulez-
vous dire chez Frédéric ?

— Oui, répliqua Madeleine, son vrai nom est
Frédéric ; mais moi je l'appelle toujours Riquet.

Elles causèrent ainsi quelque temps ; puis, la
maîtresse l'invita à revenir plus tard à l'école
comme élève. Cette idée plut beaucoup à Madeleine qui commençait à faire un peu connaissance
avec cette dame, et elle se dit qu'elle demande-
rait à sa tante de vouloir bien l'y envoyer. Elle
avait bien envie aussi de visiter la salle d'étude ;
mais la maîtresse ne l'en pria plus. Au bout de
quelques minutes, Madeleine entendit du côté du
bois le son des clochettes du palanquin, et des
cris, des éclats de rire qui annonçaient le retour
de Lafaine. Elle regarda sur la route au débouché
du bois et elle aperçut bientôt toute la bande. La
plupart des enfants étaient encore sur le palanquin ; mais plusieurs petits garçons, qui étaient
tombés en route, couraient après, afin de le rattraper et de reprendre leurs places. Mais ils riaient
si fort qu'ils ne pouvaient pas courir très-vite, et
les enfants qui étaient restés en voiture riaient
aussi en battant des mains et en criant à Lafaine
d'aller plus vite.

Pourtant Lafaine trouva moyen de ralentir le

pas de son cheval en approchant de l'école, de façon que tout le monde pût reprendre sa place ; aussi, lorsqu'il s'arrêta à la porte, ils étaient tous à leur poste, comme au départ. Quoique tout essoufflés à force de rire et de s'amuser, ils descendirent du palanquin en disant qu'ils savaient fait une promenade délicieuse.

Madeleine demanda à Mary la permission de l'embrasser pour le bon cœur qu'elle avait montré envers Franco en lui donnant son déjeuner. Mary se baissa tout de suite et ce fut elle qui embrassa Madeleine sur les deux joues.

— Je vous aime bien, lui dit Madeleine.

Riquet aussi la remercia.

Madeleine et Riquet se remirent alors en place et rattachèrent le petit traîneau. Madeleine prit Franco sur ses genoux, et, au moment où ils quittaient l'école, elle dit à Riquet qu'elle n'avait plus besoin de Tom, et qu'elle pensait qu'il vaudrait peut-être mieux le reporter au fermier.

— Mais non, répondit Riquet, je ne crois pas qu'il le reprenne. D'ailleurs, je vais demander à maman de me le laisser garder pour moi.

En effet, il demanda en rentrant la permission de garder Tom. Sa mère ne sembla pas d'abord très-disposée à avoir deux chiens dans la maison ; mais, après avoir réfléchi à la manière dont tout

s'était passé, elle céda au désir de Riquet. A l'a-
venir, Madeleine et Riquet eurent donc chacun
leur chien.

VII

LE TEMPS CALME.

Depuis qu'elle était en Franconie, Madeleine
semblait se fortifier de jour en jour. Elle passait
beaucoup de temps en plein air, à courir toute la
matinée avec son petit Franco sur la neige durcie;
puis, dans l'après-midi, lorsqu'elle ne pouvait
plus sortir, parce que la neige commençait à fondre, elle jouait sur la terrasse, ou elle allait causer avec Lafaine pendant qu'il travaillait.

Lorsque le temps était calme, le matin, il
était toujours agréable de courir dans les champs
et de grimper sur les rochers, quand même le
fond de l'air était froid; mais, avec le vent, il n'y
avait pas moyen de s'amuser, alors même qu'il ne
faisait pas froid. Madeleine avait donc un vif in-
térèt à découvrir tous les matins s'il allait faire
du vent. Elle s'en assurait d'abord en examinant

le baromètre, ensuite en regardant la fumée qui sortait des cheminées ; enfin en consultant Riquet et Lafaine.

Le baromètre était accroché dans la chambre de William. Il se composait d'un long tube de verre plein de mercure ou vif-argent. Lorsque le mercure s'élevait dans le tube, c'était signe que le temps serait beau et calme. Lorsqu'il baissait, cela annonçait de la neige ou de la pluie. Le baromètre, accroché au mur, était si long, que Madeleine était obligée de monter sur une chaise pour voir à quelle hauteur était le mercure. Elle ne pouvait pas concevoir que le calme ou le vent du dehors pussent faire aucun effet sur un instrument pareil placé dans la chambre si abritée et si tranquille de William. Elle lui en demanda un jour la raison ; mais William lui répondit qu'elle n'était pas encore assez grande pour la comprendre.

La meilleure manière pourtant de juger de l'état du vent était de regarder tout simplement la fumée qui sortait des cheminées. Si elle s'élevait tout droit ou si elle n'inclinait que légèrement d'un côté ou de l'autre, Madeleine était sûre qu'il n'y avait pas de vent, même sur le sommet des rochers. Ces jours-là étaient les bons jours pour grimper.

Ce fut pendant quelques-unes de ces calmes matinées que Madeleine apprit à glisser. Elle s'essaya d'abord sur un tas de neige qui était dans la cour, en se servant du traîneau de Lafaine, qui glissait très-bien parce que le fond en était très-uni. Quelquefois elle pouvait à peine le retenir sur le sommet du tas, le temps qu'il lui fallait pour s'asseoir. De jour en jour elle devint plus hardie et choisit de plus longues descentes ; puis, un matin, elle sortit avec Riquet pour aller glisser du haut d'une très-grande colline.

Ils avaient choisi un endroit où il y avait une longue pente fort unie, qui s'étendait au loin dans la vallée. Riquet y mena Madeleine sur son traîneau. Lorsqu'ils furent parvenus au sommet de la colline, une vue fort étendue s'offrit à eux. Ils voyaient jusqu'à l'autre bord de la rivière, puis aussi les montagnes qui étaient au-delà. Quoique tout le pays fût couvert de neige, on distinguait les fermes, les bois et certaines lignes sombres qui serpentaient sur la neige. Ces lignes marquaient le haut des haies.

Arrivé sur le sommet de la colline, Riquet s'arrêta et regarda fixement de l'autre côté de la rivière.

— Qu'est-ce que tu vois ? demanda Madeleine.

— Tiens, regarde là, dit Riquet en étendant le

7

bras ; ne vois-tu pas quelque chose sur la neige ?

Madeleine regarda et il lui sembla voir des petits points noirs qui grimpaient lentement, au loin, sur la colline.

— Qu'est-ce que c'est ? demanda-t-elle.

— Ce sont des gamins qui vont glisser, dit Riquet, je les reconnais : c'est John Jones et James Anderson. Guettons-les, ils vont glisser dans une minute.

Les petits points noirs continuèrent à grimper encore un peu, puis ils s'arrêtèrent.

— Ils montent sur leurs traîneaux, dit Riquet.

Pendant que les petits garçons gravissaient la colline, il paraissait y avoir quatre points noirs, deux enfants et deux traîneaux. Puis, en gagnant le sommet, ils se rapprochèrent tellement qu'ils ne semblèrent plus faire qu'un. Mais bientôt le point noir se sépara de nouveau en deux. Une des parties ne bougea pas ; mais l'autre commença à descendre la colline en serpentant. Madeleine et Riquet suivaient le progrès de la descente avec le plus vif intérêt. Le traîneau, qui allait de plus en plus vite, penchait de côté et d'autre, suivant les ondulations de la neige ; tantôt il semblait bondir sur une pente rapide, et tantôt passer comme une flèche sur un plateau uni. La rapidité de sa course alla toujours croissant jusqu'au fond de la vallée ; arrivé là, il traversa directement les prairies qui bordaient la rivière, et disparut derrière une rangée d'ormes et de saules.

— Quelle belle longue glissade ! dit Madeleine.

— Maintenant, au tour de l'autre, fit Riquet.

Le second traîneau prit la même route que le premier ; Madeleine et Riquet le suivirent des yeux, puis ils se mirent eux-mêmes en devoir de glisser. Riquet plaça Madeleine devant lui sur le traîneau. La descente était assez raide par endroits, et ils étaient tellement lancés, qu'arrivés en bas, ils traversèrent la vallée et remontèrent un peu de l'autre côté. Ils s'amusèrent à glisser là pendant plus d'une heure ; puis, quand la neige commença à fondre, ils rentrèrent.

Lorsque Madeleine sortait de bonne heure avec Riquet par de belles matinées, pour se promener, courir et glisser sur la neige durcie, elle souhaitait de ne la jamais voir fondre, et que l'hiver pût durer tant qu'elle resterait èn Franconie. Mais, d'une autre part, lorsqu'elle jouait dans la cour ou sur la terrasse, qu'elle voyait la terre à nu dans les allées du jardin, que les tiges des plantes apparaissaient de plus en plus à mesure que la neige fondait, alors il lui tardait de la voir disparaître entièrement.

Un soir, immédiatement après le thé, Riquet, en

revenant de la grange où il avait travaillé avec Lafaine, se mit à chercher Madeleine ; il avait l'air heureux et paraissait fort animé. Il la trouva enfin dans l'alcôve de William, assise sur l'escabeau, et occupée à lire l'histoire si amusante de mademoiselle *Lili à la Campagne*, qui venait d'être traduite du français en anglais.

— Madeleine, dit Riquet, sitôt qu'il l'aperçut, il pleut !

— Vraiment ? répondit tristement Madeleine, et elle tourna la tête vers la fenêtre. Elle vit les gouttes de pluie sur les vitres.

— Est-ce qu'il pleuvra demain aussi ?

— Oui, Lafaine le pense, dit Riquet.

— Que j'en suis donc fâchée ! dit Madeleine.

— Non, reprit Riquet, il faut en être content ; parce que la pluie va faire fondre la neige ; puis la glace disparaîtra de la rivière et il y aura une crûe.

— Alors je suis contente, dit Madeleine.

Il plut toute cette nuit-là, et presque toute la journée du lendemain, ce qui fit beaucoup fondre la neige. Madeleine et Riquet regardèrent par la fenêtre les places où la neige avait fondu dans la cour et sur les collines, et ils virent avec joie qu'elles allaient toujours en s'agrandissant. Des petits torrents se formèrent bientôt et descen-

dirent des collines en bondissant dans les mille
rigoles de l'herbe et en se répandant en cascades
écumantes sur les rochers. De grandes flaques
d'eau se formèrent aussi sur la glace de la rivière.
Ces flaques augmentèrent graduellement jusqu'à
ce que toute la surface de la glace sembla être
recouverte d'une seule nappe d'eau, qui s'étendait aussi loin que pouvait voir Madeleine.

— Peut-être que la glace s'en ira cette nuit, et
que nous aurons une crûe demain, dit Riquet. Je
suis bien content que nous ayons nos harpons.

— Moi aussi, dit Madeleine.

— Ou bien encore il va geler de nouveau,
ajouta Riquet, et alors nous pourrons patiner et
glisser admirablement sur la rivière. Je préfére-
rais encore le patinage à la glissade.

— Et moi, j'aime mieux la crûe, dit Madeleine,
parce que je ne puis ni patiner ni glisser !

— Si fait, repartit Riquet, tu peux glisser !

— Non, dit Madeleine, j'ai peur d'aller sur de
la neige aussi glissante.

— Oh ! il n'y a pas de danger. D'ailleurs, Lafaine et moi, nous te ferons faire une promenade
sur le Nord.

Le Nord était un petit traîneau qui appartenait
à Riquet, et qui était fait exprès pour aller sur la
glace. Riquet le décrivit à Madeleine, et lui ra-

conta avec beaucoup d'entrain comment on pouvait se promener dessus. Madeleine s'intéressa vivement à ce projet et, abandonnant son désir de voir fondre la glace, elle se mit à souhaiter qu'une bonne gelée fît reprendre l'eau.

Ce soir-là, les enfants étaient couchés, et attendaient la visite habituelle de madame Henry, quand ils entendirent contre les vitres un petit bruit sec comme celui que font la neige et la grêle en tombant. A ce moment, la porte s'ouvrit et William entra à la place de madame Henry. Les enfants le questionnèrent sur le temps, et il leur annonça qu'il neigeait très-fort. Madeleine dit qu'elle en était bien contente, car c'était signe qu'il faisait plus froid et qu'il allait geler. Riquet, lui, dit qu'il en était bien fâché, parce que la neige allait recouvrir la glace.

— Non, dit William, elle couvrira la terre et les arbres ; mais en tombant sur l'eau qui recouvre la glace de la rivière, elle se fondra. Ainsi, s'il neige une ou deux heures cette nuit, puis qu'il fasse un temps clair et froid, nous verrons peut-être demain, en nous levant, la terre et les arbres couverts de neige, et la rivière couverte d'une belle glace bien unie.

Le temps s'éclaircit en effet dans la nuit, après qu'il eut neigé quelques heures, et, le lendemain

matin, la prédiction de William se trouva réalisée.
Les champs et les coteaux étaient tout blancs,
excepté dans les endroits où la chaleur et l'humi-
dité avaient fait fondre les flocons de neige à
mesure qu'ils tombaient. La rivière était recouverte d'une glace parfaitement unie, qui réfléchissait, comme un miroir, les sombres sapins et
les rochers abrupts qui bordaient le rivage.

Riquet eut hâte d'en finir avec le déjeuner pour
aller glisser sur la rivière avec Madeleine. Mais,
en sortant, il trouva le temps froid et désagréable.
Il venait des rafales de vent du nord-ouest, sans
compter que Lafaine lui avait dit qu'il ne croyait
pas que la glace fût assez forte pour le porter. Il
conseilla à Riquet d'aller d'abord tout seul au quai
en faire l'essai. Madame Henry le laissa faire, car
elle savait que, si la nouvelle glace cédait, il resterait toujours au-dessous l'ancienne qui était bien
assez solide; elle savait aussi qu'il ne pouvait y
avoir qu'une très-petite couche d'eau entre les
deux, de sorte que, si Riquet allait sur la glace et
passait au travers, il ne pouvait lui arriver rien
de pis que de se mouiller un peu les pieds. Elle
lui recommanda, pourtant, de ne pas aller dessus avant de l'avoir éprouvée en y jetant des
pierres.

Riquet n'était pas aussi étourdi qu'il en avait

l'air, et il tenait beaucoup à ce qu'il n'arrivât rien
de fâcheux à sa petite personne, — il avait d'ailleurs, comme tous les enfants de nos pays, l'expérience de jeux qui ne sont pas d'usage dans les
autres pays, où il gèle très-rarement et où la
neige ne se montre que par accident. Il promit
qu'il essaierait la force de la glace avec un harpon
qui venait d'être fait d'une des perches qu'il avait
coupées dans le bois avec William. Lafaine les
avait rabotées et lissées d'un bout à l'autre, en
ayant soin de les amincir vers l'extrémité, qu'il
avait garnie d'un anneau ; puis, il y avait mis une
pointe de fer, pour qu'elles fussent toutes prêtes.
Il y en avait, en tout, quatre, dont une très-petite
et très-légère pour Madeleine. Ce fut celle-là que
prit Riquet, parce qu'elle était plus commode à
porter, et en même temps bien assez longue pour
l'usage qu'il comptait en faire.

De la fenêtre, Madeleine vit Riquet s'en aller,
harpon en main ; mais elle le perdit bientôt de
vue. Il sortit par la grande grille, traversa la
route, et alla se mettre sur le quai qui surplom-
bait la rivière. Il regarda la glace et se dit qu'elle
devait être très-solide. Il la frappa d'un grand coup
de son harpon. La pointe ferrée perça instanta-
nément la première mince couche de glace, et
s'arrêta à la seconde qui était fort épaisse.

— Non, se dit Riquet, elle n'est pas encore assez forte.

Il fit encore deux ou trois petits trous ronds
avec le bout de son harpon, puis, trouvant qu'il
faisait froid sur le quai, il revint à la maison
raconter à Madeleine le résultat de son expédition.

Le vent continua de souffler tout le jour ; mais,
vers le soir, il tomba et le temps s'adoucit.

Le lendemain matin, de l'aveu même de Lafaine, la glace était parfaitement solide, le temps
était doux, le ciel était pur et tout semblait favo-
riser les patineurs. Plusieurs jeunes garçons du
village vinrent à la rivière pour y patiner et y
glisser. L'un d'eux amena avec lui sa sœur, qui
se nommait Caroline. Caroline, qui était de beaucoup l'aînée de Madeleine, lui proposa de se charger d'elle et de la mener sur la rive voir patiner
les garçons.

Madeleine, qui savait que Caroline était une
jeune fille pleine de courage, se sentit parfaitement rassurée sous sa protection. William les
devançait de quelques minutes avec ses patins
sous le bras. Les deux jeunes filles prirent par le
pont qui était jeté sur le ruisseau, tout près de son
embouchure ; puis elles suivirent un petit sentier
qui aboutissait à quelques marches grossières.

7.

Après les avoir descendues, elles se trouvèrent sur la rive.

Un spectacle charmant les attendait. Tant que la glace avait été couverte de neige, on avait pu voir très-distinctement le chemin qui était tracé dessus : mais aujourd'hui qu'une nouvelle couche s'était reformée, rien ne l'indiquait plus, et toute la rivière était transformée en un seul champ de glace étincelante. Un petit garçon conduisait pourtant un troupeau de moutons dans la direction de l'ancienne route ; mais la glace était si glissante qu'il pouvait à peine se tenir debout. Le frère de Caroline se tenait près de William, qui était sur le rivage en train de chausser ses patins. Quant à Riquet, qui avait mis les siens avant l'arrivée de Caroline et de Madeleine, il patinait, et n'était déjà plus en vue.

Madeleine s'amusait infiniment de tout ce qu'elle voyait sur la rivière : la glace brillante, les adroits patineurs, les groupes animés de petits garçons, les jeunes moutons inexpérimentés qui glissaient en marchant, et les traîneaux qui dans le lointain serpentaient comme des reptiles, — tout l'intéressait.

Caroline conduisait Madeleine sur la glace avec beaucoup de précaution, car la petite avait peur et n'aimait pas à avancer beaucoup. Caroline, elle, courait sans crainte dans tous les sens, surtout après que son frère et William se furent mis à patiner. Enfin Madeleine commença à se fatiguer et Caroline la ramena à la maison.

William et Riquet revinrent au bout d'une heure ou deux, et proposèrent à Madeleine d'aller, après le dîner, faire une excursion avec eux sur le Nord. Le Nord, nous l'avons déjà dit, était un traîneau à main, fait exprès pour aller sur la glace. Il était monté sur de grands patins qui se relevaient en courbe à chaque extrémité, de sorte qu'il pouvait aller en avant et en arrière. D'un bout il y avait deux brancards réunis par une traverse de bois, comme on en voit aux petites charrettes à bras, et de l'autre il y avait une poignée. Lafaine l'avait ainsi organisé, afin que, lorsque Riquet tenait les brancards et tirait, lui, Lafaine, pût prendre la poignée et pousser par derrière. Au bout d'un peu de temps, pour revenir sur leurs pas, Lafaine tirait et Riquet poussait. Ce changement de rôle était agréable, parce qu'en variant l'exercice, il reposait les patineurs.

Il y avait sur le traîneau une sorte de caisse qui formait siége; on y étendit une peau de buffle afin que Madeleine s'y trouvât bien à son aise, puis on lui amena le traîneau jusqu'à la porte pour qu'elle y montât. William et Riquet y dépo-

sèrent leurs patins, puis ils s'y attelèrent et pous-
sèrent ainsi Madeleine jusqu'à la rivière. Riquet
se plaça par devant entre les brancards pour tirer
et William poussa par derrière en tenant la poignée. Lorsqu'ils arrivèrent à la rivière, ils mirent leurs patins et firent plus d'une demi-lieue
en patinant rapidement sur la glace. Tom et
Franco, qui étaient devenus très-bons amis, les ac-
compagnaient en courant après le traîneau.

Quoique l'on fût en hiver, les bords de la rivière étaient charmants. On y voyait des haies,
des fermes, des chemins et des bouquets d'arbres. Madeleine reposa sa tête en arrière sur le
dossier du siége, qui se trouvait juste à une
bonne hauteur, et se mit à admirer la vue tout en
voyageant sur la glace.

Après un peu de temps, elle se figura que
Franco devait être fatigué, et elle pria Lafaine de
l'attraper et de le lui donner dans le traîneau.
Elle avait envie de l'avoir, non-seulement parce
qu'elle le croyait fatigué, mais aussi parce qu'elle
aimait qu'il fût toujours auprès d'elle ; sans
compter qu'il lui tenait les pieds chauds.

Tels étaient les plaisirs de l'hiver.

VIII

LA TOURMENTE DE NEIGE.

Madeleine était, un jour, occupée à examiner des petites feuilles vertes qu'elle venait de trouver au bord d'une allée ; voyant passer Lafaine, elle lui demanda dans combien de temps il pensait qu'il n'y aurait plus de neige.

— Je n'en sais rien, répondit-il, nous pourrons bien en voir tomber encore un pied avant que celle-ci soit fondue.

— Encore un pied de neige ! s'écria Madeleine.

— Oui, dit Lafaine, nous avons encore le temps, ce printemps, de voir un pied de neige, et la terre aussi à la place qu'il faut pour la recevoir. A dire vrai, je crois qu'il se prépare une tourmente.

Madeleine regarda le ciel, et vit qu'il était brumeux, surtout vers le sud. La lumière du soleil commençait aussi à devenir terne. Au bout d'une demi-heure, il fit si froid que Madeleine rentra à la maison. Le soleil avait disparu. De bleu qu'il était, le ciel était devenu gris. Il fit nuit bien plus tôt que d'habitude, et lorsque Madeleine et Riquet montèrent se coucher, ils entendirent contre les vitres un petit bruit qui leur fit l'effet d'être un commencement de neige. Madeleine regarda par la fenêtre ; tout était blanc. Les sombres plaques de terre que la vieille neige avait laissées à nu en fondant dans la cour et dans le jardin étaient de nouveau recouvertes, et les terrasses, les allées, les gazons, les plates-bandes, tout était enveloppé d'un vaste manteau blanc.

— Ah ! mon Dieu, s'écria Madeleine, le jardin est tout couvert de neige et les fleurs vont mourir.

— Oh ! non, dit Riquet, la neige ne leur fait rien à ces fleurs-là, elles sont très-solides et pas frileuses. La neige, m'a dit Lafaiue, est pour elles comme pour toi une fourrure.

— Alors elles ont chaud dessous.

— Oui.

— Oh ! tant mieux, dit Madeleine.

— Je suis bien content que nous ayons une tourmente, dit Riquet.

— Et moi, j'en suis bien fâchée, dit Madeleine, je ne puis plus sortir pour aller jouer.

— Au contraire, dit Riquet, nous nous amu-

serons bien, lorsque nous irons déblayer les chemins. Ce sera magnifique, la tourmente!

— Vraiment? dit Madeleine.

— Oui, pourvu qu'il tombe assez de neige et
qu'il y ait beaucoup de tourbillons. J'espère qu'il
neigera toute la nuit, et qu'il fera un vent, mais
un vent, un vent terrible!

Il neigea toute la nuit, mais il n'y eut pas
beaucoup de vent. Lorsque Madeleine se réveilla
le lendemain matin, elle trouva la neige tellement amoncelée contre les vitres qu'elle pouvait
à peine voir à travers. En s'approchant d'une fenêtre, elle vit que le bas était couvert de neige;
elle pouvait voir un peu le haut à travers, mais
pas très-bien, à cause de la quantité de petites
gouttes d'eau et de neige fondue qui ne cessaient
de couler tout doucement à l'extérieur des vitres.
Madame Henry expliqua à Madeleine que les vitres étaient échauffées par la chaleur qu'il faisait
dans la chambre, et que par cette raison elles
faisaient fondre tous les flocons de neige que le
vent poussait contre elles.

Dès que Madeleine fut habillée, elle descendit
chercher Riquet, car elle comptait qu'ils s'amu-
seraient beaucoup à causer et à jouer ensemble
avant le déjeuner.

Mais elle fut trompée dans son attente; car,

au lieu de s'amuser, elle et Riquet se rendirent
fort malheureux pendant quelque temps, grâce à
une dispute, chose qui, trop souvent, gâte les plaisirs des enfants. Voici comment la querelle commença :

Madeleine trouva Riquet dans le grand salon.
Ce salon était immense; d'un côté il y avait des
fenêtres, et, aux deux bouts, il y avait des portes.
Une immense cheminée faisait face aux fenêtres,
et le foyer de cette cheminée était fait d'une seule
pierre gigantesque. Le couvert était mis tout à
un bout de la pièce, afin que les enfants pussent
jouer et courir dans l'espace qui restait libre. Ils
se mirent d'abord à regarder par la fenêtre ; puis
Madeleine alla s'asseoir près du feu pour jouer
avec Franco. Tom dormait de l'autre côté de la
cheminée.

— Oh! Madeleine, s'écria Riquet, viens donc
ici voir comme les gouttes coulent sur les vitres.

— Je les ai déjà vues, dit Madeleine, et je sais
pourquoi elles coulent.

— Pourquoi donc? demanda Riquet.

— Pourquoi? parce que la vitre est chaude, et
que cela fait fondre tous les flocons de neige qui
viennent tomber dessus.

Madeleine répétait ce que sa tante venait de lui
dire avant de descendre. Riquet posa sa main

sur la vitre pour savoir si vraiment elle était chaude.

— Non! s'écria-t-il, la vitre n'est pas chaude : elle est froide.

— Non, elle n'est pas froide, repartit Madeleine, elle est chaude. Ma tante m'a dit qu'elle était chaude, et elle doit le savoir.

— Mais viens la sentir toi-même ; elle est froide. Elle est froide comme la glace. En disant ces mots Riquet pressait ses doigts sur la vitre en divers endroits, et partout elle était froide.

— Non, dit Madeleine, je ne veux pas la sentir. Je sais qu'elle est chaude parce que ma tante me l'a dit.

Riquet quitta la fenêtre et s'approcha de Madeleine en lui disant :

— Viens seulement sentir. Puis il saisit son bras pour tâcher de l'entraîner.

— Non, dit-elle en le repoussant, je ne veux pas y aller.

Il est probable que Riquet aurait essayé de traîner sa cousine vers la fenêtre, et dans ce cas les suites auraient pu être fâcheuses ; mais en ce moment même, la porte s'ouvrit, et Lafaine entra, tenant dans ses bras une charge de bois pour le feu.

— Qu'est-ce qui se passe ? dit Lafaine.

— C'est Riquet qui ne veut pas me laisser tranquille, lui répondit Madeleine.

— C'est elle qui prétend que les vitres des fenêtres sont chaudes, dit Riquet, et je veux qu'elle vienne les sentir.

— L'un de vous dit qu'elles sont chaudes, l'autre dit qu'elles sont froides, dit Lafaine, et vous ne pouvez pas vous mettre d'accord. Est-ce bien cela?

— Oui, dit Riquet.

— Je vais voir ça! dit Lafaine, qui déposa son bois, puis se mit le plus tranquillement du monde à en placer jusqu'au dernier morceau sur le feu. Ensuite il fourra sa main dans sa poche et en retira une mitaine.

— Qu'allez-vous donc faire? demanda Riquet.

Je vais mettre cette mitaine, répondit Lafaine, dans la crainte que la vitre ne soit si chaude qu'elle me brûle.

Riquet éclata de rire à cette idée, et même Madeleine ne put pas s'empêcher de sourire. Ils commençaient déjà à se sentir de meilleure humeur.

Lafaine se dirigea avec précaution vers la fenêtre; il étendit la main vers les vitres, comme s'il craignait un peu d'y toucher. Enfin, il imita si parfaitement et si comiquement l'air et la manière de quelqu'un qui serait sur le point de toucher du fer rougi, que Madeleine et Riquet oublièrent leur querelle et coururent vers lui pour voir ce qu'il allait faire.

Lafaine étendit la main vers la fenêtre, et dès qu'il eut touché la vitre, il la retira vivement en s'écriant : Oh ! que c'est chaud ! puis il ajouta : Je crois que je vais essayer sans mitaine. L'ayant ôtée et ayant touché la vitre avec sa main à nu, il fit un bond comme s'il était brûlé, et se mit à sauter et à gambader par la chambre ; il secouait ses doigts, soufflait dessus, et faisait mille grimaces des plus comiques pour exprimer ses souffrances, si bien que Madeleine et Riquet remplirent la chambre de leurs éclats de rire. Lafaine sautilla vers la porte, l'ouvrit et disparut. Dès qu'il fut hors de la chambre, il reprit son air habituel, il traversa la cuisine de la façon la plus calme, comme si de rien n'était. Madame Henry, et les femmes qui faisaient le déjeuner, avaient entendu les enfants rire et sauter dans la pièce voisine ; mais à voir l'air grave et compassé de Lafaine, elles ne supposèrent pas qu'il y fût pour quelque chose.

Madeleine aussi passa par la cuisine pour suivre Lafaine. Elle le trouva dans le hangar occupé à prendre encore du bois au tas. Elle entr'ouvrit la porte et lui dit : Était-ce vraiment chaud, Lafaine ?

— Ah ! dit Lafaine, en branlant la tête, et en souriant mystérieusement, si seulement vous voyiez mes doigts, — tout brûlés !

— Mais là, est-ce vrai ? dit Madeleine. Dites-moi donc.

— C'est bien à ce sujet que, vous et Riquet, vous vous êtes querellés ? demanda Lafaine.

— Oui, dit Madeleine.

— Eh bien ! maintenant il fait trop froid ici pour vous sous ce hangar ; mais, après le déjeuner, quand vous serez prêts à sortir, si vous y revenez, je jugerai votre dispute.

Madeleine accepta, puis elle rentra dire à Riquet l'arrangement qu'elle venait de faire. Elle le trouva en train de conter l'histoire de leur querelle à William qui venait de descendre pour le déjeuner. William avait, pour juger de pareilles questions, une manière tout opposée à celle de Lafaine. Il posa la main sur un carreau, puis il dit : Sans doute les vitres ne sont pas aussi chaudes que la main, de sorte qu'en les touchant elles nous semblent froides ; mais elles sont plus chaudes que la neige et cela suffit pour la faire fondre.

— Mais les vitres sont froides lorsque nous les touchons ? dit Riquet.

— Oui, dit William, ou plutôt je dirai qu'elles nous semblent froides lorsque nous les touchons avec la main.

— Tu vois bien! dit Riquet en se retournant vers Madeleine, je te le disais bien.

— Riquet, reprit-elle en branlant la tête, je ne vais pas continuer à disputer là-dessus. Lafaine dit qu'il décidera tout cela après le déjeuner.

Madeleine, sitôt le déjeuner fini, ne prit que le temps de mettre son châle et son chapeau; puis, elle alla avec Riquet retrouver Lafaine, qui était toujours à empiler du bois dans le hangar. Il avait fallu fermer les portes à cause de l'orage, qui était si violent qu'il semblait que le vent et la pluie, en battant les vitres, voulussent absolument entrer. Un peu de neige entrée par le jour qui était sous la porte s'était amoncelée en un petit tas : Madeleine et Riquet s'amusèrent un instant à en faire des boules de neige. Puis ils s'adressèrent à Lafaine pour juger leur querelle.

— Je vais vous lire la loi sur les disputes, dit Lafaine, telle qu'elle se trouve dans le Code Antonin.

Lorsque l'Empereur Napoléon régnait en France, il fit rédiger une collection de lois qui devint célèbre dans le monde entier et qu'on nomma le Code Napoléon. C'était en imitation de ce nom que Lafaine avait appelé Code Antonin le corps de lois que lui, Antoine Lafaine, inventait au fur et à mesure pour régler les querelles de Riquet et de Madeleine.

Comme il venait de leur annoncer qu'il allait leur lire la loi, il mit sa main dans sa poche et en retira un petit livre relié en maroquin.

— Il faut d'abord savoir le sujet de la dispute, dit Riquet.

— Non, dit Lafaine, commençons par la loi. Vous vous êtes querellés et vous voulez savoir qui a raison et qui a tort; c'est bien cela, n'est-ce pas?

— Oui, dit Riquet.

— Eh bien, voilà le sujet de la querelle. Tout ce qu'il nous faut maintenant, c'est de connaître la loi.

En disant ces mots, Lafaine feuilletait son livre; puis il se mit à lire.

— Chapitre quarante-huit. Des querelles! Oui, c'est cela. Section première: Si deux frères se querellent, c'est l'aîné qui a tort, car il devrait être le plus raisonnable, et il devrait savoir que les enfants ne peuvent rien faire de plus sot que de se quereller.

— Ce n'est pas cela, dit Madeleine, car nous ne sommes pas deux frères.

— Section deuxième, continua Lafaine en regardant son livre avec le plus grand sérieux. Si un frère et une sœur se querellent, c'est le frère qui a tort, car il devrait être trop poli pour quereller une femme.

— Ce n'est pas cela, dit Madeleine, car nous ne sommes pas frère et sœur.

— C'est égal, ça en approche pas mal, dit Lafaine en fermant son livre.

— Laissez-moi voir le livre, dit Riquet au moment où Lafaine le remettait dans sa poche.

— Non, dit Lafaine, mais je vais vous dire ce que je ferai.

— Quoi? dit Riquet.

— Si vous et Madeleine vous voulez bien m'empiler du bois pendant une heure, je vous percerai des arbres à sucre.

— Quand le ferez-vous? dit Riquet.

— Au premier beau jour, dit Lafaine.

— Allons, Madeleine, lui dit son cousin, mettons-nous à l'ouvrage.

Madeleine y ayant consenti, les enfants travaillèrent fort assidûment pendant une heure à empiler le bois; Lafaine leur renouvela sa promesse de percer les arbres à sucre dès que le temps serait propice.

C'était ainsi qu'il s'y prenait pour régler les

querelles des enfants. Il commençait d'abord par
les amuser au moyen de quelque invention ori-
ginale et hardie, qui pût exciter leur curiosité
ou les faire rire ; ensuite il cherchait à détourner
leur attention sur quelque sujet, tout autre que
celui de la dispute. C'était un excellent moyen.
J'engage les sœurs et les frères aînés à l'adopter
lorsqu'ils sont appelés à mettre la paix entre les
cadets.

Dans l'après-midi, lorsque Riquet eut fini ses
leçons, il descendit au salon pour jouer avec Madeleine. La tourmente durait toujours. La neige
s'était accumulée si haut contre les fenêtres, et
les flocons, poussés par le vent, tombaient si dru
contre les vitres que Madeleine pouvait à peine
voir ce qui se passait au dehors. Elle vit pourtant
que la neige était déjà fort épaisse dans la cour.
La barrière qui menait au jardin était complétement ensevelie dans un tourbillon. Tandis que
Madeleine observait toutes ces choses en regardant par la fenêtre, Riquet, de son côté, assis
auprès du feu avec son chien Tom, lui enseignait
à parler, selon son expression. Il tenait un morceau de pain au-delà de la portée du chien, et,
pour le faire aboyer, il le lui offrait en disant :

— Parle, Tom, parle !

Cette façon d'agir, qui agaçait et agitait Tom,

commençait toujours par le faire gémir et grogner fort désagréablement, puis finissait par le faire aboyer. Aussitôt Riquet lui donnait le pain ; puis, cassant un autre morceau de la tranche qu'il tenait à la main, il lui faisait recommencer le même manége.

Tandis qu'il se livrait à cette occupation, Lafaine traversa le salon pour aller demander à madame Henry s'il ne devait pas aller à la poste, attendu que l'heure était déjà fort avancée. Mais en passant il s'arrêta pour regarder Riquet, et lui demander ce qu'il faisait avec son chien.

— Je lui apprends à parler, dit Riquet ; attendez un moment et vous verrez qu'il parlera.

Lafaine regarda Riquet arracher un autre petit morceau de pain, le tenir en l'air et répéter de nouveau : Parle, Tom, parle !

Tom se tordit dans tous les sens, et s'élança vers le pain en gémissant ; mais, gêné, sans doute, par la présence d'un étranger, il ne voulut pas parler.

Lafaine poussa une exclamation de dédain, et continua son chemin.

— Il y a une ou deux minutes, il parlait pourtant, dit Riquet.

— Je suis toujours bien aise qu'il ne le fasse pas maintenant, dit Lafaine.

8

Riquet s'était figuré que l'expression de dédain s'adressait à l'entêtement du chien qui se refusait à parler, tandis qu'au contraire Lafaine s'irritait de la sottise de Riquet voulant enseigner une pareille chose à Tom.

— Mais, comment donc, n'est-ce pas bien de lui apprendre quelque chose? demanda Riquet.

— Oui, repartit Lafaine; mais, au lieu de lui apprendre à aboyer, ce qui est fort ennuyeux, je lui apprendrais à faire quelque chose d'utile et d'agréable. En disant ces mots, il quitta la chambre.

Au bout de quelques minutes il revint; et Riquet l'arrêta au passage en lui disant :

— Qu'est-ce que vous lui apprendriez, Lafaine ?

— Oh! je ne sais pas trop. Je lui apprendrais peut-être à se laisser atteler comme un cheval. Si vous dressiez les deux chiens, vous pourriez les employer, comme une paire de bœufs, à transporter notre jus d'érable jusqu'à la chaudière, lorsque vous ferez votre sucre. Puis Lafaine quitta de nouveau la chambre en se dirigeant vers la grange.

L'idée de dresser les chiens pour en faire un attelage enchanta Riquet; après y avoir réfléchi et en avoir causé avec Madeleine pendant quelques minutes, il se décida à aller trouver Lafaine pour lui demander comment cela devait se faire. Il le rencontra dans la grange au moment où celui-ci faisait sortir le cheval de l'écurie

— Où allez-vous donc? lui demanda-t-il.

— Je vais à la poste, répondit Lafaine.

Le bureau de poste était à environ un quart de lieue, dans le village.

— Oh ! mais vous n'arriverez jamais à la poste aujourd'hui.

— J'essaierai, dit Lafaine. En disant cela, il posa sur le dos du cheval une couverture pliée et l'assujettit par une courroie qu'il passa autour du corps de l'animal. Puis, d'un seul bond, il se mit à califourchon dessus.

— Mais, est-ce que vous ne prendrez pas une bride? demanda Riquet.

— Non, dit Lafaine, en fait de bride un licou me suffit, surtout lorsque je monte le Maréchal.

On nommait ce cheval le Maréchal, parce que c'était celui que M. Henry montait de préférence pour les revues de la milice, ainsi que dans toutes les occasions importantes. Il était très-beau et très-fringant ; mais pourtant si bien dressé que Lafaine le menait avec un licou, tout aussi bien qu'avec une bride.

— Mais, dit Riquet, vous devriez bien, Lafaine, nous montrer comment nous devons nous y prendre pour dresser nos chiens à traîner une voiture ; puis je voudrais aussi que vous nous fassiez un harnais avant d'aller à la poste.

— Oh ! non, je ne le ferai pas, dit Lafaine, car cela me prendrait au moins une demi-heure.

— Et dans combien de temps serez-vous de retour de la poste ? demanda Riquet.

— Il me faudra une heure et demie pour aller et revenir, si toutefois la neige est aussi profonde que je le suppose.

— Je compte aller demander à William s'il ne veut pas aller à la poste au lieu de vous, dit Riquet. Alors vous pourrez rester pour nous aider.

— C'est bon ; mais dites-lui bien que c'est là votre projet et non le mien, dit Lafaine.

Riquet alla, en courant, faire sa demande. Au bout de quelques minutes, il revint accompagné de William, qui était habillé pour affronter l'orage. Il avait une casquette et son paletot était boutonné jusqu'au menton.

— Je crains, monsieur William, que vous n'ayez bien du mal à arriver à la poste, dit Lafaine.

— Je m'attends bien à trouver les chemins bloqués, dit William ; mais malgré cela je désire beaucoup y aller. Je n'ai pas fait le moindre exercice aujourd'hui. Seulement je vous demanderai de me donner une selle et une bride.

William, en sa qualité de collégien, pensait qu'il ne serait guère convenable pour lui de se montrer dans le village sur un cheval qui n'aurait pour tout harnachement qu'une couverture et un licou.

Lafaine mit donc pied à terre, puis il sella et brida le cheval et le remit à William. Ensuite il ouvrit un des battants de la grande porte de la grange afin que William sortît dans la cour.

Riquet et Lafaine se tenaient sur le pas de la porte pour le voir se mettre en route.

La cour, avec tout ce qu'elle renfermait, était complétement enterrée sous la neige. Le vent hurlait d'une façon terrible dans les arbres et tout autour de la maison. De grands tas de neige bloquaient les fenêtres. Toute trace de la route était effacée ; et dans bien des endroits les haies qui se trouvaient autour de la maison avaient complétement disparu. On ne voyait rien au-delà de la route. L'air épaissi et chargé de flocons de neige que le vent poussait avec fureur cachait tout le pays environnant.

La neige était si profonde dans la cour que ce ne fut qu'avec la plus grande difficulté que le Maréchal avança en trébuchant. Néanmoins, il

8.

poursuivit vaillamment son chemin. Mais en arrivant près de la grande barrière, ou plutôt près de l'endroit où elle devait se trouver, William s'aperçut que la haie, la barrière et la route étaient entièrement ensevelis sous un immense tourbillon ou monceau de neige. Le cheval s'y engagea pour le traverser, quoiqu'à chaque pas il enfonçât davantage. Mais lorsque la neige lui vint plus haut que le poitrail, il dut s'arrêter après avoir fait un dernier effort. William mit pied à terre, et, ne s'occupant plus du cheval, il passa devant lui et se mit à tasser la neige avec ses pieds afin de frayer un chemin à travers le tourbillon. Il n'avançait que lentement dans ce travail, mais le cheval le suivait de près comme s'il eût compris ce que son maître voulait faire. William, ayant réussi à traverser le plus profond du tourbillon, se trouva bientôt sur la route. Lorsqu'il vit que la neige n'arrivait plus même jusqu'aux épaules du cheval il lui dit : Allons, mon vieux, maintenant je crois que tu peux continuer ton chemin ! — Puis il se remit en selle. Le cheval avança bien lentement, tandis que Lafaine et Riquet, debout à la porte, le suivaient des yeux. Mais l'épaisseur de l'atmosphère leur déroba bientôt la vue du cheval et du cavalier.

— Je regrette bien, dit Riquet, de n'avoir pas

demandé à William de m'emmener, monté en
croupe derrière lui.

Lafaine ne lui répondit pas, mais se mit à refermer la porte de la grange; puis il rentra à la
maison avec Riquet pour chercher Madeleine, et
se mettre à dresser les chiens.

Lafaine savait très-bien comment s'y prendre
pour dresser les chiens. Il avait appris à le faire
au Canada où l'on se sert beaucoup de charrettes
à chiens.

Il fit d'abord les harnais. Chaque harnais se
composait d'un collier de cuir souple, auquel se
rejoignait de chaque côté une longue courroie qui
servait de trait. Le traîneau de Lafaine tint lieu
de charrette. Au commencement, ils ne mirent
rien dessus et firent la leçon aux chiens à tour de
rôle. Franco apprit le plus vite.

Mais avant que William revînt de la poste, les
deux chiens savaient déjà très-bien tirer le traîneau, d'un bout de la chambre à l'autre, sur le
tapis. Lafaine dit à Riquet et à Madeleine qu'il
faudrait continuer à leur enseigner tous les jours ;
il ajouta en s'en allant qu'ainsi les chiens se trouveraient fort bien dressés lorsque la neige serait
durcie et que le moment serait venu de faire le
sucre.

Riquet, fatigué de faire l'éducation des chiens,

proposa bientôt d'aller chercher des tiges de sureau dont ils feraient des robinets pour la séve
des arbres à sucre. Madeleine lui dit qu'il ne
pourrait pas sortir, vu que toute la cour était sous
la neige.

Il répondit que cela lui était égal ; il commença
par mettre ses gros souliers, puis il prit deux courroies qui étaient accrochées dans le vestibule, et
s'en servit pour lier le bas de son pantalon bien
solidement autour de la cheville, afin d'empêcher la neige d'y entrer. Cela fait, il se rendit
sur la terrasse qui donnait sur la cour de derrière, tandis que Madeleine l'observait par la fenêtre.

Il traversa la cour tant bien que mal en se retournant à tout moment pour regarder Madeleine,
et en se laissant tomber à chaque pas, exprès
pour la faire rire ; il ne manqua pas non plus de
se jeter par terre là où la neige lui paraissait profonde et de s'y rouler de tout son cœur. Il s'aperçut bientôt, en avançant dans la direction des
sureaux, que la neige devenait de plus en plus
épaisse, et qu'il fallait s'arrêter, car il en avait
jusqu'à la ceinture. Il ne fit aucun effort pour en
sortir, resta tranquillement couché et regarda
Madeleine en riant.

Au bout d'un moment, il se releva vivement et

il se mit d'un air joyeux à montrer du doigt quelque chose dans les arbres.

— Qu'est-ce donc? demanda Madeleine en appliquant sa bouche tout contre la vitre et en criant de toute sa force.

Riquet parut lui répondre, mais Madeleine n'entendit pas ce qu'il disait. Du doigt il montrait toujours les arbres.

Madeleine entr'ouvrit la fenêtre et entendit qu'il criait : Des bruants de neige!

Le vent soufflait avec une telle violence que Madeleine se hâta de refermer la fenêtre.

Mais bientôt elle le vit se débattre pour sortir de la neige et se remettre en route pour rentrer. Dès qu'il arriva à la terrasse il se mit à taper du pied pour se débarrasser des flocons qui s'étaient attachés à ses habits. Puis il s'approcha de la fenêtre et annonça à Madeleine, en criant de sa plus forte voix, qu'il allait chercher les raquettes à neige.

Il disparut en effet pendant quelques minutes; mais bientôt Madeleine le vit reparaître. Il avait mis les raquettes sur son dos et les lui montrait en riant. Il les posa ensuite par terre, mit ses pieds dessus et les y assujettit avec les courroies.

Cela fait, il quitta la terrasse et monta sur la neige; on peut dire monter, car la neige était si profonde que maintenant qu'il n'y enfonçait plus, il fallait qu'il montât pour aller de la terrasse à la cour. Grâce aux raquettes, il parvint à se soutenir sur la neige ; mais elles étaient si grandes qu'il ne pouvait qu'avec peine les manœuvrer, et elles le faisaient marcher en trébuchant de la façon la plus grotesque. Madeleine le suivit des yeux jusqu'à ce qu'il eût tourné le coin de la maison ; puis alors son attention fut attirée par William qui entra tout blanc de neige, et lui dit :

— Tiens, Madeleine, voilà une lettre pour toi ; je crois qu'elle est de notre mère.

———

IX

LA FABRICATION DU SUCRE.

Il se passa une semaine avant que Madeleine et Riquet pussent sortir et marcher sur la neige qui était tombée pendant la grande tourmente ; elle dut fondre tous les jours et puis être regelée toutes les nuits, avant d'être assez ferme pour qu'on pût marcher dessus. Aussi Tom et Franco eurent-ils le temps d'être parfaitement dressés. Afin de s'assurer qu'ils pourraient traîner une charge de jus de séve, Riquet les exerça à traîner un seau d'eau dans la cour. C'était un seau de fer-blanc, garni d'un couvercle pour empêcher l'eau de se répandre.

Lafaine leur dit que les érables qui leur convenaient se trouvaient au bord de la rivière, tout près de l'embouchure du petit ruisseau. Il dit à Riquet qu'il ferait bien de passer sur la glace de la rivière pour transporter la séve. La glace était couverte de neige et jamais on n'eût cru qu'il y avait de l'eau sous ce manteau de neige blanche qui recouvrait non-seulement la rivière, mais tout le pays environnant, et qui était si ferme que, le matin, on pouvait marcher dessus sans craindre d'enfoncer. Lafaine avait percé tous les arbres, au nombre de six, la veille du jour où les enfants devaient faire leur sucre ; il leur indiqua en grand détail comment ils devaient s'y prendre pour recueillir et faire bouillir la séve. On verra quelles étaient ces indications en suivant Madeleine et Riquet dans leurs opérations.

Riquet devait transporter sur son petit traîneau à main tout ce qui leur était nécessaire. Il ne voulut pas y atteler les chiens, car il voulait, disait-il, réserver leurs forces pour voiturer la séve. Il commença par mettre sur le traîneau une assez grande caisse qui devait contenir tous les outils pendant le voyage, et qui, lorsqu'ils seraient arrivés au bord de l'eau, devait se renverser et leur servir de table. Il mit dans cette caisse une chaudière, plusieurs bûches, une petite scie et une petite chaîne de fer qui avait un crochet à un bout.

La petite scie devait servir à scier les branches mortes des arbres, ou tout autre combustible qu'il pourrait trouver, en morceaux d'une grandeur convenable pour faire du feu.

Riquet avait d'abord compté prendre une hache ; mais sa mère lui avait dit qu'elle ne trouvait pas cela prudent, et qu'il devait se contenter des petits morceaux de bois qu'il ramasserait. Riquet lui répondit qu'il n'en trouverait pas, parce qu'en hiver le bois mort était enterré sous la neige, et qu'il lui faudrait absolument couper du bois sur les arbres. Alors sa mère lui dit qu'il fallait prendre la scie.

Il y avait dans la chaudière quelques morceaux d'écorce de bouleau, des petits fagots et une boîte d'allumettes. Ces choses devaient servir à allumer le feu. Ils prirent aussi trois perches d'environ six pieds de long, qui étaient liées ensemble d'un bout par une corde, et qui furent placées sur la

caisse lorsque toutes les autres choses y eurent
été mises. Les piquets qui entouraient le traîneau
empêchaient la caisse et les perches de tomber en
route.

Le traîneau à chiens ne fut pas mis dans la
caisse, mais fut tout bonnement attaché par une
corde derrière le traîneau à main. Le seau de fer-
blanc, qui devait contenir la séve, fut placé dessus
et fixé de la même façon que l'était la caisse sur
le traîneau à main. Au fond du seau se trouvaient
enveloppées dans du papier plusieurs tranches de
pain et quatre oranges, ainsi que deux soucoupes
et deux cuillères. Celles-ci devaient servir à goûter la séve de temps en temps pendant qu'elle
bouillait, afin de savoir si elle commençait à devenir sucrée. Les enfants emportèrent également
une assez grande boîte de bois, car ils comptaient
rapporter à madame Henry tout le sucre qu'ils feraient.

Lorsque tout fut prêt, ils se mirent en route :
Franco et Tom couraient devant le traîneau en
bondissant de joie.

— Ah ! mes gaillards, leur dit Riquet, vous ne
savez pas combien vous aurez à travailler aujour-
d'hui pour nous transporter toute notre séve.

Les enfants s'en allèrent par la grande grille
d'entrée et suivirent le chemin qui menait au ruis-

9

seau sur lequel, ainsi que nous l'avons déjà dit, il
y avait un pont, tout près du hangar à bateaux.
Lorsqu'en été on voulait se rendre à la plage où
ils comptaient faire leur feu, il fallait traverser
ce pont; aussi les enfants le firent-ils par habitude. Mais au moment dont il s'agit, il eût été
tout aussi sûr d'y aller en passant sur la glace
qui recouvrait la rivière.

Après avoir passé le ruisseau, ils arrivèrent à la
plage, où ils trouvèrent la terre à découvert; car
à mesure que la neige y était tombée, elle avait
été enlevée par le vent. Le matin la plage était
chaude et tiède, car elle était exposée au soleil
levant, et le peu de neige qui y était resté était
fondu, ce qui permit à Madeleine et à Riquet de
trouver, sur le sable ferme et sec, une bonne place
pour allumer leur feu.

Dès qu'ils furent arrivés et que Riquet se fut
arrêté avec le traîneau, Madeleine, qui était un
peu fatiguée par cette longue course, alla s'asseoir
sur un banc que Lafaine avait placé là l'été précédent.

— Maintenant, dit Riquet, la première chose à
faire, c'est d'allumer notre feu.

— Non, reprit Madeleine, la première chose à
faire, c'est de chercher la séve.

— Non, dit Riquet.

— Non, repartit encore Madeleine, car si tu allumes le feu déjà, le bois sera tout brûlé lorsque nous aurons la séve.

— C'est pourtant vrai, si j'allume le feu, il sera consumé. Mais, vois-tu, ce que je puis faire, c'est de le préparer, de le dresser, et puis de ne l'allumer que lorsque nous aurons recueilli la séve.

— C'est bon, dit Madeleine ; pendant que tu fais cela, je vais m'asseoir un peu sur ce banc pour me reposer.

— Oui, dit Riquet, puis tu pourras aussi atteler les chiens.

Riquet se mit à tout préparer pour faire le feu, tandis que Madeleine sortait les harnais du traineau, et appelait Franco pour lui mettre le sien. Mais Franco, qui lui voyait le harnais entre les mains, se sauva, car il savait fort bien ce qu'elle voulait en faire. Elle courut après lui pour l'attraper, mais il s'enfuit sur la glace.

— Oh ! mon Dieu ! s'écria douloureusement Madeleine, qu'est-ce que je vais faire ? Voilà Franco qui ne veut pas se laisser harnacher !

— Ne te tourmente pas, dit Riquet, je te l'attraperai tout à l'heure.

Madeleine se rassit sur le banc, et se mit à regarder Riquet, qui faisait tous ses arrangements pour son feu.

Il commença par choisir sur la plage un endroit bien uni, situé de telle sorte que le vent dût emporter la fumée loin du banc; puis il prit les trois perches déjà mentionnées, et les plaça debout, en ayant soin de les écarter les unes des autres vers le bas; le bout par lequel elles étaient liées ensemble se trouvait en l'air, de sorte qu'elles formaient une sorte de trépied. Après cela, il attacha la chaîne à l'endroit où les trois perches se trouvaient réunies, en l'enroulant plusieurs fois autour d'elles. Il laissa pendre l'autre bout de la chaîne, de façon que le crochet qui la terminait se trouvait à moitié chemin de terre.

— Voilà, dit-il à Madeleine; lorsque je suspendrai la chaudière à ce crochet elle se trouvera tout juste à la distance convenable du feu.

Il se mit à arranger son bois. Il choisit les deux plus grosses bûches et les plaça parallèlement par terre, sous le trépied. Quoique le temps fût très-doux et très-calme, il eut soin de les placer dans la direction d'où venait le vent. Il voulait que la moindre petite brise pût passer sous son feu et le faire brûler plus fort.

— Bon! dit-il en s'adressant moitié à Madeleine, moitié à lui-même, voilà mes chenêts.

Après avoir mis son écorce de bouleau et ses

petits fagots entre ses chenêts, il plaça dessus, en travers, ses autres bûches, en ayant soin de mettre les plus petites au milieu, et de laisser de l'air entre chacune. Ensuite il suspendit la chaudière au crochet et se mit à quatre pattes, pour voir si elle arrivait assez près du feu.

— Elle ne touche pas, dit-il; mais la flamme y arrivera. Maintenant, il faut aller chercher la séve.

Riquet eut beaucoup de difficulté à attraper les chiens. Tous deux préféraient courir en liberté pendant cette belle matinée, à se laisser atteler pour traîner ensuite un lourd fardeau, d'autant plus qu'ils ne pouvaient pas deviner qu'il en devait résulter quelque bien. Mais, avec le secours de Madeleine, Riquet parvint à les attraper et à les atteler au traîneau. Puis, il tira du seau tous les objets qu'il y avait mis et les déposa sur la caisse qu'il venait de renverser afin qu'elle servît de table.

— Je crois que nous ferions mieux de mettre tout cela sous la caisse jusqu'à notre retour, dit Madeleine, car j'ai peur que quelqu'un ne passe par ici et n'emporte tout notre goûter.

— Ah bah! fit Riquet, il n'y a pas de danger.

Les enfants se mirent donc en route. Ils cheminèrent, en côtoyant le bord, sur la glace qui couvrait la rivière, et arrivèrent bientôt aux arbres auxquels Lafaine avait fait les incisions voulues. Ils les reconnurent tout de suite aux tuyaux de sureau qui étaient fichés dans les troncs et auxquels étaient suspendues des bouteilles qui devaient recueillir la séve. Lafaine, n'ayant pas de baquets semblables à ceux qu'emploient les fabricants de sucre, se servait de bouteilles prises tout bonnement à la cave. Il avait attaché au goulot de chacune d'elles une ficelle qui servait à maintenir la bouteille à l'extrémité du tuyau, en sorte que toute la séve était soigneusement recueillie. Les bouteilles convenaient moins que les baquets, disait Lafaine, car elles seraient plus tôt remplies, et Riquet serait obligé d'aller deux fois par jour les vider, sinon la séve ne tarderait pas à déborder et à couler par terre.

Madeleine et Riquet allèrent visiter leurs bouteilles, l'une après l'autre, et, à leur grande joie, les trouvèrent presque pleines; ils vidèrent avec précaution tout ce qu'elles contenaient dans le seau de fer-blanc, puis ils se remirent en marche. Les chiens tiraient parfaitement; ils s'acquittèrent si bien de leur tâche que les enfants regagnèrent sans le moindre accident leur petit campement.

Madeleine avait envie de prendre une cuillère et de goûter la séve sur-le-champ; mais Riquet lui persuada qu'il valait mieux commencer par la vider dans la chaudière, puis allumer le feu, afin qu'elle pût cuire sans retard. Après avoir ainsi transvasé la séve, Riquet frotta une allumette contre un des côtés de la caisse qui formait table.

— Laisse-moi allumer le feu, Riquet, dit Madeleine.

— Je veux bien, tiens, voici l'allumette. Mais, aie bien soin de ne pas mettre le feu à ta robe.

Madeleine prit l'allumette et l'approcha tout doucement de l'écorce de bouleau qui était sous le bois; bientôt il y eut une belle flamme, au grand bonheur de Madeleine, qui se sentait toute fière de ce feu qu'elle venait elle-même d'allumer. A vrai dire, les deux enfants étaient fort en train, et faisaient tout ce qu'il fallait pour faire durer cette bonne humeur. Lorsqu'il y avait de grandes décisions à prendre, Madeleine écoutait toujours Riquet, qui, à son tour, cédait à toutes les petites fantaisies de sa cousine, et lui laissait faire les choses à sa guise, dans le détail. C'est ainsi que cela devrait toujours se passer, lorsque des enfants d'âges différents jouent ensemble.

Dès que le feu fut parfaitement pris, Madeleine et Riquet se mirent à plonger leurs cuillères dans la chaudière et à goûter la séve. Madeleine trouva que ce n'était point sucré du tout, que cela ne sentait que l'eau. Riquet dit que c'était bien un peu sucré, mais qu'il ne fallait pas s'attendre à ce que ce fût très-doux avant d'avoir bouilli; et que c'était la cuisson qui rendait la séve si douce. Ils dételèrent bientôt les chiens, et les laissèrent courir en liberté; puis, prenant avec eux le traîneau et la scie, ils allèrent chercher du bois.

Riquet ne regretta pas d'avoir pris la scie au lieu de la hache, car la scie lui permettait d'arriver commodément à des branches assez hautes. Il eut bientôt fait une bonne provision. Tandis qu'il sciait les bois morts et les petites branches, Madeleine les portait au traîneau et les empilait dessus.

Ce bois leur entretint un bon feu pendant plusieurs heures, jusqu'à ce que l'eau qui se trouvait dans la séve fût presque toute évaporée et qu'il ne restât plus dans la chaudière qu'un sirop fort doux et fort épais, ressemblant à du miel chaud.

Dès qu'il commença à devenir doux, ils ne cessèrent plus de le goûter; pour cela ils en retiraient avec leurs cuillères et en mettaient à refroidir dans leurs soucoupes. Puis ils en étendirent sur leur pain et ils trouvèrent cela excellent. Bref, plus le sirop devenait doux et épais et plus ils en mangeaient. Riquet finit pourtant par regarder dans la chaudière ; il s'écria alors d'un ton plein de surprise et de douleur : Ah! mon Dieu! Madeleine, voilà notre sucre qui est presque tout mangé !

Madeleine y regarda aussi, et vit que Riquet ne disait que trop vrai. Ils jugèrent donc que, puisqu'il en restait si peu, il valait autant le finir et remettre au lendemain de faire leur véritable provision de sucre.

Ils mangèrent sur leur pain tout ce qui restait de sirop ; puis, ayant caché leurs ustensiles sous la caisse afin que tout fût prêt de bonne heure le lendemain, ils appelèrent Tom et Franco et se mirent en route pour la maison.

Madeleine avait proposé à Riquet d'aller, avant de rentrer, visiter leurs arbres et de vider dans le seau tout ce que contiendraient les bouteilles, puisque Lafaine leur avait dit que, s'ils ne le faisaient pas deux fois par jour, la séve déborderait et serait perdue. Mais Riquet ne voulait plus travailler au sucre ce jour-là, il en avait assez ; aussi dit-il qu'il ne pensait pas que les bouteilles se rempliraient de si tôt.

En passant sur le pont du ruisseau pour rentrer chez eux, les enfants s'y arrêtèrent un moment ; et s'appuyant contre le parapet, regardèrent la glace. Tout près du rivage il y avait un endroit où on pouvait voir l'eau, car il y avait un trou dans la glace. Ce trou s'était fait grâce à la chaleur du soleil et au mouvement de l'eau sous la glace.

— Vois donc, s'écria Riquet en apercevant l'eau, voilà la glace qui commence à fondre.

Au-dessus de cette ouverture qui était fort grande, s'avançait une sorte de promontoire de glace qui tenait au rivage.

— Attends une minute, dit Riquet, je vais chercher une pierre pour la jeter sur ce rebord de glace afin qu'il tombe dans la rivière.

Il apporta donc une grosse pierre, presque aussi grosse que sa tête, et, la tenant en dehors du parapet, il la laissa tomber sur la glace, qui fut brisée du coup, et qui s'enfonça sous l'eau avec un grand fracas.

A ce moment Madeleine aperçut sur la route une dame qui se dirigeait vers le pont.

— Tiens! voilà ma tante, s'écria-t-elle, et, quittant Riquet, elle courut à la rencontre de madame Henry. Celle-ci lui prit la main et revint avec elle vers le pont.

— Voyez donc, maman, dit Riquet en lui montrant le trou dans la glace.

— Oui, dit madame Henry, la glace a tant fondu aujourd'hui, qu'on dirait tout à fait le printemps. Il faisait si tiède et si bon, que cela m'a donné, tout à l'heure, l'envie de venir vous retrouver. D'ailleurs, je voulais m'assurer que la glace était bien solide là où vous allez chercher votre séve.

Riquet répondit à sa mère que la glace était parfaitement solide, quoiqu'il n'eût aucune donnée là-dessus. Puis il lui expliqua comment ils avaient fait leur sucre. Il lui raconta comme quoi ils avaient commencé par allumer du feu, puis qu'ensuite ils avaient recueilli la séve et l'avaient fait traîner par les chiens jusqu'à leur campement, qu'à force de la faire cuire elle était devenue douce et épaisse comme du miel, et qu'ils l'avaient toute mangée sur leur pain. En terminant, il lui dit :

— Mais demain nous comptons en faire d'autre pour vous, maman.

Madame Henry ayant demandé aux enfants s'ils avaient fait une nouvelle provision de séve, Riquet lui répondit qu'étant fatigués après leur cuisson, ils n'étaient pas retournés vider leurs bouteilles une seconde fois. Il dit qu'il ne pensait pas que les bouteilles pussent être pleines avant le lendemain matin ; puis, ajouta-t-il, nous reviendrons peut-être ce soir faire notre tournée.

En rentrant tous ensemble, ils durent marcher

avec beaucoup de précaution, car la neige, en fondant, avait produit mille petites rigoles qui traversaient la route dans tous les sens. Ils trouvèrent moyen pourtant, en cherchant bien les bons endroits, de ne pas se mouiller les pieds et rentrèrent juste à temps pour le dîner.

Plus tard, dans l'après-midi, Riquet ne se sentit pas plus disposé qu'avant à aller recueillir la séve : il avait trouvé d'autres occupations et d'autres plaisirs. La quantité de sirop qu'il avait mangé dans la matinée était aussi pour beaucoup dans l'indifférence qu'il montrait pour la fabrication du sucre et pour tout ce qui s'y rapportait; mais il y avait tout lieu de supposer que cette indifférence cesserait dès qu'il se sentirait de nouveau en appétit.

Ce même jour, juste avant le coucher du soleil, Riquet était assis devant la porte d'une pièce attenant à la grange; c'était là, qu'en été, on resserrait les traîneaux de toutes sortes dont on s'était servi pendant l'hiver. Lafaine entra dans cette chambre et se mit à nettoyer et à mettre parfaitement à l'abri de la poussière un superbe traîneau dont on ne se servait que pour la promenade. Avec le beau temps qui revenait, on était sûr de ne plus en avoir besoin. Riquet était assis sur les marches devant la porte, en train de se faire

un moulin à vent ; il avait déjà, dans le courant
de la journée, raconté à Lafaine comment s'était
passée leur expédition. Tout en faisant son moulin à vent, il se disait que Madeleine et lui
s'étaient bien amusés au bord de l'eau, et qu'ils
avaient parfaitement réussi dans leur premier
essai.

— Ne pensez-vous pas, dit-il enfin à Lafaine,
que nous ne nous sommes pas mal tirés de notre
fabrication ?

— Pas mal, dit Lafaine.

— Je trouve que nous nous en sommes parfaitement tirés, reprit Riquet.

— Vous vous en êtes très-bien tirés, si ce n'est
sous un seul rapport ; mais, sous ce rapport-là,
vous vous en êtes tirés aussi mal que possible.

Riquet pensa que Lafaine faisait allusion à ce
qu'ils avaient mangé tout leur produit à l'état de
sirop, sans attendre qu'il fût devenu du sucre. Il
se tut un moment, puis il dit : Oui, j'ai bien dit
à Madeleine qu'il fallait en garder pour maman.

— Je ne parle pas de cela, dit Lafaine, car je
trouve, au contraire, que vous avez eu bien raison
de le manger pendant que vous étiez en train de
le faire.

— Pourquoi donc? demanda Riquet, tout sur-
pris d'entendre émettre une opinion semblable.

— Parce que, de cette façon, vous n'avez rien laissé perdre de la douceur de votre séve, et vous l'avez mise là où elle était le mieux placée, c'est-à-dire dans votre bouche et dans celle de Madeleine. Lorsque les enfants font des sucreries, cela me fait toujours plaisir de leur voir tremper leurs cuillères dans la chaudière et manger le tout à l'état de sirop. Cela atteint le but et épargne beaucoup de peine.

— Alors en quoi nous sommes-nous mal arrangés? demanda Riquet.

— En n'allant pas récolter une nouvelle provision de séve avant de rentrer, répondit Lafaine.

— Mais, dit Riquet, nous comptions y aller cette après-midi.

— Et y êtes-vous allés?

— Non. J'étais trop fatigué.

— Eh bien! savez-vous qu'à l'heure qu'il est, quelques-unes de vos bouteilles sont pleines, que la séve déborde et qu'elle continuera à déborder toute la nuit? Vous aviez beau être fatigué, il fallait visiter tous vos arbres, vider ce que contenaient vos bouteilles dans votre seau; et puis revenir le mettre à l'abri sous le banc. Alors, demain matin, vous auriez eu double provision, car les bouteilles auraient eu le temps de se remplir de nouveau pendant la nuit. A votre place, j'irais même maintenant.

— Mais il est trop tard pour y aller maintenant.

— Non, dit Lafaine, le soleil ne sera couché que dans une demi-heure, et en un quart d'heure vous avez le temps d'aller et de revenir. Cela vous coûtera un peu de peine, mais pas encore la moitié assez.

— Qu'est-ce que vous voulez donc dire? demanda Riquet.

— Je dis que cela devrait vous coûter encore beaucoup plus de peine afin de vous punir de ne l'avoir pas fait au bon moment. Si vous agissez ainsi quand vous serez un homme, vos affaires seront en désordre et vous serez toujours en retard pour tout. Vous devriez tâcher d'acquérir de l'énergie et de la décision de caractère, tandis que vous êtes encore enfant.

Riquet savait bien que c'étaient là de bons conseils, et que tout ce que Lafaine disait était parfaitement vrai. Mais il se décida à laisser perdre la sève, car cela l'ennuyait d'abandonner son moulin à vent, et il lui était encore bien plus désagréable de s'en aller tout seul au bord de l'eau. Il se répétait toujours que, sans nul doute, toutes les bouteilles ne seraient pas pleines, et qu'il se-

rait bien temps d'y aller de bonne heure le lendemain matin, quand Madeleine pourrait l'accompagner.

Riquet ne tarda pourtant pas à se sentir inquiet ;
il était mécontent de lui-même. Il se figurait sans
cesse ses bouteilles toutes pleines ; il voyait la séve
débordant et coulant sur la neige, sur la mousse,
et sur les feuilles sèches qui jonchaient la terre. Son
inquiétude et son remords étaient tout à fait hors
de proportion avec la cause qui les produisait. Le
sommeil même ne parvint pas à le délivrer de cette
préoccupation. Il rêva qu'il était tout seul dans un
bois, assis sur un vieux tronc moussu, et que les
feuilles et les branches des arbres qui l'entouraient laissaient échapper des gouttes qui tombaient à terre. Ces gouttes tombaient, tombaient
tout autour de lui et formaient des flaques d'eau
et des petits ruisseaux qui grossissaient toujours
et couvraient tout le sol, en courant dans tous les
sens et en formant mille tourbillons et mille cascades. Riquet essayait de se lever pour s'en aller,
mais il ne pouvait pas bouger ; il essayait de crier
au secours, mais il ne pouvait produire aucun
son. L'eau augmentait toujours. Des bouteilles
qui laissaient couler mystérieusement encore de
l'eau, flottaient dans l'air tout autour de lui. Des
roseaux creux s'élevaient çà et là et lançaient des

jets d'eau dans toutes les directions. Riquet, toujours assis sur son tronc d'arbre, voyait l'eau
monter vers lui et mourait en pensant que bientôt
il serait submergé et noyé. Pendant qu'il faisait
des efforts désespérés pour échapper au pouvoir
mystérieux qui le tenait enchaîné et pour appeler
à son secours, il se réveilla et vit, à son grand
soulagement, que tout cela n'était qu'un rêve affreux.

Riquet aurait pu, avec raison, attribuer à deux
causes principales son terrible cauchemar. D'a-
bord, aux tourments de sa conscience, occasion-
nés par l'oubli volontaire d'un devoir bien évident;
ensuite, à la quantité excessive de sirop d'érable
par lui absorbé dans la matinée.

La fabrication de sucre des enfants fut bientôt
arrêtée d'une assez singulière façon. Un jour,
pendant qu'ils étaient en train de faire cuire leur
sirop, ils entendirent sonner la cloche du dîner.
Leur surprise fut grande, car, bien qu'il y eût
déjà deux ou trois heures qu'ils travaillaient avec
ardeur, ils se figuraient qu'ils venaient de commencer leur besogne. Craignant de n'avoir pas
le temps de réunir tous leurs ustensiles et de les
rapporter à la maison, ils se dirent qu'ils les laisse-
raient sur le rivage et qu'ils reviendraient les
chercher après le dîner. Riquet ne voulut pas

pourtant laisser là les cuillères, car elles étaient
en argent; il les enveloppa dans du papier et les
mit dans sa poche. Puis ayant déposé les soucoupes dans le seau de fer-blanc, il le referma à
l'aide du couvercle et le mit sur le traîneau, afin
de pouvoir le retrouver facilement, s'il venait le
chercher à la nuit tombante. Dès qu'il eut rangé
tous ses ustensiles, à l'exception de la scie qu'il
voulait rapporter à la maison, il se mit à rentrer
le plus vite possible avec Madeleine.

Il commença à pleuvoir un peu après le dîner;
Riquet décida alors qu'il n'irait chercher ses
affaires que le lendemain matin, car, sûrement,
disait-il, les gamins du village n'iraient pas jouer
au bord de l'eau tant qu'il pleuvrait.

Lorsqu'il alla se coucher la pluie tombait à torrents. En se levant, de bonne heure, il alla tout
droit à la fenêtre et vit avec stupéfaction qu'il y
avait eu une crue dans la nuit. La rivière avait
débordé, et partout la glace était brisée; des glaçons de toutes dimensions et de toutes formes
s'entrechoquaient violemment en descendant le
courant. Le petit quai au bout du jardin était sous
l'eau.

Quelques jours plus tard, lorsque les eaux se
furent retirées, Riquet alla sur le rivage et vit que
tout ce qu'il y avait laissé avait disparu, à l'excep-

tion de la chaudière et de la chaîne de fer qu'il trouva à moitié enterrées dans le sable.

Le reste avait été emporté par l'eau. Riquet se demanda souvent ce qu'était devenu tout son attirail, mais jamais il ne le sut. Ces objets furent peut-être aperçus, flottant, sur la rivière, par des gens qui les accrochèrent avec des harpons ; peut-être encore descendirent-ils jusqu'à l'embouchure de la rivière et s'en allèrent-ils en pleine mer !

X

LE BIVOUAC

Madeleine était toujours en Franconie, et il restait encore de la neige dans le jardin et dans les champs qui environnaient la maison, lorsque Arthur et quelques autres jeunes garçons du village formèrent le projet d'aller bivouaquer dans les bois. L'excursion devait se faire un samedi dans l'après-midi. Ils avaient choisi ce jour et cette heure afin d'être sûrs que Lafaine les accompagnerait. M. Henry, pensant qu'il n'était pas bon

pour un si jeune garçon de travailler sans relâche,
avait accordé à Lafaine toute l'après-midi du
samedi comme temps de récréation. Le samedi à
partir de midi, Lafaine avait donc le droit d'aller en
expédition, d'aller à la pêche, de s'enfermer dans
sa chambre pour dessiner, en un mot, de faire tout
ce qu'il voulait, excepté de travailler. Quelquefois
il aurait préféré continuer son ouvrage, mais
M. Henry ne le lui permettait pas. « Il vaut mieux
pour ce garçon-là, disait-il souvent, qu'il ait un
temps régulier de récréation qui l'oblige à se distraire. S'il travaillait toujours, il perdrait tout
entrain et toute énergie et deviendrait bientôt
lourd et triste. D'ailleurs, il n'en travaillera que
plus fort le reste de la semaine, s'il a une demi-
journée pour s'amuser. »

Lafaine avait donc toute une après-midi à sa
disposition : fréquemment il la passait seul, quelquefois il en profitait pour faire de longues promenades avec Riquet ; mais le plus souvent il
l'employait à organiser de grandes parties pour
amuser les enfants du village. Les jeunes garçons
des environs étaient toujours enchantés de l'avoir
pour camarade, tant il avait d'idées ingénieuses
et tant il savait bien se tirer d'affaire ; sans compter
que son obligeance et son éternelle bonne humeur
suffisaient pour faire réussir toute expédition

dont il faisait partie. A vrai dire, chaque fois qu'une surveillance quelconque était nécessaire, c'était lui qui s'en chargeait; il prenait toute la responsabilité, et les autres lui obéissaient le plus volontiers du monde.

Lafaine avait découvert que le meilleur moyen de se faire écouter et obéir par ses camarades était de leur fournir beaucoup d'occupation. Il donnait à chacun un rôle à remplir et faisait en sorte que les plus actifs et les plus turbulents fussent toujours les plus occupés. Il y avait surtout un garçon, du nom de Parker, que son humeur fière et indépendante rendait assez rebelle à la discipline. Aussi Lafaine le chargeait-il toujours de quelque commandement militaire; puis, l'appelant général, il lui donnait ses ordres d'une voix haute et décidée, comme s'il eût été un roi s'adressant au général en chef de ses armées.

Alors Parker, tout fier de la haute position qu'il occupait, ne manquait jamais d'obéir avec empressement.

Lafaine prenait également un grand soin des tout petits garçons; il leur donnait toujours quelque chose à faire qui, tout en les amusant, leur faisait croire que, eux aussi, ils avaient une certaine importance. C'était justement en faisant la part des petits comme celle des grands, qu'il parvenait à contenter et à rendre heureux tous ceux qui comptaient sur lui pour les amuser.

Mais Lafaine ne voulait pas, en matière de jeux, d'un gouvernement républicain, qui n'est possible qu'avec des personnes et dans des pays ayant l'expérience de la vie. Sachant qu'il avait de meilleures idées que ses camarades, et que mieux qu'aucun d'eux il savait les réaliser, il ne leur proposait jamais de se choisir un autre chef, ou de prendre, chacun à son tour, le rôle de commandant ; enfin, n'admettant pas qu'un autre que lui dût rien diriger, il se réservait exclusivement toute l'autorité. Mais il faisait preuve de tant de bonne volonté, il mettait tant d'énergie, de vivacité et de décision dans tout ce qu'il entreprenait, que jamais ses camarades ne lui faisaient la moindre opposition. A vrai dire, l'idée ne leur était jamais entrée dans la tête qu'un autre que Lafaine pût les diriger.

Aussi, lorsqu'un jour deux ou trois garçons du village vinrent lui proposer d'aller, le samedi suivant, bivouaquer dans les bois, il leur répondit :

— Oui, cela me fera grand plaisir. Faites savoir à tous ceux qui comptent venir avec nous qu'ils devront se réunir ici, à une heure de l'après-midi, afin que je les organise en bande. Il fau-

dra qu'ils aient leurs traîneaux et que chaque
garçon apporte de quoi manger : mais s'il prend
ce qu'il lui faut pour lui, personnellement, cela
suffira.

— Que faudra-t-il donc apporter? demanda
Arthur.

— Tout juste ce qu'on voudra, répondit Lafaine.
Cru ou cuit, peu importe. Ce qui sera cru, nous
le ferons cuire dans les bois sur notre feu de
bivouac. Chacun devra envelopper sa ration dans
un morceau de papier sur lequel il écrira son
nom. Puis, lorsque nous serons prêts, je nomme-
rai un quartier-maître qui sera chargé du soin
des provisions. Parker vient-il?

— Oui, répondit Arthur, il a envie de venir
avec nous.

— Alors, qu'il se charge de former une compagnie; il faudra qu'elle soit armée et équipée de
façon à pouvoir servir d'avant ou d'arrière-garde.
Il peut choisir ceux qu'il voudra, mais il ne faut
pas qu'ils soient plus de quatre. Quelqu'un a-t-il
des drapeaux?

— Moi, j'en ai deux, reprit Arthur.

— Et Riquet en a un, reprit Lafaine. Cela
suffira. Apportez vos drapeaux et dites à tous ces
garçons qu'il faut que tout le monde soit ici avant
une heure.

Après avoir reçu ces instructions, Arthur et ses amis s'en allèrent.

Enchantés de faire une pareille expédition, les enfants se réunirent le samedi suivant, longtemps avant l'heure fixée pour le rendez-vous. Lorsqu'ils furent tous arrivés, Lafaine les mena à la grille qui donnait sur le chemin des pâturages, pensant que ce serait un bon endroit pour organiser sa troupe.

Une fois là, il se mit à faire tous les arrangements qu'il avait projetés à l'avance. Il nomma Parker commandant en chef et le chargea de faire l'appel de ses hommes et de les ranger deux par deux, pour en former une arrière-garde. Puis il dit qu'il leur fallait un corps de *pionniers*, ou d'hommes qui marchent en avant pour préparer la route si cela est nécessaire, en faisant disparaître tous les obstacles qui pourraient entraver la marche de ceux qui les suivent. Il désigna Arthur pour commander ce corps, et lui dit qu'il devait prendre pour le composer quatre des gaillards les plus forts et les plus actifs de la bande. Arthur, après avoir choisi ses *pionniers*, les rangea deux par deux, tout prêts à se mettre en marche.

— Maintenant, il faut s'occuper du quartier-maître et de sa besogne, dit Lafaine en regardant attentivement ceux qui restaient, afin de choisir à l'avance, le plus fort et le plus actif pour lui donner cet emploi. Il se décida en faveur d'un nommé Wolf. Wolf était un grand garçon assez lourd qui, malgré sa bonne humeur et son obligeance, n'était pas très-aimé de ses camarades. Cela tenait sans doute à une certaine brusquerie de manières qui, tout en n'étant pas agréable, ne dénotait chez lui aucune méchanceté.

Wolf n'avait donc pas été choisi par Arthur comme *pionnier*, ni par Parker pour faire partie de l'arrière-garde; aussi avait-il l'air de se croire un peu négligé. Ceci confirma Lafaine dans son intention de le nommer quartier-maître.

— Nous voulons, continua Lafaine en promenant ses regards sur ses camarades, comme s'il hésitait entre eux, nous voulons un garçon solide et intelligent pour en faire notre quartier-maître. Il faudra qu'il se charge des provisions de toutes sortes. Lui et ses aides devront être de fiers hommes, car cela ne sera pas une mince besogne pour eux que de traîner nos fourgons à bagage. Wolf, je te nomme quartier-maître : choisis parmi ceux qui sont là quatre hommes de bonne volonté pour t'aider.

Wolf, enchanté de sa nomination, se tourna vers ses camarades et, après les avoir examinés attentivement, il choisit quatre d'entre eux pour

10

former son corps. Il ne restait plus que les trois
plus petits garçons. C'était d'abord Riquet, puis
deux autres qui se nommaient Jacques et Robert.

— A la bonne heure, dit Lafaine, ces trois-là
seront nos porte-étendards. En disant ces mots il
donna les drapeaux aux trois petits et leur montra
où ils devaient se tenir. Jacques était chargé d'accompagner les pionniers, et Riquet, l'arrière-
garde; le troisième, Robert, devait marcher devant Lafaine au centre de la colonne.

Ceci décidé, Lafaine ordonna au quartier-maître
d'envoyer deux de ses hommes, avec un traîneau,
chercher dans la grange deux ou trois peaux de
buffle qu'ils y trouveraient accrochées au mur.
On devait les plier soigneusement, les attacher à
l'aide d'une corde sur le traîneau et les apporter
au lieu du rendez-vous.

— Je vais y aller moi-même, s'écria Wolf.

— Non, repartit Lafaine, il faut obéir aux ordres donnés; envoie deux de tes hommes. D'ailleurs, j'ai autre chose à te faire faire.

Wolf dépêcha aussitôt deux de ses hommes vers
la grange, pour faire ce qui leur était commandé.

— Maintenant, dit Lafaine en s'adressant de
nouveau à Wolf, envoie un autre homme dans la
cour; là, il trouvera, sous le gros pommier qui est

auprès de la maison, un traîneau sur lequel il y a une caisse ; qu'il l'amène ici.

Dès que le messager fut de retour avec le traîneau, Lafaine ordonna à ses camarades d'apporter à Wolf tous les paquets contenant leurs provisions, afin qu'il les emballât avec précaution dans la caisse qui était sur le traîneau. Wolf s'acquitta avec zèle et adresse de ce devoir ; il avait à peine fini son emballage, que ses autres aides revinrent avec les peaux de buffle. Lafaine leur dit alors que, tout étant prêt, il fallait se mettre en ordre de marche. Voici comment il organisa la petite troupe. D'abord on voyait les pionniers rangés deux par deux, avec leur capitaine en tête de la colonne et leur porte-étendard au centre. Puis venait Lafaine, précédé de Robert, son porte-étendard, et suivi par le quartier-maître et son train ; chaque traîneau était tiré par deux hommes. Wolf, qui marchait en tête de son corps, devait venir au secours de ses gens pour les aider à gravir les côtes et à surmonter les obstacles qu'ils pourraient rencontrer en route. L'arrière-garde, commandée par Parker, fermait la marche.

Au moment de se mettre en route, Lafaine tira de sa poche un petit cor de chasse en cuivre.

— Voici mon clairon, dit-il. Quand je donnerai une seule note, il faudra vous arrêter. Lorsque j'en donnerai deux, ce sera le signal de se remettre en marche. Un seul son très-prolongé signifiera que vous devez tous vous réunir autour de mon étendard, où qu'il soit. J'emploierai surtout ce signal lorsque vous serez dispersés dans les bois et que je voudrai vous rappeler au camp. Lorsque vous entendrez beaucoup de notes précipitées, vous saurez qu'il faut battre en retraite. Vous reconnaîtrez facilement ce signal, car il imite tout à fait des gens qui courent. Trois notes qui se suivront rapidement signifieront que l'ennemi est à nos trousses et qu'il faut prendre nos jambes à notre cou.

— Maintenant, continua Lafaine, voyons si vous vous rappelez ce que je viens de vous dire. Qu'est-ce que signifie une seule note?

— Halte! répondirent les enfants.

— Et deux notes? demanda Lafaine.

— En marche!

— Et un seul son très-prolongé? demanda Lafaine.

— Revenez! Assemblez-vous! Arrivez! répondirent les enfants en parlant tous à la fois.

— Et plusieurs sons précipités?

— Qu'il faut courir de toute notre force.

— C'est à merveille. Maintenant, commençons, dit Lafaine; et portant le clairon à sa bouche, il

donna le signal du départ qui consistait en deux
notes. Aussitôt la longue colonne s'ébranla : les
pionniers étaient en avant, et ceux qui portaient
les étendards les agitaient joyeusement au-dessus
de leurs têtes.

Des fenêtres de la maison Madeleine avait pu
suivre tous les mouvements de la petite troupe.
Lorsqu'on avait d'abord parlé de l'expédition, Riquet l'avait engagée à en faire partie ; mais elle
lui avait répondu qu'elle n'aimait pas à aller avec
tous ces garçons. Cependant, elle s'intéressa beaucoup à tous leurs projets et à tous leurs arrangements ; et lorsque la colonne se fut mise en marche, elle la regarda défiler par le chemin des
pâturages jusqu'à ce que le dernier soldat de l'arrière-garde eût disparu derrière le tournant du
précipice.

Les voyageurs ne manquèrent pas d'aventures
en se rendant aux bois. Lafaine, sous un prétexte
ou un autre, donna plusieurs fois à sa colonne le
signal de s'arrèter ; mais dès que ses hommes
étaient un peu reposés, il sonnait le départ, et
tous recommençaient à marcher. Souvent il s'arrêtait à des endroits qui étaient remarquables en
eux-mêmes, d'où l'on découvrait quelque chose
d'intéressant, et il les baptisait de quelque nom
bien connu que les enfants se rappelaient d'avoir

10.

appris dans leur géographie ; puis, sur sa proposition, on saluait ce lieu célèbre par trois salves d'applaudissements. Tous agitaient leurs chapeaux en l'air, en poussant des cris formidables que répétaient les échos d'alentour. Il parvint ainsi à maintenir la joie et la bonne humeur parmi son monde.

Lorsqu'ils furent arrivés aux bois, Lafaine établit leur bivouac sur la lisière d'un bosquet où il y avait une éclaircie, qui s'ouvrait vers l'ouest et vers le sud. Il faisait tiède et bon dans cet endroit, car le soleil y donnait en plein. Pendant que, de son côté aussi, il faisait des préparatifs pour allumer le feu, Lafaine envoya ses hommes ramasser du bois mort et des fragments de troncs d'arbres et de racines. Quoique la neige qui recouvrait le bois sec et les vieilles racines rendît cette tâche assez difficile, presque tous les enfants se mirent à l'ouvrage avec ardeur. Mais Parker, qui souvent dédaignait de s'employer à des travaux utiles, n'eut pas l'air de se soucier de faire sa part de besogne. Il alla d'un air dégagé s'asseoir bien tranquillement sur un rocher voisin. Un garçon du nom de Thomas, qui était plus jeune que lui, mais qui avait le même genre de caractère, s'assit à côté de lui.

— Parker, lui dit enfin Wolf, d'un ton de reproche un peu rude, pourquoi ne viens-tu pas ńous aider à ramasser du bois ? Tu crois donc que nous allons tous nous amuser à travailler pour toi ?

— Mêle-toi de tes affaires, lui répondit Parker, et moi je me mêlerai des miennes.

Wolf vint alors se plaindre à Lafaine de ce qu'il appelait la paresse de Parker, et le prier de forcer ce dernier à faire sa part de l'ouvrage.

— Non, non, dit Lafaine, n'y fais pas attention : s'il ne lui plaît pas de travailler, laissons-le tranquille. Nous ferons sans peine, à nous seuls, un feu assez grand pour qu'il puisse s'y chauffer aussi bien que nous.

Parker vit bientôt qu'on commençait à le regarder d'un air mécontent et qu'on critiquait sa conduite ; mais, au lieu de s'avouer ses torts et de chercher à les réparer, il se mit à nourrir de mauvais sentiments contre ses camarades.

— Je leur ferai voir, dit-il à son ami Thomas, que je n'en fais qu'à ma tête.

En disant ces mots, il quitta le rocher sur lequel il était assis et s'avança tranquillement vers le feu, qui venait d'être allumé par le quartier-maître ; car, pendant ces discussions, les enfants avaient eu le temps de ramasser un petit tas de bois. Parker s'approcha donc du feu d'un air fier et indépendant, et, choisissant la meilleure place, il y poussa le traîneau chargé des peaux de buffle et s'assit dessus. Les peaux, pliées et attachées en ballot, formaient un siége des plus doux et des plus commodes.

Thomas, qui avait suivi Parker, se tint debout à côté de lui.

— Là! dit un des petits garçons à Lafaine qui ramassait du bois à quelque distance du feu, voilà qu'il nous a pris toutes nos peaux de buffle.

Dès que Wolf s'aperçut de ce que venait de faire Parker, il lui cria avec rudesse :

— Veux-tu bien te lever de ce traîneau, Parker, et me laisser prendre ces peaux! Je suis quartier-maître.

Parker ne répondit mot. Il fit même semblant de n'avoir pas entendu ce que lui avait dit Wolf.

La colère et l'indignation soulevées par la conduite de Parker commençaient à gagner tout le monde. Lafaine, voyant que l'affaire devenait grave, s'approcha du feu, suivi de tous ses compagnons.

— Parker, dit-il, est-ce que tu t'es assis sur ces peaux exprès pour nous empêcher de les avoir?

Parker ne répondit pas.

— Nous avons apporté ces peaux de buffle ici, continua Lafaine, pour les étendre sur la neige et nous asseoir dessus. Elles sont à nous, et nous en avons besoin maintenant. Tu devrais te lever et nous les laisser prendre.

— C'est bon, répondit Parker. Je le ferai, — plus tard, — quand j'aurai fini de me chauffer les pieds.

Thomas rit un peu lorsque Parker dit ces mots ; mais les autres gardèrent un grand sérieux.

Lafaine hésita un moment, comme s'il ne savait que faire ; puis, tournant sur ses talons, il s'en alla en disant :

— Allons, venez avec moi, mes amis.

— Tous le suivirent, à l'exception de Thomas, qui resta auprès de Parker.

Lorsque Lafaine fut arrivé avec ses amis à une petite clairière, d'où Parker ne pouvait pas les entendre discuter, il leur dit :

— Allons, mes amis, nous voici dans l'embarras. Que faut-il faire ?

Personne ne répondit. Enfin un des enfants dit : Je trouve qu'il devrait nous rendre nos peaux de buffle.

— Oui, cela, c'est bien clair, répondit Lafaine ; mais que faut-il que nous fassions ?

Personne ne semblait avoir d'idée là-dessus.

— Il y a toujours une chose qui doit nous consoler, reprit Lafaine, c'est que jusqu'à présent nous n'avons rien fait de mal ; tâchons que cela continue. Arrangeons-nous pour que tous les torts soient de son côté, — tous les torts, depuis le premier jusqu'au dernier. Maintenant, il s'agit donc pour nous de faire quelque chose qui soit bien.

— Nous pourrions lui reprendre nos peaux de buffle, dit un des enfants.

— Oui, repartit Lafaine, je crois que ce serait là une bonne chose à faire. Nous avons droit à ces peaux de buffle puisqu'elles sont à nous. Nous pourrions aller les retirer de dessous lui et le culbuter par terre.

— Oui, oui, faisons cela, s'écrièrent plusieurs petits garçons.

— Une autre idée, continua Lafaine : nous pourrions le faire prisonnier et le traiter en vrai rebelle qu'il est. Il nous gâte tout notre plaisir et il nous prive de ce qui nous appartient. Nous pourrions donc, comme je dis, nous emparer de lui, l'attacher à un arbre et le garder prisonnier jusqu'à ce que nous soyons prêts à nous en retourner; alors nous le lâcherions.

— Mais, dit Arthur, Thomas irait le détacher.

— S'il essayait de le faire, répondit Lafaine, nous l'attacherions aussi; nous sommes assez nombreux et assez forts pour les attacher tous les deux.

— Bravo! crièrent plusieurs voix; faisons cela.

— Il y a encore une autre chose que nous pour-

rions faire, dit Lafaine, ce serait de nous promet-
tre de ne pas dire un seul mot de toute l'après-
midi ni à l'un ni à l'autre. Nous retournerions
aúprès du feu, nous ferions toutes nos affaires
sans faire la moindre attention à eux, — sans leur
parler, — sans même répondre à leurs questions,
sans faire semblant même de les voir.

Les plus pacifiques de la bande pensèrent que
ce serait là encore un bon système.

— Je crois pourtant qu'il y aurait une autre
manière de nous conduire ; ce serait, dit Lafaine,
de faire comme si de rien n'était. Nous retournerions près du feu et nous agirions envers Parker
et Thomas comme si rien ne s'était passé et comme
s'ils avaient parfaitement raison ; c'est-à-dire que
nous étendrions des branches de cique sur la
neige, et que nous laisserions Parker s'asseoir sur
les peaux de buffle tant que cela lui plairait.
Puis, sans leur garder rancune, nous leur parle-
rions, à lui et à Thomas, toutes les fois que cela
serait nécessaire.

Les avis furent très-partagés sur ces différents
systèmes. Enfin les enfants demandèrent à Lafaine quel était celui qu'il trouvait le meilleur à
suivre.

— Je les trouve tous bons, répondit-il ; mais je
crois que le dernier est le meilleur. En tout cas,

c'est celui que nous adopterons. Rapprochons-
nous du feu, et voyons qui est-ce qui sera le plus
aimable et qui aura le plus l'air d'avoir oublié
tout ce qui s'est passé.

Toujours assis sur les peaux de buffle, Parker
n'avait cessé, pendant toute la consultation, d'ob-
server ses camarades avec un vif intérêt. Il savait
que l'on s'occupait de lui, et il se demandait quelles mesures Lafaine allait prendre à son égard. Il
se sentait dans son tort et avait envie de se lever
et d'aller rendre à qui de droit le bien qu'il avait
si injustement accaparé. A vrai dire, il était sur
le point de le faire, lorsque Lafaine et ses amis,
ayant fini de causer, se rapprochèrent du feu.
Mais Thomas coupa court à ses bonnes intentions,
en disant :

— Tiens! Les voilà qui viennent pour te prendre les peaux.

A ces mots, Parker, piqué dans son amour-
propre, résolut de les garder tant que cela lui serait possible. Il resta donc assis et dit à Thomas :

— Qu'ils essaient seulement!

Sans s'occuper de Parker et de Thomas, et en
même temps sans avoir l'air de les éviter, les enfants se mirent à casser des petites branches de
sapinette et de cique, qu'ils étendirent sur la
neige du côté où il ne venait pas de fumée. Parker

les regarda faire pendant quelques minutes ; puis, voyant que leur projet était de s'installer sans tenir aucun compte de lui, il commença à comprendre tout ce que sa position avait de faux et de ridicule.

Mais son embarras était grand. Il sentait que rien ne pouvait être plus gauche et plus sot que de rester toujours assis à cette même place ; d'un autre côté, il lui semblait encore plus absurde d'aller aider ses camarades à étendre le feuillage à terre. Il pensait que le plus simple serait de se lever et d'abandonner les peaux de buffle : mais il n'avait pas le moindre prétexte pour changer de place et ne savait où aller ensuite. Lorsqu'il était au plus fort de ses doutes, il entendit Lafaine dire d'un ton satisfait en regardant le tapis de feuillage :

— A la bonne heure ! Voilà qui est à merveille. Maintenant le quartier-maître doit aller aux bagages chercher les provisions. Il chargera ensuite ses aides de les distribuer aux hommes.

Les rations, enveloppées dans du papier, furent tirées de la caisse et remises, après bien des allées et venues, et bien des appels de noms, à leurs propriétaires respectifs. Cette scène ressemblait beaucoup à la distribution des malles et des paquets telle qu'elle se fait à l'arrivée d'un train

11

dans une gare de chemin de fer. Au moment de
la plus grande confusion, et pendant que Thomas
était allé lui-même chercher son paquet, Wolf
s'approcha du feu en tenant à la main la part de
Parker.

— Tiens, Parker, lui dit-il, voilà ta ration.

La honte et l'embarras de Parker ne firent
qu'augmenter lorsqu'il se vit traiter de la sorte.
Les enfants se réunirent autour du feu et chacun
ouvrit son paquet. Les uns en tirèrent des pommes de terre qu'ils mirent rôtir sous la cendre.
D'autres avaient des pommes qu'ils placèrent devant le feu pour les faire cuire. Quelques-uns
firent griller des tranches de pain. Un petit garçon, entre autres, dont la mère était en train de
faire des pâtés au moment de son départ, en avait
apporté un dans un plat d'étain. Il cherchait un
endroit où faire un four pour l'y mettre cuire.

La position de Parker devenait intolérable. N'y
pouvant plus tenir, il saisit un moment où il lui
sembla que ses camarades ne faisaient pas attention à lui, pour se lever et s'éloigner d'un air
qu'il s'efforçait de rendre simple et dégagé.

Après quelques minutes, il revint, en faisant
un détour, s'asseoir devant le feu parmi ses compagnons. Ceux-ci n'eurent nullement l'air de lui
en vouloir, et lui adressèrent, de temps à autre,

la parole. Il avait bien envie de leur dire qu'ils pouvaient reprendre leurs peaux de buffle, mais la honte le retenait. Il espéra ensuite que, ne le voyant plus assis dessus, ils iraient les chercher d'eux-mêmes.

Après un peu de temps, Lafaine remarqua que Parker avait quitté le traîneau, et il lui dit :

— Parker, est-ce que tu ne te sers plus de ces peaux de buffle ?

— Non, fit Parker en baissant la tête.

— Alors, mes amis, prenons-les et étendons-les sur ces bûches afin que nos siéges soient plus doux.

Mais les enfants prétendirent que leurs siéges étaient bien assez moelleux, et qu'ils préféraient se servir des peaux de buffle pour en faire un trône à Lafaine. Ils allèrent donc chercher la caisse qui avait contenu les provisions et la dressèrent sur un de ses bouts, en l'appuyant contre un petit arbre qui croissait tout près du feu. Ils la recouvrirent des peaux et n'eurent de cesse que Lafaine ne l'eût acceptée en guise de trône.

Une fois cette installation faite, les enfants continuèrent à faire cuire leur repas et à se chauffer les pieds, tandis que Lafaine, du haut de son trône, leur racontait mille histoires, toutes plus amusantes les unes que les autres. Ils se trouvaient parfaitement abrités du vent par les arbres et même, s'ils n'eussent pas eu de feu, la douce chaleur du soleil eût suffi pour rendre aussi bon que possible le lieu du campement.

La querelle avec Parker fut peu à peu oubliée, et les enfants s'amusèrent infiniment, d'abord en préparant leur repas et ensuite en le mangeant. Parker prit graduellement part à la conversation ; mais il n'avoua pas franchement ses torts, ainsi qu'il aurait dû le faire. Quelques mots de regret de sa part, à ce sujet, eussent suffi pour faire disparaître même le souvenir de cette affaire. Néanmoins, l'après-midi se passa fort agréablement jusqu'à ce que vînt l'heure de plier bagage et de se remettre en route. Au moment où Lafaine pensa qu'il était temps de rentrer, presque toute la bande se trouvait dispersée dans les bois à l'entour du bivouac. Il rappela sa petite troupe en lui faisant entendre une seule note prolongée, puis il donna ses ordres relativement aux bagages et à d'autres préparatifs de départ.

— Cela fait, il dit : Il me faudra, je pense, nommer un autre capitaine à l'arrière-garde, puisque celui qui la commandait s'est révolté et a déserté.

— Non, interrompit Parker ; je n'ai pas déserté.

— Voyons : si un officier refuse d'obéir et quitte les rangs, n'est-il pas un déserteur, quand bien même il continue à rôder autour de sa troupe au lieu de se sauver?

— Je n'en sais rien, répondit Parker en hésitant, mais je ne suis pas un déserteur.

— Veux-tu être jugé? lui demanda Lafaine. Si tu consens à l'être, nous allons assembler un conseil de guerre.

— Oui, oui, s'écrièrent d'une seule voix tous les enfants, nous voulons un conseil de guerre!

— Non, dit Parker avec mauvaise humeur, je ne veux pas qu'on me juge.

— C'est bon; alors tu es congédié, repartit Lafaine. Mais je t'avertis que tu ne pourras te joindre à aucune de nos parties, tant que tu n'auras pas passé devant un conseil de guerre pour t'être révolté aujourd'hui.

Quoique Parker ne fût ni condamné ni puni en cette circonstance par un conseil de guerre, il reçut pourtant une bonne leçon. Le soir, au retour, il lui arriva, par sa propre faute, un accident assez singulier, qui sembla être la punition de sa conduite du matin. Voici comment la chose se passa.

Au lieu de prendre pour s'en retourner le chemin qu'ils avaient suivi pour monter au bois, les enfants en prirent un autre qui les mena jusqu'à un ruisseau assez large et fort profond dont les bords étaient très-escarpés. Ils avaient compté le passer sur la glace, mais en arrivant ils virent qu'il y avait de l'eau le long de la rive; d'autres signes encore leur firent supposer que la glace ne devait pas être très-solide. Lafaine l'éprouva avec une longue perche ; Parker en fit autant. Lafaine dit qu'il croyait qu'elle était assez forte pour les porter, mais qu'il n'en était pas certain, et que, dans le doute, il valait mieux faire un pont. Parker, lui, soutint qu'elle était parfaitement solide et qu'il fallait être de fameux poltrons pour craindre de passer dessus.

— Eh bien ! traverse toi-même, lui dit Wolf, et nous verrons ce qui arrivera.

— Non. J'aime mieux attendre et voir si vous aurez la sottise de faire un pont, répliqua Parker. Alors je passerai sur la glace pour vous prouver combien vous êtes sots.

Sans répondre à cette vaniteuse bravade, Lafaine choisit deux arbres qui croissaient au bord de l'eau et avec sa hache, qui ne le quittait presque jamais, et qu'il avait attachée sur un traîneau, il se mit à donner de grands coups dans le tronc de ces arbres afin de les abattre en travers du ruisseau. Tout le monde, à tour de rôle, mit la main à la besogne, excepté Parker, qui, assis sur un vieux tronc brisé, ne cessa de tourner en ridi-

cule ce. qu'il nommait la folie de se tuer à faire
un pont quand la glace était assez solide pour
porter une charretée de foin.

Mais ses camarades n'en continuèrent pas moins
leur tâche avec courage et patience. Une fois les
arbres couchés en travers du ruisseau, ils les rapprochèrent l'un contre l'autre, et toute la bande
à l'exception de Parker, passa sur ce pont impro-
visé. Wolf, le quartier-maître, mit ses traîneaux
sur la glace, puis il marcha lui-même sur le pont
en les tirant doucement. .

Parker, d'un air insoucieux et dégagé, descendit aussitôt sur la glace; elle fléchit un peu sous
son poids, et l'eau la recouvrit légèrement vers
les bords. Elle paraissait pourtant assez solide
pour le porter.

— Voyez! s'écria-t-il, je vous l'avais bien dit!

Lafaine et les autres, debout sur la rive opposée, le regardaient avec curiosité.

— Que nous avons donc été sots de faire un
pont! dit Lafaine.

— Oui, répliqua Parker; je vous l'avais bien
dit. Voyez, continua-t-il en avançant jusqu'au milieu du ruisseau, une charrette toute chargée y
passerait. Encore quelques pas et il touchait à
l'autre bord. Voyez donc! s'écria-t-il de nouveau
en sautant sur la glace pour prouver sa solidité.

— Gare ! lui cria Lafaine.

Mais il était trop tard. La glace, assez forte pour porter Parker s'il eût marché tranquillement dessus, ne l'était pas assez pour résister à de pareilles secousses. Elle céda tout à coup, et Parker tomba dans l'eau sombre et froide.

L'eau n'était pas profonde ; elle ne montait guère que jusqu'aux épaules, mais Parker y tomba la tête la première et disparut complétement. Lafaine courut vers lui en s'écriant d'une voix forte et émue : — Allons, camarades ! tenez-moi les bras, et vivement !

Puis se couchant la face contre terre sur le talus qui bordait la rivière, il étendit les bras en avant sur la neige pour que les enfants pussent les saisir. Cela fait, il se traîna à reculons jusqu'à ce que ses jambes touchassent l'eau. Parker reparut bientôt, toussant, étranglant et se débattant violemment. Mais sitôt qu'il rencontra les pieds de Lafaine parmi les glaçons, il en saisit un et s'y cramponna de toute sa force.

— Maintenant, tirez à vous, camarades ! cria Lafaine. Tirez ensemble et du courage ! Hardi, mes amis, hardi !

Les enfants, tenant Lafaine par les bras, la tête, les épaules, enfin par tout ce qui offrait la moindre prise, l'eurent bientôt ramené à terre ainsi que Parker qui tenait toujours ferme. Tandis que ce dernier, à moitié fou de terreur, faisait des efforts surhumains pour s'accrocher de plus en plus à son sauveur et à ceux qui lui tendaient la main pour le hisser sur la berge, Lafaine, lui, ne savait plus à force de rire où il en était.

Dès qu'ils furent bien à sec, ils se relevèrent, et Lafaine dit à Parker qui toussait et crachait comme un beau diable :

— Voyons, te voilà à un quart de lieue de chez toi et tu es tout trempé d'eau glacée. Il faut que tu t'arranges pour te réchauffer, sans cela tu prendras froid et tu mourras poitrinaire avant trois semaines d'ici. Si tu tiens à la vie, il faut que tu prennes tes jambes à ton cou ; mais nous te tiendrons compagnie.

En route ! mes gars, s'écria-t-il en se mettant aussitôt à courir lui-même. Courons, ou nous sommes perdus ! L'ennemi est à nos trousses ! Quartier-maître, tenez ferme les bagages, et courez comme le vent.

Les enfants ne furent pas longs à obéir à leur chef; au bout d'une seconde ils couraient tous, Parker en tête, sur la berge du ruisseau, en faisant résonner l'air de cris de joie et d'éclats de rire. Lafaine courait avec eux et, de temps en temps, portait son cor de chasse à sa bouche pour

11.

faire entendre plusieurs notes précipitées, ce qui
était le signal de la retraite ; puis il criait de toute
sa force : — Courons, mes amis, courons! L'ennemi nous poursuit, courons comme le vent !

Parker prit le premier chemin qui menait au
village et ne cessa de courir que lorsqu'il fut chez
lui. Tous les autres accompagnèrent Lafaine jusque dans la grange de M. Henry, où, après avoir
ri sans interruption pendant près d'un quart
d'heure, ils rangèrent soigneusement les traîneaux, les outils et les peaux de buffle. Après
cela ils rentrèrent, chacun chez soi.

A partir de ce jour, Parker fut exclu pendant
plusieurs semaines de toutes les expéditions et
de toutes les parties de plaisir du samedi que firent Lafaine et ses amis. Il prétendit pendant
quelque temps que cela lui était égal. Mais il finit
par être las de la solitude ; et, un jour que les enfants allaient naviguer dans un grand bateau plat
que Lafaine leur avait arrangé, il vint leur dire
que, si on voulait de lui, il consentait à se laisser
juger par un conseil de guerre, qui ne fut pas
cruel devant son repentir.

Riquet était impétueux et ardent, il aimait à
tout mener ; Madeleine était douce et soumise, et
elle se laissait diriger. De cette façon ils étaient

en général bons amis et se querellaient peu, car
Madeleine était presque toujours prête à se laisser guider par Riquet et à se conformer à toutes
ses décisions.

Pourtant Riquet était bien capricieux et chan-
geant. Comme tous les petits garçons volontaires,
il était peu constant, et souvent, sans bonne raison, il abandonnait un projet pour en adopter un
autre qu'il quittait aussitôt, forçant sa camarade
Madeleine à obéir à tous ses caprices.

Ainsi, un beau jour d'été, étant sorti avec Madeleine pour jouer, il changea d'avis et lui proposa d'aller chercher les outils de jardinage pour
sarcler une plate-bande que Lafaine lui avait cédée
et dans laquelle il avait semé, un mois auparavant, beaucoup de graines de fleurs. Cette plate-
bande était couverte d'une riche végétation, car
fleurs et mauvaises herbes avaient poussé avec la
même profusion. Riquet l'avait complétement né-
gligée depuis l'époque où il avait semé les graines, mais, tout à coup, il lui sembla que ce serait
amusant d'aller y travailler. Sa cousine ayant ap-
prouvé le projet, il alla chercher à la grange sa
petite brouette et les outils.

Il mit sur sa brouette beaucoup d'outils de jardinage de toute espèce, afin d'être sûr d'avoir ce
qu'il lui fallait, et il s'achemina vers le jardin ;

Madeleine le suivait en ramassant et en traînant de son mieux les outils qui tombaient de la brouette. Riquet ne travailla que peu de temps à son jardin, puis il dit qu'il était fatigué. Il avait trouvé le moyen d'encombrer l'allée qui côtoyait sa plate-bande en y jetant les mauvaises herbes qu'il avait arrachées avec leurs grosses racines couvertes de terre. Il dit à Madeleine que le temps était bien beau et qu'il serait agréable d'aller au petit quai sur la rivière pêcher un peu, et qu'il fallait laisser là les outils et la brouette, parce que, quand il se serait un peu reposé en pêchant, il reviendrait travailler de nouveau à son jardin.

Il ne trouva pas facilement sa canne à pêche ; il la chercha à l'endroit où il la serrait en général, et elle n'y était pas. Alors il dit qu'il l'avait certainement remise à sa place la dernière fois qu'il s'en était servi, et que quelqu'un avait dû la prendre ; puis, il alla demander à Lafaine s'il l'avait vue quelque part.

— Oui, répondit Lafaine, elle est derrière la maison près du puits ; vous l'avez laissée là avant-hier, lorsqu'en rentrant de la pêche vous avez été chercher de l'eau.

— Ah ! c'est vrai, s'écria Riquet, je me le rappelle bien maintenant.

Il n'y avait plus d'hameçon à la ligne. Riquet en avait d'autres à la maison dans une boîte quelque part, mais il ne savait pas au juste où; il se mit donc à les chercher un peu partout, demandant à tout le monde si on les avait vus; mais il ne put les trouver. Après s'être écrié avec humeur : Je voudrais bien qu'on ne touchât pas toujours à mes affaires, il parvint à se fabriquer un hameçon avec une épingle que lui donna sa mère et il alla au petit quai.

Quand il eut jeté sa ligne dans l'eau, il s'assit sur un tronc d'arbre coupé, et se mit à guetter son bouchon, attendant que le poisson mordît. Madeleine se tenait debout à côté de lui, les mains derrière le dos et les yeux fixés aussi sur le bouchon.

Riquet fut bientôt las de pêcher. Les garçons de son âge se trouvent humiliés en général de pêcher avec une épingle, et ce sentiment se change facilement en colère si la pêche est infructueuse. Riquet retira sa ligne, en disant qu'il était inutile de pêcher ce jour-là. Il était sûr qu'il n'y avait pas de poissons dans la rivière, et, d'ailleurs, il ne pouvait leur en vouloir de ne pas mordre à une épingle.

Ces explications se contredisaient, mais Riquet commençait à être de mauvaise humeur; or, quand on est de mauvaise humeur, on est toujours illogique.

Il roula donc sa ligne autour de sa canne à pêche et s'en retourna à la maison. Une charrette était dans la cour.

— Ah! Madeleine, s'écria-t-il, voilà la charrette! entrons dedans et faisons une promenade.

Cela dit, il posa sa ligne contre un arbre et aida Madeleine à grimper dans la charrette; puis il prit les longues rênes et les attacha, chacune à un des brancards, comme font les enfants lorsqu'ils veulent faire semblant d'avoir un cheval. Il souleva aussi les brancards à grand'peine, et, en tirant de toutes ses forces, il fit avancer la charrette jusqu'à ce qu'il pût les poser horizontalement sur une pile de bois qui était non loin de là. Madeleine trouva amusant d'être traînée ainsi, et elle pria Riquet de continuer et de faire le tour de la cour. Mais il dit qu'elle était trop lourde.

Riquet entra lui-même dans la charrette, prit les rênes et le fouet, et se mit à conduire. Il découvrit bientôt que le harnais qui se trouvait à ses pieds dans la charrette le gênait, et il le lança sur le gazon; cela lui donna l'idée de faire semblant d'être sur un vaisseau pendant un orage, et de jeter à la mer toute la cargaison. Madeleine et lui s'amusèrent bien de cette façon.

Lorsque toutes les différentes parties du harnachement se trouvèrent dehors, Riquet reprit les rênes et se mit à conduire, en parlant tout le temps avec volubilité de ce qu'il voyait ou plutôt de ce qu'il faisait semblant de voir. Il inventait mille incidents pendant leur voyage imaginaire. Quelquefois il prétendait qu'il était dans un grand bois sombre, et, comme il craignait d'être attaqué par des ours ou des voleurs, il fouettait ses chevaux et les encourageait de la voix pour échapper au danger ; puis il arrivait à un beau pays découvert, et il montrait à Madeleine des rivières, des lacs, des cascades, de profonds précipices et de hautes montagnes ; d'autres fois, il arrêtait ses chevaux devant une auberge, et il avait de longues conversations avec l'aubergiste, pour savoir si on pouvait les loger et à quel prix.

Ils s'amusèrent ainsi pendant un quart d'heure, mais bientôt Riquet dit qu'il était fatigué d'avoir tant voyagé. Il descendit de la charrette et aida Madeleine à en faire autant. En voyant le harnais par terre, il lui passa bien par la tête qu'il devait le remettre à sa place avant de s'en aller ; mais il pensa qu'il reviendrait bientôt faire un autre voyage, et il alla voir ce que faisait Lafaine dans l'atelier.

Cet atelier était une grande pièce dans un bâti-

ment attenant au hangar et aux granges; on y
faisait et on y réparait les instruments d'agricul-
ture de la ferme. Lorsque Madeleine et Riquet
étaient dans la charrette, ils avaient entendu
qu'on donnait des coups de marteau dans l'atelier,
et ils avaient pensé que Lafaine devait être au
travail. Ils le trouvèrent en effet réparant les râteaux dont on devait se servir sous peu pour rentrer les foins. Il était assis devant un établi, sur
lequel il avait posé six ou sept râteaux qui avaient
besoin de réparations. Aux uns il mettait un
manche, à d'autres une dent, et il fixait solidement, à l'aide de coins, ceux dont le manche
branlait. Riquet grimpa sur l'établi et s'assit auprès de l'endroit où travaillait Lafaine. Il aida
Madeleine à y monter aussi, et lui fit une place à
son côté. Lafaine était en train d'enfoncer un
morceau de bois dans un des trous du râteau pour
faire une nouvelle dent.

— Dites donc, Lafaine, dit Riquet, vous m'avez
promis, il y a bien longtemps, que vous me feriez
un cheval de bois, et vous ne l'avez pas fait.

— Est-ce que je ne l'ai pas fait? demanda Lafaine.

— Non, répondit Riquet, vous n'avez pas tenu
votre promesse. Je trouve que vous manquez bien
souvent à vos promesses.

— Vous m'accusez là d'une chose bien grave, dit Lafaine. Quand ai-je fait cette promesse?

— Je ne sais plus quand, mais il y a bien longtemps, répondit Riquet. Vous m'aviez dit que vous me feriez un cheval qui galoperait.

— Et quand ai-je dit qu'il serait fait? demanda Lafaine, qui travaillait toujours.

— Ah! je ne sais pas, vous n'avez pas fixé d'époque précise; vous deviez le faire un jour ou l'autre; mais vous ne l'avez jamais fait.

— Nous avons bien du temps devant nous, dit Lafaine; et qui sait si, en effet, je ne le ferai pas un jour ou l'autre.

— Mais il y a bien longtemps qu'il devrait être fait, reprit Riquet; vous ne tenez pas du tout vos promesses, et puis je trouve que vous ne dites pas toujours la vérité.

— Aïe! aïe! quelle mauvaise réputation je me fais!

— Je me souviens, continua Riquet, que, l'année passée, lorsque nous sommes allés à la recherche de Franco, vous avez dit à des hommes que nous avons rencontrés en route, que nous voulions acheter un chien, chose que nous ne comptions pas faire du tout, car nous voulions seulement ravoir le nôtre.

— Mais nous voulions le racheter, dit Lafaine. J'ai dit à ces hommes que nous voulions acheter un chien, et c'était très-vrai ; nous voulions racheter Franco.

— Non, répondit Riquet, je ne crois pas que ce fût notre intention, et, en tout cas, vous les avez trompés ; vous leur avez fait croire que nous voulions acheter un nouveau chien, quand nous ne voulions que retrouver le nôtre.

— Je ne les ai pas trompés, dit Lafaine, et, s'ils l'ont été, c'est parce qu'ils se sont trompés euxmêmes. Je leur ai dit que nous voulions acheter un chien ; s'ils ont compris par là que c'était un nouveau chien qu'il nous fallait et pas le nôtre, c'est leur faute et non pas la mienne. Je ne leur ai, bien sûr, pas dit que nous voulions un nouveau chien.

— Mais vous les avez trompés tout de même, et tromper quelqu'un est aussi mal que de dire un mensonge, dit Riquet.

— Est-ce toujours aussi mal? demanda Lafaine.

— Oui, certainement, dit Riquet d'un ton décidé.

Il est en général dangereux d'affirmer d'une manière absolue une proposition quelconque, car il n'y a pas de règle sans exceptions. Riquet se crut du bon côté, mais il vit bientôt combien il était difficile de défendre sa cause.

— Je connaissais autrefois, dit gravement Lafaine, un petit garçon qui avait une poule; il
crut que, s'il ôtait tous les œufs du nid, elle ne
pondrait plus; il fit donc un œuf en craie qu'il
mit dans le nid, espérant tromper la pauvre
poule et lui faire croire que c'était un œuf véritable.

Le petit garçon dont parlait Lafaine était Riquet
lui-même.

— Je sais de qui vous parlez, dit Riquet, vous
parlez de moi. Mais le cas était tout différent; il
s'agissait d'une poule, et moi je disais qu'il était
toujours mal de tromper des hommes.

— Ce n'est pas ce que vous avez dit, répondit
Lafaine.

— C'est ce que je voulais dire, bien entendu,
reprit Riquet.

— Eh bien! j'ai connu un homme, dit Lafaine,
qui n'avait qu'un bras; il avait perdu l'autre à la
guerre. Il pensa qu'il devait être désagréable aux
gens de voir toujours un homme dont le bras
était coupé à l'épaule, et il s'en fit faire un en
liége, avec une main. Son faux bras ressemblait
tant à un vrai bras, que personne n'y voyait de
différence. Il ganta sa main de liége, et il trompa
tout le monde; on croyait que c'était une vraie
main.

— Je suis bien sûr que je l'aurais découvert, moi, dit Riquet.

— Pensez-vous, dit Lafaine, que ce serait mal si un homme se faisait faire une jambe ou un bras de liége, assez bien confectionnés pour qu'on ne pût pas les reconnaître d'avec un vrai bras ou une vraie jambe?

— Je ne crois pas qu'on puisse le faire, répondit Riquet.

— Mais supposez qu'on l'ait fait; serait-ce mal? répéta Lafaine.

— Oui, dit hardiment Riquet.

Il ne savait comment se tirer de l'impasse où Lafaine l'avait bloqué ; puis il ajouta un moment après :

— D'ailleurs, c'est tout à fait différent.

— Différent de quoi? demanda Lafaine.

— Différent d'avoir dit aux hommes, dans le champ, que vous vouliez acheter un chien, lorsque vous ne vouliez que retrouver le nôtre.

— Oui, c'est vrai, dit Lafaine, je l'admets. Je trouve, moi aussi, que j'aurais mieux fait de dire franchement que nous avions perdu un chien et que nous voulions le retrouver. Maintenant, dites-moi quelle sera ma punition, et je m'y soumettrai docilement.

— Eh bien! s'écria Riquet, pour vous punir vous allez me faire mon cheval de bois.

— Je le ferai dès que j'aurai réparé ce râteau, dit Lafaine.

Et en effet, dès que Lafaine eut réparé son râteau, il mena Madeleine et Riquet dans le hangar, pour leur montrer une grosse bûche qu'il avait mise de côté quelque temps auparavant pour faire le corps du cheval de bois. Elle était d'une forme irrégulière, et avait quelque ressemblance avec un cheval. Lafaine avait vu cette ressemblance l'hiver d'avant, lorsqu'il sciait le bois, et il avait réservé cette bûche, pensant qu'un jour il y mettrait des jambes et en ferait un cheval qu'il donnerait à Riquet. Mais, jusqu'à présent, il n'avait pas eu le temps d'y travailler.

— Là, dit Lafaine en montrant du doigt la bûche à Madeleine et à Riquet, quelle sorte de cheval cela vous fera-t-il?

— Cela me fera un cheval admirable, répondit Riquet; tirons-la dehors et mettons-y tout de suite des jambes.

Lafaine et Riquet se mirent donc à tirer sur la bûche; lorsqu'elle eut roulé deux ou trois fois sur elle-même, ils purent tous s'y atteler, et à grand'peine ils parvinrent à la pousser jusque dans l'atelier. Madeleine les aida de son mieux; elle se saisit d'une brindille qui représentait la queue, et elle tira de toute sa petite force. Ce fut ainsi que le monstre finit par entrer dans l'atelier.

Lafaine se mit alors à faire avec une tarière des trous dans le corps du cheval, pour y adapter les jambes. Pendant qu'il travaillait, Riquet demanda quel nom il faudrait donner à son cheval, lorsqu'il serait fait.

— Je ne sais pas, dit Lafaine ; c'est à vous de lui trouver un nom ; vous ne pouvez pas l'appeler un quadrupède, car il va avoir plus de quatre jambes.

— Pourquoi va-t-il avoir plus de quatre jambes ? demanda Riquet.

— Parce que c'est un cheval qui galopera, répondit Lafaine ; si je lui fais six ou huit jambes d'inégale longueur, vous pourrez vous balancer sur ses différentes jambes et faire comme si vous galopiez. Allez donc demander à William de vous dire quel nom il faut donner à un animal qui a six ou huit jambes ; à l'aide de son grec et de son latin, il vous en trouvera un.

— Bien, dit Riquet, j'y vais. Ou plutôt, Madeleine, ajouta-t-il après un moment de réflexion, il vaut mieux que tu y ailles, toi ; parce que, vois-tu, j'ai besoin de rester ici pour voir finir le cheval.

— Mais moi aussi je veux rester, dit Madeleine.

— Oui, mais il est moins important que tu restes, reprit Riquet. Il est nécessaire que je sache comment on fait un cheval, parce que j'aurai peut-être un jour à m'en faire un; ou bien un petit pour toi l'année prochaine, si je trouve une bûche. Ainsi, va donc demander à William de nous dire un nom.

Madeleine se laissait toujours facilement persuader, et quoiqu'elle ne crût pas que Riquet exécutât jamais son projet de lui faire un cheval, elle consentit à aller en mission auprès de William. Elle revint en peu de temps.

Dès que Riquet la vit arriver, il lui demanda ce que William avait dit.

— Quel nom faut-il lui donner? cria-t-il.

— Paul..... quelque chose, répondit Madeleine; il l'a écrit sur ce papier.

Riquet prit le papier, tout en répétant avec mépris le nom qu'avait suggéré Madeleine.

— Paul! s'écria-t-il, Paul n'est pas un nom de cheval.

Puis il prit le papier et lut à Lafaine et à Madeleine ce qui suit:

« S'il a six jambes appelez-le Hexapode, et s'il

en a plus de six, je crois que vous ferez bien de
l'appeler Polypode. »

Riquet rejeta sa tête en arrière et rit aux éclats.

— Oh! Polypode, s'écria-t-il, quel nom, oh!
Polypode!

Le cheval eut bientôt des jambes; c'étaient de
petits piquets de bois, un peu pointus à un bout,
afin de pouvoir les enfoncer dans les trous qu'on
avait faits avec la tarière. Ces jambes s'écartaient
par le bas, de manière à ce que le cheval ne
tombât pas. Elles étaient aussi de différentes
grandeurs; celles du milieu étaient plus hautes
que celles de devant et de derrière, afin qu'en se
penchant sur le cheval ou en se rejetant en arrière, le cavalier pût produire une espèce de choc,
auquel Riquet donna le nom de galop, et que Madeleine et lui trouvèrent très-agréable. Lorsque le
cheval fut fini, ils le portèrent à un bout de la
maison où se trouvait une plate-forme en planches, et l'y établirent solidement. Lafaine alla
chercher dans la grange deux peaux de buffle,
et, les ayant pliées, il les plaça, l'une sur le devant du cheval, et l'autre sur la croupe; celle de
devant devait servir de selle à Riquet, et l'autre
de coussin à Madeleine. Il se trouvait justement
qu'entre les deux siéges il sortait de la bûche une
branche à laquelle Madeleine pouvait s'accrocher

très-commodément. Quand tout fut prêt, Lafaine leur apprit à chanter une chanson qu'il avait composée pour l'occasion. Il laissa les enfants montés sur le vieux Polypode, chantant ce qui suit et marquant la mesure par les secousses du cheval :

> En bas, puis en haut,
> Au pas, au galop,
> Nous passons monts et vaux, nous gagnons de vitesse !
> En rond, en carré,
> Dans l'air azuré,
> Chaque petit oiseau chante : A bas la tristesse !
> Cours donc, vieux Polypode ! En avant ! en avant !
> Vieux casse-cou, qui vas bronchant et trébuchant !

Les enfants chantèrent ce couplet à tue-tête, et chaque fois qu'ils le finissaient ils faisaient entendre de longs éclats de rire.

Deux heures après, lorsque Lafaine traversa la cour et le jardin, il vit les traces du désordre qu'avaient laissé Madeleine et Riquet près de la charrette et dans l'allée qui côtoyait la plate-bande. Il serra soigneusement tout ce que Riquet avait laissé traîner, et remarqua combien de temps cela lui avait pris. Il mit dix minutes à tout ranger, puis il alla trouver Riquet.

— Eh bien ! Riquet, dit-il, aimez-vous toujours le vieux Polypode ?

— Oui, beaucoup, répondit Riquet.

— Êtes-vous satisfait de la manière dont j'ai tenu ma promesse?

— Oui, dit Riquet, je suis entièrement satisfait.

— Me suis-je soumis de bonne grâce à la punition que j'ai encourue pour n'avoir pas dit l'exacte vérité aux hommes dans le champ?

— Oui, répondit Riquet.

— Eh bien! continua Lafaine, j'ai un grief contre vous. Vous avez travaillé dans le jardin et vous avez laissé dans l'allée la brouette, les instruments et des tas de mauvaises herbes; puis vous avez joué dans la charrette, que vous n'avez pas remise à sa place, et vous avez laissé les rênes attachées aux brancards, le harnais par terre et tout en désordre.

Riquet se troubla en entendant ces graves accusations; il ne sut que répondre.

— Êtes-vous coupable, ou ne l'êtes-vous pas? dit Lafaine.

— Je crois que je suis coupable, répondit Riquet; mais je vais aller tout de suite serrer ce que j'ai laissé traîner.

— Non, dit Lafaine, c'est déjà fait. J'ai tout remis en place, excepté la ligne; comme elle est à vous, je n'y ai pas touché. J'ai rangé dans le

jardin et dans la cour, parce que c'est moi qui en
suis chargé. Ce que vous pouvez faire de mieux
maintenant, c'est de vous soumettre docilement à
la punition que vous méritez pour avoir laissé
tant de désordre.

— Je le veux bien, répondit Riquet. Quelle sera
ma punition?

— Vous paierez double dommage; il m'a fallu
dix minutes pour tout serrer, vous aurez à travailler vingt minutes pour moi. Mais comme vous
travaillez moins vite que moi, il vous faudra me
donner quarante minutes de travail.

— C'est bon, dit Riquet, qu'aurai-je à faire?

— Vous tournerez la meule, pendant que j'ai-
guiserai les faux ce soir, après le thé, répondit
Lafaine.

Lafaine ne grondait jamais; il punissait les petits garçons avec lesquels il avait des rapports,
pour leurs fautes et leurs méfaits. Il est vrai que
les enfants n'étaient jamais obligés de se soumettre à ses ordres; mais, en général, ils le faisaient de leur plein gré, car les punitions étaient
toujours justes et méritées, et Lafaine, quoique
sévère, était aimable, même dans les moments où
il punissait. Quelquefois ses punitions étaient si
étranges qu'elles amusaient les enfants, tout en
atteignant parfaitement leur but.

XI

LE GRAND OURS NOIR

Lafaine avait fait une autre promesse à Riquet et à Madeleine ; et, de même que pour celle qui avait rapport au cheval de bois, il mit du temps à l'exécuter. Il avait promis de leur raconter l'histoire de son enfance à Paris, ainsi que les événements qui avaient décidé son père à venir en Amérique. Il ne l'avait pas fait plus tôt, parce qu'il disait qu'on ne le comprendrait pas sans une vue de Paris, dans laquelle on pût chercher les endroits dont il parlerait. Lafaine en avait dans sa chambre une fort belle et fort grande ; elle venait de cette ville ainsi que beaucoup d'autres trésors du même genre. Il avait été obligé de laisser toutes ces choses-là à Montréal, lorsqu'il s'était rendu avec son père, à travers bois, du Canada aux États-Unis, mais plus tard il les envoya chercher et elles arrivèrent saines et sauves. Grâce à ces richesses, Lafaine avait pu faire de sa chambre, chez madame Henry, un lieu très-attrayant, et parmi les nombreux objets de curiosité qui se trouvaient chez lui, sa grande vue coloriée de Paris, qui était pendue à la place d'honneur, n'était pas un des moins intéressants. C'est de cette gravure qu'il parlait, lorsqu'il disait qu'il lui manquait une chose essentielle pour bien faire comprendre l'histoire de son enfance.

Quoique la chambre de Lafaine fût, ainsi que nous l'avons dit, un lieu très-attrayant, il n'y était pas souvent, parce que, toute la journée, il était occupé à son ouvrage à la maison et à la ferme. Il pouvait, il est vrai, y passer les soirées ; mais en été elles sont courtes, et en hiver il faisait trop froid dans sa chambre pour pouvoir y rester longtemps. Il y avait bien une cheminée, mais rarement on y faisait du feu. Comme il restait peu dans sa chambre, Madeleine et Riquet n'avaient jamais examiné avec lui la vue de Paris, de façon à ce qu'il pût leur raconter son histoire. A vrai dire, nous ne savons combien de temps aurait pu se passer à attendre une bonne occasion, sans l'intermédiaire d'un gros ours noir. On ne comprend pas tout d'abord que les faits et gestes d'un ours quelconque aient pu procurer à Lafaine l'occasion de raconter l'histoire de son enfance. Mais il en fut ainsi. Voici ce qui arriva :

12.

Une grande ourse noire, qui vivait depuis un peu de temps avec d'autres ours dans les hautes montagnes, trouva, vers le milieu de l'été, que sa demeure était par trop triste ; il lui était, peut-être aussi, difficile de se procurer dans les bois la nourriture de ses oursons, qui grandissaient et qui avaient besoin de manger beaucoup. La vieille ourse descendit donc des montagnes et, traversant les bois, elle se rapprocha des habitations pour voir si, là, elle trouverait quelque proie à sa convenance. Son expédition lui réussit parfaitement. Elle vit un troupeau de moutons qui dormaient tranquillement, à minuit, dans une prairie isolée. L'ourse se glissa en tapinois dans la prairie ; elle saisit un agneau dans ses énormes mâchoires et se sauva dans les bois. L'agneau terrifié ne cessa de bêler de toutes ses forces ; mais le son de sa voix plaintive se perdit peu à peu dans l'éloignement. Le troupeau tout entier se réveilla soudain en entendant ses cris ; ils bêlèrent tous, et, saisis d'une terreur panique, ils se mirent à courir vers la maison pour avertir leur maître. Ils coururent tous, excepté la mère de l'agneau volé ; au lieu d'aller vers la maison, elle se dirigea vers le taillis sombre où son agneau avait disparu d'une manière si mystérieuse et si terrible ; elle était décidée à attaquer avec fureur son ennemi in-

connu, quel qu'il fût, si elle parvenait à l'atteindre. Mais c'est ce qu'elle ne put faire. L'ourse savait
bien son chemin, et elle avait des yeux qui lui
permettaient de se guider, malgré les ténèbres,
dans les profondeurs les plus reculées du bois. La
brebis s'égara, au contraire ; elle courait çà et là,
ne sachant où elle allait dans son désespoir.

Le fermier sortit avec une lanterne pour découvrir la cause de tout ce tumulte, mais il ne vit
rien pour l'expliquer. Il crut que quelque bête
féroce, venue des bois, avait effrayé le tronpeau ;
mais il ne put savoir si on lui avait enlevé une de
ses brebis, ou un de ses agneaux. L'obscurité et
le désordre l'empêchèrent de compter ceux qui
restaient pour voir s'il en manquait aucun. En
voyant le désespoir de la brebis mère et en entendant ses cris plaintifs, il se dit cependant que
son agneau avait dû être volé.

Le lendemain matin, en arrivant sur le terrain,
il ne conserva plus de doute à ce sujet, car il reconnut facilement l'endroit où avait eu lieu la
lutte entre l'ourse et sa proie. On voyait aussi, sur
la terre humide de la route qui menait au bois,
l'empreinte de ses pattes et des taches de sang.

Lorsque le fermier découvrit ce qui s'était
passé, son indignation contre l'ourse n'eut pas de
bornes.

— Quelle bête féroce ! s'écria-t-il. Enlever
ainsi un pauvre agneau innocent pour l'égorger !

Il n'y avait vraiment pas lieu à tant d'indignation, de la part du fermier surtout, car il élevait
ce même agneau dans l'intention de faire juste
ce qu'avait fait l'ourse, c'est-à-dire de le tuer
pour nourrir sa famille. Il avait, la veille, égorgé
un autre agneau tout pareil, et en avait rôti une
portion devant le feu de la cuisine pour le dîner de
ses enfants. Les hommes raisonnent souvent ainsi
à tort, lorsqu'ils se censurent les uns les autres. Ils
blâment chez leurs voisins des actes qu'ils com-
mettent eux-mêmes sans le moindre remords.

Malgré l'absurdité de la chose, le fermier
montra beaucoup d'indignation. Il n'effaça pas
les traces de l'ourse, et il appela ses voisins pour
les voir. Ceux-ci furent indignés à leur tour et,
comme ils avaient des troupeaux et qu'ils couraient le même danger, ils décidèrent qu'ils s'ar-
meraient et iraient en force dans les bois, pour
couper la retraite à l'ourse et la tuer.

Les fermiers prirent tous les fusils et tous les
pistolets qu'ils trouvèrent chez eux ; ceux qui
n'avaient pas d'armes à feu se munirent de four-
ches, de haches et de gros bâtons. L'un d'entre
eux se fit une espèce de lance avec la lame d'une
faux, qu'il parvint à fixer dans le manche d'une

vieille fourche, et il eut ainsi une arme d'une apparence extrêmement formidable. Lorsqu'elle fut
finie, il la brandit et s'écria que tout ce qu'il lui
fallait maintenant, c'était de voir l'ourse s'approcher de lui, la gueule ouverte, afin de lui
faire avaler quelque chose d'un peu moins tendre
que la chair d'un agneau.

En attendant, les messagers qu'on avait en-
voyés porter la nouvelle, allaient en galopant de
ferme en ferme. Il en vint un chez madame
Henry pour voir Lafaine et lui raconter ce qui
s'était passé, dans l'espoir que les ouvriers auraient la permission d'aller avec eux ; mais les ouvriers étaient absents. Quand le messager arriva,
Riquet était au petit quai de la rivière à pêcher.
Madeleine allait le rejoindre, mais lorsqu'elle vit
arriver un cavalier au galop et que celui-ci s'arrêta auprès de Lafaine, qui était occupé à seller
le cheval devant la grange, elle voulut savoir de
quoi il était question. Après avoir raconté la
nouvelle à Lafaine, le cavalier s'éloigna aussi vite
qu'il était venu. Lafaine laissa la selle non assujettie sur le dos de son cheval et alla dans la maison. Madeleine, qui pensait à l'ours et à l'agneau,
se mit à marcher lentement vers le petit quai, se
proposant de raconter à Riquet ce qui s'était
passé. Mais celui-ci avait entendu le pas du che-

val lorsqu'il galopait sur la route, et il s'était re-
tourné pour le voir. Il avait remarqué que le cavalier, après avoir causé un moment avec Lafaine, était reparti au galop et sa curiosité avait
été excitée. Il se tint debout sur le quai, sa ligne
dans l'eau, mais la tête tournée du côté de Madeleine. Dès qu'elle fut assez près pour qu'elle pût
l'entendre, il lui cria :

— Madeleine ! pourquoi cet homme est-il arrivé en galopant dans notre cour ?

— A propos d'un ours ! dit Madeleine.

— Que disait-il d'un ours ? demanda vivement
Riquet.

— C'est un ours, répondit Madeleine, qui se
trouvait alors assez près de Riquet pour pouvoir
parler sans forcer sa voix, c'est un ours qui est
sorti des bois et qui a emporté un pauvre petit
agneau. Des hommes vont aller dans le bois pour
le tuer et pour rapporter l'agneau.

— Vraiment ! s'écria Riquet.

Et posant à la hâte et d'un air agité sa ligne
sur le quai, il mit dessus une pierre plate pour la
tenir et courut vers la maison. Madeleine le suivait en le suppliant de l'attendre, car il courait si
vite qu'elle ne pouvait pas aller du même train ;
mais Riquet était bien trop excité par la nouvelle qu'on venait de lui donner, pour faire atten-

tion à elle. Il se rendit aussi vite que possible à la
cour pour interroger Lafaine, qu'il trouva dans
l'atelier, occupé à examiner un vieux fusil qu'il
venait de prendre sur une planche très-élevée.

— Allez-vous dans les bois pour tuer l'ours?
demanda Riquet.

— Je vais dans les bois, répondit Lafaine, mais
je ne m'attends pas à tuer l'ours.

— Ma mère vous a-t-elle permis d'y aller?

— Oui, dit Lafaine.

C'était vrai; il avait été à la maison et il avait
raconté la chose en détail à madame Henry; puis
il avait demandé la permission de faire partie de
l'expédition qui devait aller dans les bois. Madame
Henry commença par refuser; mais Lafaine lui fit
remarquer qu'ils avaient, comme leurs voisins,
des troupeaux à défendre, et que, puisque les
ouvriers de la ferme étaient absents, c'était à lui
d'aller avec les fermiers, et, quelles que fussent
les difficultés de l'entreprise, de les partager
avec eux. Madame Henry consentit enfin à le
laisser partir.

— Je veux y aller aussi, dit Riquet, je cours en
demander la permission à ma mère.

Et il entra dans la maison. Quelques instants
après, il revint, l'air abattu et désolé. Lafaine
était en train d'arranger le fusil; il était complé-

tement absorbé par son occupation et il ne fit pas attention à Riquet. Madeleine était debout à regarder le fusil d'un air curieux et effrayé tout à la fois.

—Veut-elle te laisser aller? demanda-t-elle de sa douce voix.

— Non, répondit Riquet d'un ton maussade, et je ne vois pas pourquoi. Je pourrais y aller aussi bien que Lafaine.

— Alors, elle ne vous laisse pas aller, dit Lafaine, qui fit jouer le chien de son fusil en essayant de le réparer.

— Non, répéta Riquet, d'un ton encore plus boudeur.

— Comme c'est vexant, dit Lafaine.

— Oui, répondit Riquet, c'est bien vexant.

— Et comme c'est déraisonnable, dit Lafaine.

— Oui, répondit encore Riquet.

— Si j'étais vous, je ne le souffrirais pas, dit Lafaine.

— Que feriez-vous? demanda Riquet.

— Oh! je ne sais pas, dit Lafaine; je ferais quelque chose de terrible; j'enragerais toute la journée.

Riquet garda le silence.

— Vous serez peut-être un an sans trouver une aussi belle occasion d'enrager, continua Lafaine.

Vraiment les mères sans cœur font subir de cruelles épreuves à leurs innocents enfants. Voici un petit garçon que sa mère ne veut pas laisser aller avec cinquante hommes armés et accompagnés de chiens qui vont faire une course de deux lieues dans les bois et dans les montagnes pour chasser une bête féroce, — et le cher petit se résigne avec la douceur d'un agneau !

Et, en disant ces mots, il caressa doucement le dos de Riquet. Riquet saisit une lanière de cuir : c'était un morceau d'une vieille bride, et en appliqua un grand coup sur les épaules de Lafaine, puis il se sauva de l'atelier. Il essaya de garder son air fâché jusqu'à ce qu'il fût hors de vue, mais il n'y réussit pas complétement. Dès qu'il eut passé la porte, il éclata de rire malgré lui ; mais il reprit plus d'empire sur lui-même, et lorsque Lafaine, après avoir serré le fusil, le suivit, il le trouva debout, non loin de la porte, ayant l'air aussi maussade que jamais.

— Pauvre petit agneau ! dit Lafaine d'un ton de pitié. Riquet, en entendant ces mots, s'élança vers Lafaine, le poing fermé pour le frapper ; mais celui-ci évita ses poursuites en courant autour du cheval. Puis il dit, pour apaiser Riquet :

— Je ne parlais pas de vous ; je parlais de l'agneau que l'ours a emporté.

13

— Non, répondit Riquet, c'était de moi que vous parliez ; je le sais.

Lafaine, tout en esquivant Riquet, trouva moyen de mettre la selle sur le cheval, et de la sangler solidement ; puis, guettant une bonne occasion, il se retira tout à coup dans l'atelier et en sortit un moment après, avec sa hache de montagnard, qui était fort petite et très-légère, quoique le manche fût aussi long que celui des autres haches. Il monta sur son cheval, sa hache à la main, et commença à s'éloigner.

— Est-ce que vous n'allez pas prendre le fusil? demanda Riquet.

— Non.

— Pourquoi pas ?

— Oh! pour différentes raisons, répondit Lafaine ; et il traversa rapidement la cour à cheval et se dirigea vers la grille. Riquet trottait à son côté, en se tenant à l'étrier.—Pour bien des raisons, dit-il, d'abord il est détraqué et je crains qu'il ne parte pas ; et, s'il part, je crains qu'il ne me jette par terre ; et, s'il ne me jette pas par terre, je crains qu'il ne tue un des hommes ; et, s'il ne tue pas un des hommes, je crains qu'il n'atteigne pas l'ours. Ensuite j'ai les mêmes raisons qu'avait David pour ne pas prendre d'épée, mais bien une fronde lorsqu'il alla combattre Goliath.

Il connaissait sa fronde et il ne connaissait pas l'épée ; je connais ma hache de montagnard, et je ne connais pas le fusil. Ainsi, adieu, pauvre petit agneau !

Riquet courut sur la route, il saisit une poignée d'herbe et la jeta à la tête de Lafaine, qui s'en allait trottant, puis il s'en alla retrouver Madeleine. Il lui dit que Lafaine était le plus grand taquin qu'il eût jamais vu, et qu'il espérait bien que l'ours l'attraperait dans les bois et le dévorerait.

Riquet prit ensuite un fusil de bois que Lafaine lui avait fait quelque temps avant, et il s'amusa avec Madeleine, pendant deux heures, à parcourir les jardins et les cours, tirant sur toute espèce d'objets qui, grâce à son imagination, lui représentaient des ours. Sa ligne, qu'il avait laissée au petit quai, fut complétement oubliée.

Vers le milieu de la journée, on ramena Lafaine qui avait été sérieusement blessé ; voici comment l'accident était arrivé.

Les hommes qui devaient faire la chasse à l'ours allèrent tous au lieu du rendez-vous, qui avait été fixé auprès de la maison du fermier dont le troupeau avait été attaqué. Là, ils organisèrent leur expédition. Ils devaient tous ensemble suivre les traces de l'ours aussi longtemps qu'elles seraient visibles. Ensuite, ils devaient se séparer en plusieurs bandes, qui auraient chacune leur chef et suivraient toutes la même direction, bien qu'en prenant chacune un chemin différent. Ils devaient avoir soin de ne pas décharger leurs fusils, à moins qu'ils ne vissent l'ours, afin qu'un coup de fusil tiré dans les bois fût un signal qui obligeât tous ceux qui l'auraient entendu à se rendre immédiatement à l'endroit d'où le bruit serait parti. Dans le cas où les divers détachements seraient trop éloignés les uns des autres pour pouvoir entendre la décharge, s'il y avait lieu d'en faire une, ou encore si l'ours n'était vu par personne et que par conséquent on ne tirât pas de coup de fusil, ils devaient tous aller de l'avant, mais pas trop, de façon à pouvoir revenir le soir même. Ces arrangements ayant été pris, l'expédition se mit en marche.

Ils suivirent sans aventures, pendant plus d'un quart de lieue, les traces de l'ours. Elles disparaissaient par endroits, mais ils les retrouvaient bientôt et ils continuaient leur chemin. Ils marchaient tous les uns derrière les autres, les chasseurs les plus expérimentés en tête de la file pour reconnaître les traces. Quelques-uns des jeunes gens se moquèrent de Lafaine, parce qu'il avait apporté une hache. Ils lui demandèrent s'il s'at-

tendait à ce que la mère ourse se tiendrait debout
et immobile comme un érable pendant qu'il irait
l'abattre avec la hache. Lafaine prit en bonne
part la plaisanterie et continua à marcher à la file,
sa hache sur l'épaule.

Enfin on perdit de vue les traces et on ne put
plus les retrouver. On se sépara alors en plusieurs
détachements, qui s'éloignèrent les uns des autres afin d'explorer une grande étendue de forêt.
Lafaine fit partie d'un détachement composé de
six hommes. Leur chef était un vieux chasseur
expérimenté qu'on appelait l'oncle John. Lafaine
avait choisi cette division-là, parce qu'il avait plus
de confiance en l'oncle John que dans les autres
chefs. Ils étaient bruyants et bavards ; l'oncle
John était tranquille et silencieux, quoique obser-
vateur très-vigilant. Il parlait peu et n'avait point
de prétentions, tandis que les autres chefs criaient
toujours aux hommes d'aller d'un côté, puis d'un
autre, attirant leur attention sur des découvertes
qui, en fin de compte, n'en étaient pas. Lafaine
vit cela et il se dit qu'il aurait plus de chances de
voir l'ours, s'il allait avec l'oncle John.

La conclusion était bonne. L'oncle John connaissait très-bien tout le pays et il devina juste
quelle route l'ours avait prise. Il fit cependant trois
lieues, en surmontant toutes espèces d'obstacles

et de difficultés que je ne décrirai pas en détail, sans rien découvrir. Enfin il se disposait à entrer dans un ravin sombre et sauvage, entouré de rochers à pic, lorsqu'il s'arrêta soudain et dit :

— Chut !

Et il montra le ravin. Les hommes regardèrent, et là, par terre, sous un grand chêne, ils virent un énorme ours noir assis sur ses pattes de derrière, qui les regardait avec des yeux flamboyants. Un moment après, ils entendirent un long grognement sourd.

Lafaine chercha à voir si, par un côté quelconque du ravin, l'ours pourrait s'échapper dans le cas où les hommes l'attaqueraient et le blesseraient. Il vit qu'un sentier escarpé parmi les rochers était sa seule retraite. Il quitta immédiatement son détachement, et, passant par un fourré, il fit un détour et déboucha sur le sentier à mi-côte. Avant de pouvoir y arriver, il entendit des coups de fusil.

Une fois dans le sentier, il s'abrita derrière un gros arbre et se pencha pour voir ce qui se passait dans le ravin. L'ours avait disparu; il avait été légèrement blessé et il était monté sur le chêne.

Les hommes rechargeaient leurs fusils. Ils firent feu de nouveau. L'ours reçut une autre blessure

encore légère, et le bruit et la fumée des coups
de fusil lui ayant fait peur, il descendit rapidement de l'arbre et s'élança dans le sentier que
gardait Lafaine. Celui-ci se tenait tout prêt, sa
hache en main et lorsque l'ours, montant le chemin escarpé, passa devant lui, il lui asséna un
grand coup sur la tête qui l'étendit par terre ; puis
il lui donna de nombreux coups de hache, si bien,
que, avant que les hommes arrivassent, la tête de
l'ours était séparée du corps.

Les cris des hommes et les coups de fusil ame-
nèrent un des détachements. Les autres étaient
trop loin pour pouvoir les entendre. Ceux qui
arrivèrent firent une espèce de civière avec des
branches d'arbre, sur laquelle ils placèrent le
corps de l'ours pour le rapporter. Ils découvrirent,
pour s'en aller, un chemin plus court que celui
par lequel ils étaient venus. Lorsqu'ils s'appro-
chèrent des habitations des fermiers, l'oncle
John et les autres hommes insistèrent pour que
Lafaine montât sur la civière, afin de pouvoir le
porter en triomphe. Lafaine aurait voulu refuser
cet honneur, mais on le força de l'accepter ; il
monta donc en riant sur la civière et s'assit sur
le corps de l'ours.

La procession continua à marcher ainsi, un peu
de temps, sans encombre ; mais bientôt elle arriva

à un petit pont qui, quoique assez solide pour l'usage habituel, ne le fut pas lorsqu'il eut à supporter les poids réunis de l'ours, de Lafaine et des hommes qui les portaient tous deux. Il s'écroula et la plupart d'entre eux tombèrent dans le ruisseau.

Comme Lafaine était le plus haut placé, il tomba de plus haut et l'un des brancards lui fit une affreuse blessure à la jambe. Pendant le reste du chemin, on fut obligé de le porter pour de bon et, quand il arriva à la maison, il était, ainsi que les héros le sont souvent, couvert de gloire, mais en proie à des souffrances terribles.

Un autre malheur de ce jour-là fut que Riquet perdit sa ligne. Un gros poisson mordit à son hameçon pendant qu'il était dans la cour avec Madeleine à tirer sur des ours imaginaires. Le poisson fut assez fort pour entraîner la canne à pêche tout entière dans la rivière, malgré le poids de la pierre plate que Riquet avait mise dessus pour la maintenir solidement. Il alla dans la journée la chercher, mais elle avait disparu et il ne sut jamais ce qu'elle était devenue.

Pendant deux ou trois jours la blessure de Lafaine lui fit grand mal. Il eut beaucoup de fièvre et d'agitation. Madeleine et Riquet, très-affligés, allèrent plusieurs fois le voir; mais, comme il était défendu de le faire parler, ils ne restaient pas longtemps avec lui. Une fois, Riquet s'approcha du lit et demanda à Lafaine s'il pouvait faire quelque chose pour lui. — Oui, dit Lafaine ; si vous voulez bien aller dans la montagne me chercher un petit ruisseau et le faire couler ici auprès de mon lit, afin que je puisse apaiser la soif qui me sèche le gosier, je vous serai éternellement reconnaissant. Riquet se mit à rire et dit qu'il ne pourrait pas faire cela, mais qu'il irait au puits lui chercher une cruche pleine d'eau fraîche. Lafaine répliqua que ce serait inutile, car on ne le laisserait pas boire.

— Est-ce qu'on ne veut pas que vous buviez ? demanda Riquet.

— Très-peu, dit Lafaine.

Riquet vit bientôt après combien peu on laissait boire Lafaine, car la garde-malade s'approcha du lit et lui demanda s'il avait soif. Lafaine lui ayant répondu que oui, la garde prit dans un verre une petite cuillerée d'eau et la lui porta aux lèvres. Lafaine but l'eau et, se retournant fiévreusement dans son lit, il ferma les yeux.

Peu de temps après, Riquet quitta la chambre.

Le surlendemain, Madeleine et Riquet allèrent, après déjeuner, jeter un coup d'œil, tout doucement, dans la chambre de Lafaine. Il les aperçut

13.

et leur fit signe d'entrer. A sa mine, ils virent qu'un changement s'était fait en lui. Il était radieux et avait l'air plein de santé.

— Comment allez-vous ce matin ? dit Riquet.

— Bien ! très-bien ! répondit Lafaine avec énergie et en levant les bras au-dessus de sa tête, parfaitement bien ! Je n'ai jamais été mieux. Je pourrais, je crois, faucher un arpent de pré, si on voulait seulement me le mettre sur mon lit. Je vais avoir une côtelette pour mon déjeuner ; que pensez-vous de cela ?

Riquet dit que cela ne lui faisait pas grand effet, car il avait lui-même eu pendant huit jours une côtelette pour son déjeuner tous les matins.

— Mais je suis convalescent, répondit Lafaine. Un malade n'est jamais si heureux que quand il se sent entrer en convalescence et peut avoir pour son déjeuner une côtelette et une tasse de café. Seulement, ajouta-t-il un moment après, d'un ton attristé, il faut que je reste encore couché ici huit jours, jusqu'à ce que ma blessure soit cicatrisée.

Puis il essaya de s'asseoir dans son lit pour montrer combien il était fort ; mais il s'aperçut bientôt qu'il ne l'était pas autant qu'il le supposait. A vrai dire, il était très-faible et, lorsqu'il se

souleva dans son lit, la tête lui tourna et il fut
bien heureux de se recoucher.

Dans le courant de la journée, il reprit un peu
ses forces. Madeleine et Riquet vinrent le voir
plusieurs fois, et, dans la soirée, il était assez
bien pour que Riquet pût lui lire une histoire ;
seulement, Lafaine s'endormit pendant la lecture.
Riquet fut un peu désappointé lorsqu'en se retournant pour regarder Lafaine, au moment le plus
intéressant de l'histoire, il le vit dormant ; mais
la garde s'en réjouit et dit qu'elle en était bien
aise. Selon elle, la lecture devait toujours endormir le patient ; si les livres ne devaient point
produire cet effet, elle ne permettrait jamais
qu'on en apportât dans une chambre de malade.

Après avoir dormi, Lafaine se sentit tout reposé. Riquet, ayant jeté les yeux sur la vue de
Paris, qui était accrochée non loin du lit de Lafaine et de façon à ce qu'il pût la voir étant couché, lui rappela qu'il avait promis de leur parler
de Paris et de son enfance. Lafaine leur dit qu'il
tiendrait sa promesse le soir même, après le thé.
En effet, après le thé, Riquet amena Madeleine
dans la chambre de Lafaine pour entendre l'histoire. La tête du lit était à un bout de la chambre, non loin d'une fenêtre, et la vue de Paris

était pendue au-dessus de la cheminée et faisait face à un des côtés du lit. A la tête du lit se trouvait un grand fauteuil bien confortablement rembourré; ce fauteuil était d'ordinaire placé dans la chambre de madame Henry; mais on l'avait mis dans celle de Lafaine, afin qu'il pût s'y asseoir dès qu'on lui permettrait de se lever.

Quand Madeleine et Riquet vinrent dans sa chambre pour entendre l'histoire. Madeleine prit possession du fauteuil et s'y établit, Riquet s'assit sur le pied du lit de façon à voir Lafaine et la gravure aussi, en tournant un peu la tête. Lorsqu'ils furent tous prêts, Lafaine commença en ces mots :

— Une rivière coule à Paris : elle s'appelle la Seine.

— Oui, dit Riquet, je savais que Paris était sur la Seine. J'ai appris cela dans ma géographie.

— Vous pouvez voir la rivière dans la gravure, continua Lafaine en la montrant du doigt, sans faire attention à la remarque par laquelle Riquet l'avait interrompu.

Si le lecteur peut se procurer une vue de Paris, il comprendra mieux les observations de Lafaine pendant cette conversation et il se fera une idée bien plus exacte de la ville, que s'il n'a pour s'en rendre compte qu'une simple description.

— Oui, je la vois, dit Riquet, dans quel sens coule-t-elle ?

— Voilà une question raisonnable, dit Lafaine ; elle est presque aussi raisonnable que l'autre remarque était inutile.

— Quelle remarque ? demanda Riquet.

— Vous avez dit que vous saviez que Paris était sur la Seine, répondit Lafaine.

— Eh bien ! je le savais, je vous assure, dit Riquet.

— Je n'en doute pas, répondit Lafaine ; mais il n'était pas nécessaire d'interrompre l'histoire pour faire montre d'un si petit savoir.

— Vous avez raison, dit Riquet, mais dans quel sens coule la Seine ?

— Elle coule vers nous lorsque nous regardons la gravure. Voyez-vous cette petite île dans le milieu de la rivière ?

— Oui, dit Riquet, j'en vois deux.

— Je parle de la plus grande, ajouta Lafaine.

— Celle qui est le plus proche de nous, dit Riquet, je la vois.

— Je la vois aussi, dit Madeleine.

— Quoiqu'elle paraisse petite dans la gravure, elle est assez grande en réalité, dit Lafaine ; elle contient beaucoup de rues et de places, ainsi

que des monuments publics et des églises. On
l'appelle la Cité.

— Pourquoi? demanda Riquet.

— Je n'en sais rien, répondit Lafaine. On ne
l'appelle jamais l'île, mais toujours la Cité. Elle
a une grande cathédrale qui est célèbre dans
le monde entier. Cette cathédrale a deux tours
carrées.

— Oui, dit Riquet, je les vois.

— On l'appelle la cathédrale de Notre-Dame.

— Comment est-elle ? demanda Madeleine.

— Oh! sans la voir vous ne pouvez vous en
faire aucune idée, répliqua Lafaine. L'intérieur
est très-grand , d'énormes colonnes supportent la
voûte, et, lorsque vous regardez en l'air, il semble que vous voyiez aussi haut que le ciel. Des
sculptures de pierre et de grandes peintures dé-
corent ses murs. Dans les bas-côtés sont les cha-
pelles, où une quantité innombrable de petites
bougies sont, les jours de fête, allumées devant
des crucifix et des images de la Vierge ; des milliers
de personnes, venant de tous les coins du monde,
se promènent en avant et en arrière, des prêtres
en surplis blancs chantent des messes et brûlent
de l'encens, pendant que l'orgue résonne sous les
arches et dans les bas-côtés.

— J'aimerais bien aller là, dit Madeleine.

— Moi aussi, dit Riquet, j'aimerais bien y aller.

— Outre la cathédrale, continua Lafaine, il y a dans l'île un grand hôpital qui contient des milliers de gens malades. Ils sont couchés dans des lits rangés dans de grandes salles où se promènent les sœurs de charité et les gardes-malades. Des médecins viennent tous les jours avec des étudiants en médecine, et ils vont de lit en lit pour prescrire des médicaments. Cet hôpital est si grand qu'il faut plusieurs heures pour le parcourir en entier; et malgré cela il est trop petit, on pense à en faire un autre bien plus grand.

— Je n'ai pas envie de voir tant de gens malades! dit Madeleine.

—Si fait, moi, dit Riquet; peut-on voir l'hôpital dans la gravure? ajouta-t-il.

— Pas très-bien, répondit Lafaine; il n'est pas loin de la cathédrale. Il y a plusieurs ponts sur la Seine, continua-t-il.

— Oui, dit Riquet, je vais les compter. Un, deux, trois, quatre, cinq, six, sept.

Lorsqu'il fut arrivé au nombre sept, il fut obligé de s'arrêter, ne pouvant pas bien compter ceux qui étaient dans l'île.

— Quelques-uns de ces ponts, dit Lafaine, sont larges pour laisser passer les voitures; les piétons se servent de ceux qui sont étroits. Il est assez amusant d'aller jusqu'au milieu de ces ponts et de regarder la rivière.

— Que voit-on? demanda Riquet.

— On voit des gamins de Paris qui pêchent sur le bord de l'eau et beaucoup de petits bateaux.

— Et des vaisseaux? dit Riquet.

— Non, dit Lafaine, vous ne voyez jamais de vaisseaux sur les rivières à ponts; les mâts sont trop hauts.

— Mais à Londres il y a des vaisseaux, et pourtant il y a des ponts, dit Riquet.

— Pas au même endroit, répliqua Lafaine. Les vaisseaux ne vont pas au-delà des ponts; ceux-ci sont dans la partie haute de la ville et les vaisseaux se tiennent dans la partie basse. On n'a pas pu établir de ponts à l'endroit où se trouvent les vaisseaux, c'est pour cela qu'on a bâti le tunnel sous la Tamise.

— Je puis voir dans la gravure quelques-uns des petits bateaux qui sont sur la rivière, dit Madeleine.

— Oui, répondit Lafaine, seulement la rivière est bien plus grande en réalité qu'elle ne paraît dans la gravure et il y a beaucoup plus de bateaux; puis il y a aussi de grands bains flottants et des bateaux de blanchisseuses.

— Qu'est-ce que c'est que cela ? demanda Riquet.

— Les bateaux de blanchisseuses, répondit Lafaine, sont comme de longues maisons qui ont un étage de haut et qui sont très-bien peintes. On les met à l'ancre dans la rivière, et elles flottent sur l'eau; des espèces d'ouvertures, comme des fenêtres, donnent sur l'eau ; à chacune de ces ouvertures, une femme se place pour laver le linge dans la rivière, et, quand elle le retire de l'eau, elle le frappe avec un grand battoir contre le bord du bateau.

— Comment cela? demanda Riquet.

— Mais, tout autour des ouvertures du bateau se trouve un bord plat qui permet aux blanchisseuses de battre le linge.

— Oui, dit Riquet, je comprends ; mais je ne vois pas de bateaux de blanchisseuses dans la gravure.

— Non, répondit Lafaine, il n'y a pas de place dans la gravure pour la centième partie de ce que l'on peut voir à Paris. Lorsqu'on se tient sur un pont, on voit bien des choses curieuses dans l'eau; quelquefois même on en voit d'horribles.

— Quoi donc? demanda Riquet.

Comme dans toutes les grandes agglomérations d'hommes, il y a des malheureux à Paris et quelques-uns se noient; puis il y a aussi des gens qui tombent dans la rivière et se noient par accident; quand la police les voit, elle les repêche; mais parfois l'eau est si rapide qu'ils sont entraînés par le courant à une lieue de distance. Là, il y a un grand filet tendu en travers de la rivière, qu'on retire tous les jours et on rapporte les corps à Paris.

— Pour les enterrer? demanda Riquet.

— Non, pas immédiatement; on les expose d'abord dans un grand bâtiment construit sur le quai, non loin de la rivière, où chacun peut aller voir s'il les reconnaît. Ils sont placés sur des plaques de marbre et de l'eau coule sans cesse sur eux. Les habits qu'ont leur a ôtés sont accrochés à côté, parce que cela aide à les reconnaître.

— Est-ce que tout le monde peut aller les voir? demanda Riquet.

— Oui, dit Lafaine, les portes de la Morgue sont toujours ouvertes; les gens peuvent entrer et sortir comme ils veulent. J'y suis allé quelquefois, quoi que ce soit un lugubre spectacle.

— Qu'avez-vous vu? demanda Riquet.

— Lafaine, racontez-nous autre chose, dit Madeleine; je n'aime pas à entendre parler de cela.

— Alors, répondit Lafaine, je vais vous parler du Louvre. C'est ce long bâtiment, au milieu de la gravure, qui fait face à de beaux jardins.

— Oui, dit Riquet, et dont un des côtés donne sur la rivière.

— C'est le fameux palais des Tuileries où demeure le chef de l'État, que ce soit un roi, un empereur ou un président. Devant, se trouve le jardin des Tuileries, plein de grands arbres, de jolies allées, de plates-bandes et de belles fleurs.

— Je ne vois pas les fleurs, dit Madeleine.

— Non, répondit Lafaine, on ne peut pas tout voir dans une gravure, mais il y en a beaucoup. Il y a aussi de belles statues de marbre et des jets d'eau. Des milliers de messieurs et de dames se promènent sous les arbres ou s'asseient sur des chaises qui sont placées là, tout exprès, pendant que des sentinelles maintiennent l'ordre et montent la garde devant les grilles.

— Est-ce que tout le monde ne peut pas y entrer ? demanda Riquet.

— Oh ! si, répondit Lafaine, on laisse entrer tous les gens qui sont proprement vêtus. Mais c'est un jardin d'agrément et l'on ne veut pas permettre à ceux qui portent des paquets d'y entrer. Tout le monde peut y aller, pourvu que ce soit pour s'amuser. A une heure fixe du soir, on

bat le tambour et il faut que chacun s'en aille.
Les enfants à Paris aiment bien à aller aux Tuileries, car au milieu du jardin se trouve un grand
bassin rond, plein d'eau, dans lequel ils peuvent
faire aller leurs bateaux. Vous pouvez voir ce
bassin et le jet d'eau qui est au centre dans la
gravure ; seulement il semble tout petit.

— Où donc ? dit Madeleine ; je ne le vois pas.

Riquet dit qu'il le voyait, et, sautant à bas du
lit, il alla vers la cheminée ; là, il grimpa sur
une chaise et il montra le bassin à Madeleine.

— Plus tard, continua Lafaine, je vous raconterai une aventure qui m'est arrivée dans le jardin des Tuileries, auprès de ce bassin ; mais, pour
le moment, regardez donc de ce côté-ci, cette
grande place carrée qui a une grande et belle
fontaine à chaque bout.

— Oui, dit Riquet, la voilà, et voici les fon-
taines.

En disant ces mots, il montra du doigt les fon-
taines, puis il descendit de la chaise et alla reprendre sa place sur le lit.

— Je les vois parfaitement d'ici, s'écria-t-il.

— Au milieu de la place entre les deux fon-
taines, il y a quelque chose que l'on trouve très-
merveilleux, mais qui, je crois, ne vous intéres-
sera pas beaucoup.

— Qu'est-ce donc? demanda Riquet.

— C'est un obélisque, répondit Lafaine; vous pouvez le voir, il est debout au milieu de la place. Ce que l'on trouve merveilleux, c'est que, malgré que ce soit grand comme un clocher, ce n'est qu'une seule pierre du haut en bas. Il a été fait, il y a plusieurs milliers d'années, en Égypte et il est tout couvert d'hiéroglyphes. On l'a apporté d'Égypte à Paris, où on l'a dressé sur cette place, et il a fallu des machines d'une force prodigieuse pour soulever une pierre si énorme.

— Je vois un autre obélisque, le voilà, dit Riquet en montrant sur la gravure une grande colonne qui s'élevait au milieu d'une place entourée de bâtiments à gauche du jardin des Tuileries.

— Non, répondit Lafaine, ce n'est pas un obélisque, c'est la colonne de la place Vendôme sur le haut de laquelle il y a une statue de Napoléon. Cette colonne, qui est toute en bronze, est couverte de représentations de batailles. Napoléon se procura le bronze en fondant quatre ou cinq cents canons qu'il avait pris à ses ennemis pendant ses guerres. Derrière les Tuileries se trouve une place où, tous les matins, à dix heures, on fait une revue des troupes, tambours battants et drapeaux déployés.

— J'aimerais bien aller les voir, dit Riquet.

— Moi aussi, dit Madeleine, pourvu qu'elles ne fassent pas feu ; cela me ferait peur.

— Vous aimeriez mieux aller au Louvre, Madeleine, dit Lafaine.

— Où est le Louvre ? demanda Madeleine.

— Il est là, derrière la place ; c'est un très-beau palais qui n'est pourtant pas très-solide, on croit qu'il faudra le rebâtir.

Après avoir regardé quelque temps la gravure, Madeleine et Riquet découvrirent tous deux le palais du Louvre. Lafaine leur expliqua que le Louvre contenait une magnifique galerie de tableaux, exposés dans de longues salles, — si longues que, quand on était à un bout on voyait à peine l'autre, — les murs étaient partout couverts de très-précieuses peintures. Là, disait-il, se rendaient en foule des messieurs et des dames qui se promenaient ou s'asseyaient sur des siéges commodes, pour regarder les tableaux ou les artistes qui les copiaient. Lafaine leur décrivit aussi cette grande et superbe promenade qui traverse la ville et qui s'appelle les Boulevards ; on pouvait, dans un coin de la gravure, voir où ils commençaient auprès d'une église sans clocher que Lafaine leur dit être très-belle et se nommer la Madeleine.

Il montra aussi à Riquet et à sa cousine le

Grand-Hôtel où vont se loger les voyageurs de tous les pays qui passent à Paris. Il donne sur le boulevard. Après avoir dit cela, il tourna la tête de l'autre côté, comme s'il ne voulait pas voir la gravure, et ajouta en soupirant :

— Oh ! que je suis fatigué !

— Mais vous nous avez promis de nous raconter votre aventure dans le jardin des Tuileries, dit Riquet.

— Pas maintenant, dit Lafaine, je n'en puis plus. Venez demain.

Riquet descendit du lit et, voyant que Lafaine était très-fatigué, il alla prendre Madeleine par la main et l'emmena doucement hors de la chambre.

XII

ARIELLE

Le lendemain matin, après le déjeuner, Madeleine et Riquet allèrent dans la chambre de Lafaine pour lui demander de leur raconter son aventure du jardin des Tuileries.

Ils le trouvèrent mieux portant et bien plus fort que la veille. Il était assis dans son lit, le dos appuyé contre des traversins et il avait son oreiller sur ses genoux avec une planche dessus en guise de table; sur cette table, se trouvait une collection de gravures qu'il avait coupées dans des journaux et dans des livres, pour les mettre dans son album quand il aurait du loisir. Il était en train d'égaliser les marges de ces gravures avec une paire de grands ciseaux.

— Ah! Lafaine, dit Riquet en s'approchant du lit, vous ne devez pas travailler. Madeleine et moi, nous allons couper pour vous le bord des gravures.

— Ce n'est pas un travail, cela, répondit Lafaine, c'est un amusement.

— Oh! non, dit Riquet, c'est un travail, et un travail difficile, car il n'est pas aisé de couper bien droit les marges des gravures; je l'ai souvent essayé; laissez-nous le faire pour vous.

— Non, dit Lafaine, maintenant que je m'y suis mis, je veux l'achever. Asseyez-vous plutôt tous deux dans le fauteuil et je vous raconterai mon aventure.

Madeleine et Riquet s'assirent donc comme Lafaine le leur disait, et celui-ci commença en ces mots :

— Mon père était un fabricant de boîtes à musique ; il vivait à Genève, en Suisse.

— Est-ce lui qui a fait votre boîte à musique ? demanda Madeleine.

Lafaine avait parmi ses trésors une belle boîte à musique qui jouait plusieurs très-jolis airs. Les enfants l'avaient souvent prise pour la faire jouer. Lafaine semblait y attacher un grand prix, car il la serrait toujours dans un tiroir qu'il fermait à clef. Madeleine savait que cette boîte venait de France, ainsi que la plupart des objets de valeur de Lafaine, et quand elle apprit que son père était un fabricant de boîtes à musique, elle pensa tout de suite qu'il avait dû faire celle-là.

— Oui, lui répondit Lafaine, et c'est la dernière qu'il fit ; c'est pour cela que j'y tiens tant.

— Mon père, continua-t-il, fit assez bien ses affaires pendant quelque temps, à Genève, grâce à ce métier ; mais malheureusement on ne tarda pas à inventer une nouvelle manière de fabriquer les boîtes à musique ; on se servit de machines pour faire les parties les plus essentielles et l'on put les donner à bien meilleur marché.

— Pourquoi malheureusement? dit Riquet ; j'aurais dit heureusement.

— En tout cas, répondit Lafaine, ce fut malheureux pour mon père et pour tous les ouvriers qui, comme lui, ne savaient faire les boîtes à musique qu'à l'ancienne manière, car ils se trouvèrent sans ouvrage.

— Pourquoi votre père n'apprit-il pas à les faire avec les machines ? demanda Riquet.

— Je ne sais pas pourquoi, répondit Lafaine ; peut-être qu'il aurait pu apprendre; mais ma mère mourut à ce moment-là ; cela lui ôta tout courage, et il se décida à quitter Genève. Il vendit tout son mobilier, mit ses outils dans une malle et partit avec moi pour Paris.

Quand il eut été à Paris quelque temps sans ouvrage, il se découragea et s'attrista. Nous habitions une petite chambre dans une maison située sur l'île que vous voyez dans la gravure, celle qui se nomme la Cité.

— Est-ce que vous viviez près de la cathédrale? demanda Riquet.

— Non, répondit Lafaine ; nous vivions à l'autre bout de l'île, de ce côté-ci. J'étais très-malheureux de voir mon père si attristé, et un jour je me dis que j'irais me promener et que je lui chercherais du travail. Même si je ne réussis pas, pensai-

je, j'aurai la satisfaction d'avoir essayé ; si je rencontre des gens plus malheureux que nous, je
pourrai peut-être les aider à se tirer d'embarras.

Je pris le pont qui mène de la Cité au Louvre ;
vous pouvez le voir à un bout de l'île, dans la
gravure. Ce pont était couvert dans ce temps-là
de gens qui allaient et qui venaient à pied et
en voiture ; quand j'arrivai à la rue qui borde
la rivière, je la trouvai encombrée d'omnibus
et de fiacres. A tous les coins de rue, des masses
de gens vendaient des livres, des gravures, des
boissons et des rafraîchissements de toutes sortes. Une rangée de femmes, assises sur de petits
bancs le long du trottoir, faisaient leurs différents métiers. Une d'elles était là pour tondre
les chiens, une autre pour cirer les souliers des
passants. Un homme venait mettre ses pieds,
d'abord l'un, puis l'autre, sur un tabouret qu'elle
avait devant elle, et elle lui brossait et lui cirait
ses souliers sans qu'il eût à les ôter. Quelques-
unes de ces femmes vendaient des allumettes
chimiques et d'autres des gâteaux tout chauds,
qu'elles cuisaient sur un petit fourneau portatif.
Bientôt un marchand de coco arriva ; il avait
sa fontaine sur le dos et ses timbales s'entrechoquaient.

—Qu'est-ce que c'est que cela ? demanda Riquet.

— C'est un homme qui vend à Paris une espèce de boisson qu'on appelle du coco ; c'est très-bon marché, mais je ne l'aime pas beaucoup. Celui qui vint auprès de moi fut arrêté par un méchant gamin qui lui demanda deux verres de coco, un pour lui, disait-il, et l'autre pour un camarade qui allait venir. Lorsque le marchand eut versé le coco, le gamin le pria de tenir un peu les timbales, pendant qu'il prenait de l'argent dans sa poche. Le marchand avait donc les deux mains occupées, et le petit gamin en profita pour tourner le robinet de la fontaine et faire couler à terre le coco ; puis il se sauva en riant de la colère de l'homme.

J'avais vu tout cela et j'allai immédiatement fermer le robinet pour empêcher le coco de couler. Le marchand, qui était très-fâché contre le gamin, me remercia beaucoup ; je soulevai le couvercle de sa fontaine et j'y versai le coco qui était dans les deux timbales. Il me dit qu'il était très-reconnaissant et me demanda s'il pouvait faire quelque chose pour moi. Je lui répondis que non, à moins qu'il ne pût m'aider à trouver de l'ouvrage pour mon père. Il me dit qu'il ne pouvait rien faire pour lui, excepté dans le cas où il achèterait une fontaine et s'établirait marchand de coco ; alors, si mon père voulait, il lui apprendrait le métier. Puis il mit la main dans sa poche et en sortit un sou qu'il me donna en disant que s'il était riche il me récompenserait mieux. Je lui dis que je ne méritais point de récompense, mais que je prendrais le sou pour venir en aide à mon père ; je le pris et je m'en allai.

Peu de temps après, je rencontrai deux petits enfants avec leur bonne ; ils venaient de faire voler un cerf-volant qu'ils avaient acheté dans une boutique de joujoux. Ce cerf-volant, qui était très-petit et qui était retenu par un fil en guise de ficelle, s'était accroché dans un arbre, d'où la bonne ne pouvait le faire descendre ; j'allai vers eux et j'offris de grimper à l'arbre pour le décrocher ; mais comme je commençais à le faire, un sergent de ville qui passait me dit qu'il était défendu de grimper aux arbres. Je fus obligé d'y renoncer ; la bonne me dit que cela n'y faisait rien et qu'elle allait tirer sur le fil pour faire descendre le cerf-volant ; elle le fit, mais au lieu de réussir à le décrocher, elle cassa le joli fil rouge, qui revint seul à elle.

Elle me dit que je pouvais, pour ma peine, garder le fil ; je ne voyais pas trop comment il pourrait m'être utile, mais, comme il était joli, je me décidai à le rapporter à la maison pour le montrer à mon père, et, ne sachant où le serrer, je le pe-

14.

lotonnai et je le mis dans ma poche ; puis nous nous en allâmes : moi d'un côté, la bonne et les enfants de l'autre, laissant le cerf-volant dans l'arbre.

Aux Tuileries, je vis des milliers de messieurs et lames qui se promenaient en causant, ou qui regardaient les jets d'eau, les statues ou les fleurs ; d'autres se reposaient sur des chaises à l'ombre des arbres. N'ayant rien à faire, je flânais parmi ces gens sans savoir où j'allais. J'arrivai à un grand bassin rond, au milieu duquel se trouve un jet d'eau et que vous voyez là, dans la gravure. Le jet d'eau n'allait pas et la surface du bassin était calme ; on se promenait beaucoup à l'entour. Un petit garçon, assez gentil, s'amusait à faire aller sur l'eau son bateau ; une jolie personne était avec lui, et je crus que c'était sa gouvernante.

— Est-ce que ce n'était pas sa gouvernante ? demanda Madeleine.

— Non, répondit Lafaine ; je découvris plus tard qu'elle était sa sœur ; mais je ne le savais pas alors ; elle s'appelait Arielle.

— Quel joli nom ! dit Madeleine.

— Et comment s'appelait le petit garçon ? demanda Riquet.

— Adolphe, répondit Lafaine.

— Ce nom-là n'est pas joli, dit Riquet.

— Peut-être que non, reprit Lafaine ; mais c'était un très-joli enfant qui avait un très-joli bateau ; sa sœur l'avait équipé, et c'était la première fois qu'il le faisait naviguer. Il y avait attaché un fil qu'il tenait à la main pour l'empêcher de s'éloigner ; mais au moment où j'arrivai, il avait laissé tomber son fil, et le bateau s'en allait au loin. Des petits gamins qui étaient là se moquèrent de lui et se mirent à ramasser des cailloux pour les lancer sur le bateau, afin de le faire sombrer. Le pauvre Adolphe avait bien du chagrin, et il se mit à pleurer. Arielle aussi était très-tourmentée ; elle dit à Adolphe de ne pas pleurer et qu'elle trouverait moyen de lui ravoir son bateau ; mais lorsqu'elle le vit s'éloigner de plus en plus, elle ne sut que faire.

— Bah ! dit Riquet, le petit garçon aurait dû relever son pantalon et entrer droit dans l'eau à la recherche de son bateau.

— La police ne lui aurait pas permis de faire cela, répondit Lafaine ; on est très-sévère pour ces sortes de choses, dans les jardins publics, à Paris ; d'ailleurs l'eau eût été trop profonde. Je me rappelai immédiatement que j'avais mon long fil et je crus que je pourrais, grâce à cela, ravoir le bateau d'une manière quelconque. J'allai au bord du bassin et je dis aux autres gamins :

— Ne jetons pas de pierres contre le bateau de
ce pauvre petit, mais tâchons plutôt de le rattraper. Ce sera plus utile et aussi plus amusant.

Ils cessèrent de lancer des pierres, mais ils
dirent qu'il n'y avait pas moyen de le rattraper.
Un des garçons tenait à la main un caillou qu'il
n'avait pas encore jeté ; je le priai de me le laisser voir, puis je lui montrai mon fil rouge et je
lui demandai s'il croyait qu'il fût possible de l'attacher solidement au caillou ; il me répondit que
oui et je lui dis d'essayer.

— Pourquoi ne le faisiez-vous pas vous-même ?
demanda Riquet.

— Je tenais à ce que les petits garçons missent
en quelque sorte la main à l'œuvre, répliqua Lafaine, parce que j'étais sûr qu'alors ils s'intéresse-
raient au retour du bateau.

— Vous aviez bien raison, dit Riquet.

— Oui, continua Lafaine, si j'avais voulu faire
la chose tout seul après leur avoir reproché de
jeter des pierres, ils eussent été vexés et il est
très-probable que, lorsque j'aurais ramené le bateau près du bord, ils l'auraient repoussé au
large. Mais je savais qu'une fois qu'ils m'auraient aidé, ils tiendraient autant que moi à le
faire revenir.

— Et revint-il ? demanda Madeleine.

— Vous allez le savoir, répondit Lafaine. Le gamin ayant attaché mon fil rouge au caillou avec beaucoup de soin, je le plaçai sur le bord du bassin. Je demandai ensuite au plus grand des garçons s'il croyait pouvoir lancer le caillou au-delà du petit vaisseau, de façon à ce que le fil reposât sur le pont. — Oh ! oui, me dit-il, bien facilement. Immédiatement tous les enfants voulurent lancer la pierre ; mais je leur dis que nous le ferions chacun à notre tour, parce que le vaisseau était assez loin pour qu'il fût probable que la chose ne réussît pas du premier coup. J'espérais qu'il en serait ainsi, car je voulais que plusieurs des garçons pussent jeter le caillou. En effet, l'on ne réussit pas la première fois ; on fut obligé de recommencer à trois reprises ; au troisième essai, le caillou s'enfonça dans l'eau un peu au-delà du vaisseau et le fil reposa sur le pont entre les deux mâts. — Maintenant, dis-je, tirez lentement et sans secousse.

Ils tirèrent sur le fil, et le caillou formant, par son poids, comme un lien autour du bateau, celui-ci revint de cette façon lentement vers la plage. Lorsqu'il fut à portée, je le retirai de l'eau, j'en détachai le fil et le caillou et je le donnai à Adolphe. Il le saisit et se sauva de toutes ses forces en criant : — Viens, Arielle, viens !

Arielle resta, cependant, pour me remercier ainsi que les autres gamins, et pendant que nous parlions du bateau, Adolphe revint, le tenant à la main. Lorsqu'Arielle remercia les enfants, tous répondirent qu'il n'y avait pas de quoi, car cela les avait beaucoup amusés de repêcher le bateau. Ils voulurent même qu'Adolphe le remît dans l'eau et le repoussât au large, afin que ceux qui n'avaient pas jeté le caillou pussent le faire à leur tour. Mais Adolphe ne voulut pas y consentir ; il craignait tant qu'on ne remît de force le bateau dans l'eau qu'il avait hâte de partir. Il tira Arielle si fort par le bras qu'elle se mit à marcher et, comme elle me parlait dans le moment, je la suivis ; nous prîmes tous trois par la grande allée, du côté du palais des Tuileries. Vous pouvez voir dans la gravure où nous étions.

— Attendez, dit Riquet, que je voie un peu.

En disant ces mots, il alla près de la cheminée, devant la gravure, et grimpa sur une chaise ; il aida ensuite Madeleine à en faire autant et la laissa se tenir debout à côté de lui. Bien que la gravure ne fût pas grande, ils reconnurent très-bien le bassin et l'allée qui mène au palais.

Pendant la promenade, Arielle me dit qu'elle m'était infiniment plus obligée qu'à tous les au-

tres enfants mis ensemble, car c'était grâce à moi
qu'on avait pu ravoir le bateau. Elle m'apprit
qu'elle demeurait dans une rue non loin des boulevards et qu'elle avait pour profession de colorier
des gravures. Elle ajouta que, si je voulais aller
chez eux, elle me donnerait une gravure et me
ferait voir comment elle s'y prenait pour les colorier; puis elle me demanda si elle pouvait faire
autre chose pour moi.

Je lui répondis que j'aurais grand plaisir à la
voir colorier ses gravures, mais que ce que je
cherchais, c'était de l'ouvrage pour mon père.
Elle me pria de lui dire ce qu'il pouvait faire et
quelle espèce de place il désirait avoir, et je lui
racontai tout ce que je savais sur mon père. Elle
me dit alors que, dans la maison où elle vivait,
on cherchait un concierge, et elle me demanda si
mon père aimerait à avoir cette place; il pourrait, ajouta-t-elle, faire des boîtes à musique tout
en gardant sa loge.

— Et votre père obtint-il cette place de concierge? dit Riquet.

— Oui, répondit Lafaine; je rentrai et je lui
racontai ce qu'Arielle m'avait appris, et il résolut
de faire les démarches nécessaires pour avoir la
place; j'allai avec lui chez le propriétaire. Mon
père montra ses certificats au propriétaire, qui le

prit à son service. Nous vécûmes dans cette loge deux ou trois ans.

— Est-ce qu'Arielle habitait la maison ? dit Madeleine.

— Oui, elle avait une chambre, tout en haut de la maison, il est vrai, mais fort agréable une fois qu'on s'y trouvait, tant elle était soigneusement rangée. Tous les matins, Arielle s'asseyait devant une table près de la fenêtre et se mettait à colorier des gravures pour les marchands d'estampes ; elle était fort mobile. Lorsqu'elle n'avait pas de gravures à colorier, elle dessinait sur une pierre et son père lithographiait ensuite les dessins. C'est elle qui m'apprit à dessiner, et, le jour où je m'en allai, elle me donna cette vue de Paris. Mon père aussi, pendant ses loisirs, me fit dans sa loge ma boîte à musique ; ce fut la dernière à laquelle il travailla.

Ici, il se fit un long silence. Lafaine songeait à son père, au temps heureux où il restait avec lui dans la loge, ainsi qu'aux heures agréables passées dans la chambre d'Arielle. Madeleine et Riquet pensaient à l'histoire qu'on venait de leur raconter.

Peu de temps après, Lafaine prit la planche qui était couverte de bribes de papier et la mit au pied du lit, puis il laissa retomber sa tête sur l'oreiller et dit aux enfants qu'il leur en raconterait plus long une autre fois, mais que pour le moment ils pouvaient quitter la chambre.

— Eh bien ! viens, Madeleine, dit Riquet.

Et ils descendirent tous deux du fauteuil et s'en allèrent.

XIII

RIQUET ATTELLE LE CHEVAL

Lafaine fut si patient et si docile pendant tout le temps que sa blessure l'obligea à garder la chambre, il obéit si strictement aux ordres du médecin et de la garde, qu'il guérit rapidement. Il put bientôt s'asseoir dans un fauteuil, la jambe étendue sur un tabouret. Il s'amusa, une après-midi, à se faire des béquilles, et, le lendemain, grâce à elles, il put se promener dans la chambre. Riquet les admira tant qu'il voulait que La-

15

faine lui en fît ; et en attendant , quoique celles
de Lafaine fussent trop hautes pour lui, il essaya
bien des fois de s'en servir.

— Vous me ferez bien des béquilles, n'est-ce
pas? demanda-t-il.

— Oui, répondit Lafaine, le jour où vous vous
ferez assez mal pour ne pas pouvoir marcher sur
vos jambes.

— Non, dit Riquet, je les veux maintenant; ou
plutôt, attendez ; je vais me faire mal et puis il
faudra bien m'en donner.

En disant ces mots, il se laissa tomber par terre
et feignit de s'être tordu affreusement la cheville;
il fit le tour de la chambre en poussant d'horribles gémissements, et en faisant toutes sortes de
contorsions qui amusèrent beaucoup Madeleine.

— Je ne puis pas vous faire de béquilles, dit
Lafaine, mais je vous ferai des échasses un de ces
jours, si vous pouvez obtenir pour moi la permission d'aller faire une promenade en charrette.

— A qui faut-il la demander ? dit Riquet.

— A ceux qui ont le droit de me la donner, répondit Lafaine : à votre mère, au médecin ou à la
garde.

— La garde est partie, dit Riquet : je vais m'a-
dresser à ma mère.

Riquet sortit et il se passa une heure avant

qu'il revînt. Il accourut enfin d'un air radieux, dans la chambre, en criant qu'il avait obtenu la permission. Il avait d'abord été trouver sa mère; mais elle avait répondu qu'elle ne pouvait prendre sur elle de laisser sortir Lafaine et qu'il fallait que Riquet allât consulter le médecin, qui demeurait non loin de chez eux. Il était donc parti immédiatement et avait été assez heureux pour trouver le médecin à la maison. Celui-ci, après avoir écouté Riquet, avait dit que Lafaine pourrait faire une promenade en charrette, pourvu qu'il appuyât son pied sur des coussins et qu'il n'allât qu'au pas.

— Mais je prévois une difficulté, dit Riquet, i n'y a personne pour atteler le cheval.

— Où sont les ouvriers? dit Lafaine.

— Ils sont tous partis pour les bois; mais je puis aller les chercher et j'en ramènerai un à la maison.

— Non, dit Lafaine, vous et moi nous pourrons, ou plutôt nous pourrions atteler le cheval, si seulement.....

— Quoi? demanda Riquet.

— Si seulement vous vouliez faire ce que je vous dirai.

— Mais je vous assure, répondit Riquet, que j'y obéirai exactement.

— C'est bon; alors nous allons essayer, dit Lafaine. D'abord, il faut que, vous et Madeleine, vous descendiez voir si vous pouvez ouvrir les portes de la remise; quand cela sera fait, il faudra sortir la charrette; vous vous attellerez aux brancards, Madeleine poussera tant qu'elle pourra et vous la traînerez aussi près de la porte de derrière que possible.

Madeleine et Riquet réussirent parfaitement dans cette partie de l'opération. Ils ouvrirent les portes, firent sortir la charrette, et, en poussant et tirant de toutes leurs forces, ils parvinrent à l'approcher de la porte de derrière; puis Riquet remonta dans la chambre de Lafaine pour prendre de nouvelles instructions.

— Maintenant, dit Lafaine, quel cheval vaut-il mieux prendre ?

— Le Maréchal, répondit Riquet.

— C'est bon, dit Lafaine, vous pouvez prendre le Maréchal. Allez à l'écurie, détachez-le, et faites-le sortir. Ne vous préoccupez pas de ses pieds de devant, car, s'il les met sur les vôtres, vous n'avez qu'à le chatouiller à l'épaule et il les ôtera.

Lafaine dit cela si naïvement que Riquet ne vit pas que c'était une plaisanterie, et répondit gravement :

— Oui, et en attendant, il me fera horriblement mal.

— Bah! vous vous chatouillerez alors vous-même .pour soulager vos souffrances , dit Lafaine.

— Non, répondit Riquet avec décision, je ne ferai rien de semblable.

— Comme il vous plaira, reprit Lafaine; si vous préférez ne pas vous faire marcher sur les pieds, je n'y vois aucune objection. Quand le Maréchal sera dans la cour, menez-le dans la re-- mise et attachez-le par son licou à une des chevilles de bois. Après cela, voyez si vous pouvez lui mettre son harnais ; si vous le pouvez , faites-le avec soin, mais n'essayez pas de lui mettre la croupière. Je ferai cela quand vous amènerez le cheval à la porte. Pensez-vous que vous puissiez lui passer son collier ?

— Oui, facilement, répondit Riquet.

— Bon, dit Lafaine; puisque vous le pouvez, faites-le ; puis menez le cheval vers la porte et attachez-le au poteau. Lorsque vous en serez là, venez me le dire.

Riquet alla exécuter ces ordres. Il ne lui fut pas difficile de détacher le Maréchal et de le faire sortir de l'écurie, et, bien entendu, après ce que lui avait dit Lafaine, il eut grand soin de ne pas se

laisser marcher sur les pieds. Le but de Lafaine
était rempli. Riquet mena le cheval dans la remise et l'attacha à une de ces grandes chevilles
de bois sur lesquelles on suspend des harnais. Il
décrocha un harnais et le mit sur le dos du cheval,
mais il le plaça sens devant derrière, et, en le retournant, il l'entortilla si bien, qu'il lui fallut
quelque temps pour l'arranger comme il fallait.
Quand cela fut fait, il passa le collier; Madeleine,
debout à côté, le regardait faire. Il réussit aussi
à mettre la bride, et le cheval, qui était la douceur même, l'aida pendant l'opération en baissant la tête et en ouvrant la bouche pour recevoir
le mors.

— J'ai bien envie de mettre la croupière, dit
Riquet, et puis tout sera fait.

— Non, répondit Madeleine; Lafaine t'a dit de
ne pas essayer de mettre la croupière.

— Il a dit cela parce qu'il supposait que je ne
pourrais pas le faire ; mais je le puis très-bien,
et il sera content que tout soit prêt. Je puis le
faire en me tenant debout sur ce banc.

Le banc dont parlait Riquet se trouvait dans
un coin. Il le porta au milieu de la remise et mena
le cheval tout auprès, de façon à pouvoir, à ce qu'il
lui semblait, mettre la croupière en se tenant debout sur le banc. Quand le cheval fut placé, il

pria Madeleine de le tenir par le licou, pendant
qu'il montait sur le banc. La tête du cheval était
tournée vers le côté opposé à la porte.

Madeleine tenait bien la tête, grâce au licou,
mais malheureusement elle ne pouvait pas en
faire autant pour le corps du cheval, et le Maréchal, qui peut-être se doutait des intentions de
Riquet, fit un pas de côté, tandis que celui-ci grimpait sur le banc ; cela suffit pour empêcher le petit
garçon de l'atteindre.

— Là ! s'écria Riquet, il a bougé ! Pourquoi a-
t-il fait cela ?

Il descendit, et retournant le cheval, il le plaça
de nouveau, mais, cette fois, encore plus près du
banc.

— Tiens-le comme cela, Madeleine, dit-il.

Madeleine prit la bride et la tint dans sa main
exactement comme son cousin l'y avait mise,
mais elle découvrit bientôt que tenir la bride n'est
pas tenir le cheval ; car, au moment où Riquet
grimpait sur le banc pour mettre la croupière,
le Maréchal fit un pas de côté comme l'autre
fois. Il ne bougea qu'un peu, — très-peu, mais
ce fut assez pour empêcher Riquet de l'atteindre.

— Ah ! dit celui-ci avec impatience, tu l'as
laissé bouger.

— Ce n'est pas ma faute, dit Madeleine, je l'ai tenu comme tu m'as dit.

— Eh bien ! alors, fais le tour et va le pousser afin qu'il revienne à sa place.

Madeleine lâcha la bride pour aller pousser le Maréchal vers le banc, d'après les ordres de son cousin ; mais lorsque le cheval se sentit libre et qu'il vit la porte de la remise ouverte devant lui, — car en l'amenant la seconde fois auprès du banc, Riquet l'avait placé la tête tournée vers la porte, — il s'en alla bien tranquillement dans la cour. Il se dirigea d'abord vers le puits pour voir s'il trouverait de l'eau dans le seau où il avait l'habitude de boire ; mais, n'en trouvant pas, il se mit à brouter de la belle herbe verte, quoique son mors le gênât un peu.

Riquet, après avoir laissé échapper quelques exclamations de désappointement, suivit le cheval et essaya de le reprendre. Mais il ne put y parvenir ; chaque fois qu'il s'approchait de lui, le Maréchal secouait la tête et s'en allait.

— Oh ! qu'est-ce que je vais faire ? s'écria-t-il ; il ne veut pas se laisser prendre !

— Il faut aller le dire à Lafaine, suggéra Madeleine.

— Non, répliqua Riquet, cela ne servirait de

rien. Lafaine ne peut pas l'attraper ; il n'a qu'une jambe et des béquilles.

A vrai dire, Riquet avait honte d'aller trouver Lafaine pour lui raconter des ennuis qui ne lui étaient arrivés que parce qu'il lui avait désobéi. Il essaya encore plusieurs fois d'attraper le cheval, mais ce fut en vain. Il commençait à être inquiet ; il le fut bien plus encore lorsqu'un bruit de béquilles sur l'escalier lui apprit que Lafaine descendait.

Mais, à son grand soulagement, quand Lafaine parut à la porte, il ne sembla pas du tout étonné de voir que le cheval s'était échappé. Tout au contraire, il s'assit à son aise sur les marches et posa ses béquilles à côté de lui.

— Riquet ! dit-il enfin, lorsqu'il fut confortablement assis.

— Quoi ? répondit celui-ci,

— Venez ici, dit Lafaine.

Et Riquet arriva.

— Allez me chercher à la maison une poignée de gros sel.

— Oui, j'y vais, répondit Riquet, qui alla en toute hâte à la maison, heureux de pouvoir s'échapper sans être grondé. Il s'était attendu à ce que Lafaine aurait l'air fâché ; mais celui-ci lui

15.

parla avec autant de douceur qu'à l'ordinaire et
comme si rien ne se fût passé.

Bientôt Riquet revint avec le sel. Alors Lafaine
se laissa glisser jusqu'à la dernière marche du
perron, qui était une grande pierre plate, et prenant le sel, il l'offrit au cheval.

— Maintenant, dit-il à Riquet, allez avec Madeleine, et chassez le Maréchal de ce côté ; chassez-le
tout doucement.

Riquet et Madeleine prirent chacun une ba-
guette, et, allant derrière le cheval, ils le chassè-
rent vers Lafaine. Le Maréchal n'avançait que
lentement vers la porte ; il s'arrêtait à tout moment pour brouter l'herbe, quoique Lafaine l'appelât sans cesse.

Mais dès qu'il vit le sel dans la main de Lafaine,
il arriva ; celui-ci le versa sur la pierre et le cheval se mit à le lécher.

— Maintenant, Lafaine, dit Riquet, attrapez la
bride, vite !

— Pourquoi donc si vite ? dit Lafaine ; laissons-
le manger son sel.

Quand il eut léché le sel jusqu'à ce que la pierre
fût nette, il regarda Lafaine pour en avoir encore. Celui-ci étendit alors le bras et prit la
bride.

— Voilà, je ne te trompe pas, mon vieux, dit-il

en regardant le cheval. Je ne voudrais pour rien
au monde tromper un aussi brave soldat. C'est un
marché que je fais avec toi. Je te donne une once
et demie de sel et tu te laisses attraper sans difficulté pour me mener promener. C'est un vrai
marché, et, si tu n'es pas content de l'arrangement, je te donnerai encore une once et demie
de sel au retour. Le Maréchal ne répondit pas ;
mais il tourna tranquillement la tête et regarda
la charrette.

— Oui, dit Lafaine, nous allons prendre la
charrette ; Madeleine et Riquet s'y mettront ainsi
que moi, et la charge sera un peu lourde, j'en
conviens ; mais nous allons te laisser nous traîner
tout doucement. Le docteur dit que nous ne devons pas aller plus vite que si nous marchions ;
pense à cela. N'oublie point que tu vas aller au
pas tout le temps, que tu montes la montagne,
que tu la descendes, ou que tu sois en pays
plat.

Le cheval tourna de nouveau la tête, mais,
cette fois, pour regarder Lafaine.

— C'est convenu, dit celui-ci ; Riquet, menez-le
à la charrette.

Et Madeleine, d'après les instructions de Lafaine, souleva les brancards, pendant que son
cousin faisait reculer le cheval. Riquet prit ensuite

les deux coulants en cuir qui pendaient de chaque
côté de la selle et fit glisser dedans, d'abord un
brancard, ensuite l'autre, de façon à ce qu'ils ne
retombassent pas.

— Maintenant, Riquet, dit Lafaine, vous pouvez essayer de mettre la croupière. Les brancards empêcheront le cheval de bouger; prenez
une chaise dans la cuisine pour monter dessus.

Riquet alla à la cuisine chercher une chaise; il
parvint à mettre la croupière, mais ce fut une
opération difficile. Ensuite, il replaça la selle
qu'il avait dérangée, et, après l'avoir assujettie,
il mit la dernière main au harnachement.

Pendant que Riquet était ainsi occupé, Lafaine
dit :

— Je pense que le Maréchal s'est sauvé de la
remise, parce que vous essayiez de lui mettre sa
croupière?

— Oui, répondit Riquet d'un air honteux;
mais comment savez-vous cela?

— Tiens! je pensais bien que vous voudriez lui
passer la croupière. Je vous avais bien dit que
vous n'obéiriez pas à mes ordres. Voilà bien les
garçons! Ils sont si désireux de montrer ce qu'ils
savent, qu'ils gâtent tout ce qu'ils font en voulant trop faire.

Riquet continua son ouvrage et ne répondit pas.

— Un autre jour, continua Lafaine, je priai un petit garçon de me transporter du bois et je lui recommandai surtout d'en prendre peu à la fois, afin d'aller vite et facilement. La première chose qu'il fit fut d'en entasser une charge si lourde qu'il ne put pas même la soulever. Quand il eut fait trois pas, le tout dégringola et la brouette se cassa.

Ce petit garçon dont parlait Lafaine, c'était Riquet.

— Une autre fois, continua Lafaine, je lui dis d'ôter des pierres qui se trouvaient dans une allée. Il y en avait beaucoup de petites qu'il aurait pu facilement enlever ; mais, au lieu de prendre celles-là, il en attaqua une qui était si bien enterrée qu'on n'en voyait passer qu'un petit bout, et, pour la soulever, il alla chercher dans la grange une barre de fer. Après avoir travaillé quelque temps, il jeta par terre sa barre, et vint me dire que les pierres de l'allée étaient si lourdes qu'il ne pouvait par les enlever.

Il s'agissait encore de Riquet.

Madeleine rit de tout son cœur en entendant cette histoire, car elle ne savait pas de qui on parlait. Lafaine la pria d'aller lui chercher à la maison deux coussins du canapé, et comme Riquet avait fini d'atteler le cheval, il l'envoya prendre à

la grange une brassée de foin. Lorsque Riquet
l'eut apportée, il aida Lafaine à enlever le banc
suspendu et à étendre le foin dans la charrette,
puis il alla chercher la grande peau d'ours et il la
mit sur le foin, ainsi que les coussins moelleux
que Madeleine s'était procurés. Lafaine grimpa
ensuite dans la charrette, et, plaçant les deux
coussins l'un sur l'autre, il se coucha tout de
son long sur la peau d'ours, la tête et les épaules appuyées sur les coussins. Madeleine et
Riquet prirent place à ses côtés sur la peau
d'ours.

— Riquet, il faut que vous conduisiez, dit Lafaine.

Celui-ci s'empara des rênes, et donnant un
coup de langue pour faire comprendre au cheval
qu'il fallait marcher, il le dirigea vers la grille et
déboucha sur la grande route.

— Arrêtez un moment, dit Lafaine.

Riquet arrêta le cheval et demanda ce qu'il y
avait.

— Ne pensez-vous pas, dit Lafaine, que vous
jouiriez plus de votre promenade, si je vous pu-
nissais d'abord, et tout de suite, pour n'avoir pas
obéi à mes ordres en attelant?

— Je ne sais pas trop, répondit Riquet, d'un
air réfléchi.

— Je crois que oui, reprit Lafaine ; quand une fois vous aurez été puni, tout sera fini.

— Eh bien ! oui, dit Riquet; quelle sera ma punition ?

— Que diriez-vous si je vous obligeais à descendre et à marcher un peu ?

— Et qui est-ce qui conduira pendant ce temps-là ? demanda Riquet.

— Madeleine, répondit Lafaine.

— Oh ! oui, dit Madeleine, c'est une très-bonne punition.

— Ou bien, ajouta Lafaine, vous pourriez rester dans la charrette pendant la promenade, mais sans conduire. Madeleine le ferait à votre place.

— Oui, dit Madeleine, j'approuve.

— Mais, continua Lafaine, ces deux punitions ont un inconvénient; elles ne sont pas assez sévères. Voyons un peu, si je vous attachais les mains derrière le dos et si je vous couchais au fond de la charrette comme un criminel, pendant un peu de temps, qu'en diriez-vous ? Mais non, ajouta Lafaine, l'humiliation serait de trop pour une simple faute. Je crois qu'il serait mieux de vous obliger à monter à rebours sur le cheval, c'est-à-dire le visage tourné vers la queue. On m'a dit que c'était, dans certains pays, le châtiment réservé aux grands coupables.

— Oh! oui, répondit Riquet en battant des mains, j'aime encore mieux cette punition-là.

— Oui, je crois que c'est la meilleure, reprit Lafaine, surtout dans ce cas, parce que tout le temps que durera le châtiment vous jouirez de la vue de la croupière, ce qui vous rappellera sans cesse votre offense.

On décida enfin que de monter à rebours sur le cheval serait la punition de Riquet. Il remit les rênes à Madeleine, et, grimpant sur le cheval à l'aide des brancards, il s'assit tant bien que mal sur le harnais, le dos tourné vers la tête du cheval. Madeleine et lui s'amusèrent beaucoup pendant cette opération. Son siége n'était pas confortable, mais Lafaine dit que la punition n'en était que meilleure. On eut quelques difficultés avec les rênes, mais Riquet finit par les placer de chaque côté de lui, et, joignant le pouce et l'index, il fit une espèce d'anneau par lequel elles passèrent.

Quand il eut été ainsi pendant quelque temps sur le cheval, Lafaine lui dit qu'il avait fait son temps, et le laissa rentrer dans la charrette.

Puis ils continuèrent tous ensemble la promenade; le cheval marchait au pas, en se demandant quelle nouvelle fantaisie avait passé par la tête de Lafaine pour qu'il lui permît de les traîner si dou-

cement, car il avait oublié le petit discours que
lui avait fait Lafaine avant le départ.

XIV

BRODERIES

Dès que l'agitation qui suit toujours un départ
fut un peu calmée, et que Madeleine et Riquet se
trouvèrent assis tranquillement auprès de Lafaine,
la première idée qui leur vint fut de lui demander de leur raconter une histoire. Ils faisaient
presque toujours cette requète en pareille circonstance. Dans toutes leurs promenades, dans
toutes leurs courses, les histoires de Lafaine
étaient d'une grande ressource pour les amuser
et parfois aussi pour les instruire.

— Eh bien! dit Lafaine en réponse à leur demande, je vais vous raconter l'histoire de mon voyage pour venir de France.

— Oui! s'écria Madeleine, j'ai bien envie de l'entendre.

— Faudra-t-il vous raconter cette histoire absolument comme elle s'est passée, demanda Lafaine, tout bonnement, ou faudra-t-il broder un peu?

— Que voulez-vous dire par broder? demanda Madeleine.

— J'entends par là ne pas dire exactement la vérité, ajouter à l'histoire quelque chose qui la rende plus intéressante.

— Je veux qu'elle soit vraie et intéressante aussi, répliqua Madeleine.

— Mais, reprit Lafaine, il ne se passe pas toujours quelque chose d'intéressant, et alors si nous ne racontons que ce qui est vrai, l'histoire pourra bien être ennuyeuse.

— Eh bien! brodez un peu, dit Riquet; mais très-peu, vous savez.

— Je ne crois pas pouvoir faire cela, répondit Lafaine; si je ne dois raconter que ce qui est vrai, je ne me servirai que de ma mémoire, je ne dirai que ce que je me rappelle; mais si je me mets à inventer, il faudra que je donne libre cours à mon imagination.

— Alors, il vaut mieux que vous brodiez, dit

Riquet, car je veux surtout qu'elle soit intéressante.

— Moi aussi, dit Madeleine.

— Je vais donc vous raconter, en la brodant,
l'histoire de mon voyage sur l'Océan Atlantique.
D'abord, il faut que je vous dise ce qui décida
mon père à quitter Paris pour aller en Amérique.
Il le fit principalement à cause de moi; car, quant
à lui, il était assez content de son sort; il trouvait
moyen de faire des économies sur ses gages, et
chaque année il mettait de côté pas mal d'argent.
Mais c'était pour moi qu'il était inquiet. Je n'a-
vais pas d'état, et il ne voyait pas trop ce que je
deviendrais plus tard.

— Pourquoi n'appreniez-vous pas à colorier des
gravures, comme Arielle? dit Riquet.

— C'est bien ce que je fis, reprit Lafaine, et je
pense que j'aurais trouvé moyen plus tard de gagner ainsi ma vie. Mais mon père pensa qu'une
occupation qui vous force à rester beaucoup assis
n'est pas bonne pour la santé; et puis, si, dans
ma jeunesse, je m'étais mis à colorier des gravures, je n'aurais donc fait que cela jusqu'à la fin de
mes jours.

« Mon père se dit donc que, s'il était agréable
pour lui de rester en France, il était peut-être
plus avantageux pour moi d'aller en Amérique,

où tout homme, à l'aide de ses talents et de son travail, peut parvenir dans le monde. Il était sûr, disait-il, que je ferais mon chemin, car il faut que vous sachiez que mon père me croyait un garçon très-remarquable. »

— Eh bien ! dit Riquet, moi aussi, je trouve que vous êtes un garçon très-remarquable.

— Oui, mais mon père, dit Lafaine, me trouvait si remarquable qu'il me croyait du génie.

— Eh bien ! moi aussi, dit Riquet.

— Il le disait souvent à Arielle et à son père, continua Lafaine. Il ajoutait qu'il valait mieux, après tout, se rendre en Amérique où je deviendrais peut-être un homme important, et que sa vieillesse serait plus heureuse dans un pays étranger où il me verrait prospérer, que dans sa bonne loge de concierge, si je devais colorier des gravures toute ma vie dans un grenier.

« Et pourtant nous avions de bien bons moments dans cette loge. Nous soupions souvent avec Arielle, son père et son frère. Ils descendaient parfois chez nous et d'autres fois nous allions souper chez eux. Ces soupers s'appellent des dîners : à Paris on ne dîne jamais que lorsque la journée est finie. Après avoir dîné ou soupé, comme il vous plaira, les deux pères se mettaient à causer et à boire du café ; nous autres enfants, nous

jouions, et Arielle dessinait et faisait pour nous
des petits bateaux. Quel beau raisin nous man-
gions dans ce temps-là !

« Mais quoique notre vie fût bien agréable, mon
père n'en pensait pas moins qu'il valait mieux
aller en Amérique. Le père d'Arielle disait que
si, arrivés dans ce pays, nous en faisions l'é-
loge, il viendrait nous y rejoindre avec ses enfants. »

— Ah! ç'aurait été bien bon, dit Riquet.

— Mais j'oubliais, continua Lafaine, que je vous
avais promis de broder mon histoire, et voilà que
je ne vous ai raconté que ce qui est vrai.

— Pourtant elle est très-intéressante, dit Madeleine ; j'aime bien à entendre parler d'Arielle
et des gravures.

— Oui, reprit Lafaine, Arielle était une bonne
fille et je l'aimais beaucoup. Elle se donna bien
du mal pour me colorier cette vue de Paris,
et, quand elle fut finie, elle la roula soigneusement sur un bâton rond et l'emballa dans ma
caisse. J'avais une caisse pour mes effets et mon
père en avait deux, une pour ses outils et l'autre
pour ses habits. Il avait aussi une malle dans laquelle il mit ce dont nous avions besoin pendant
le voyage. Il porta tout l'argent de ses économies
à un changeur, sur les boulevards, qui lui donna

de l'or en échange. Mais une fois qu'il l'eut, il ne sut où le mettre.

— Il aurait dû l'emballer dans une de ses caisses, dit Riquet.

— Non, répondit Lafaine. Les caisses et tous les ballots un peu grands des passagers sont mis à fond de cale. On ne permet aux gens de garder que très-peu de bagage auprès d'eux. Mon père avait bien envie d'avoir son or avec lui; et, cependant, il ne voulait pas le mettre dans une boîte portative qu'il aurait pu perdre.

« Pendant que nous nous consultions pour savoir ce qu'il fallait faire, Arielle proposa de placer l'or dans ma toupie. Mon père m'avait fait une très-grande toupie, qui était peinte avec un fond jaune et quatre raies d'un beau bleu; mais quand elle était en mouvement, le fond jaune et les raies bleues se confondaient et elle semblait être toute verte, seulement, lorsqu'elle s'arrêtait, ses premières couleurs reparaissaient.

— Oh ! que c'est curieux, dit Madeleine; pourquoi changeait-elle ainsi?

— Quand elle tournait, répondit Lafaine, le jaune et le bleu semblaient à mes yeux se mêler, et vous savez que le mélange du jaune et du bleu fait toujours du vert. C'était Arielle qui avait peint ma toupie, et mon père l'avait ensuite vernie pour empêcher les couleurs de s'effacer.

« Elle était très-grande et, comme elle était creuse, Arielle pensa qu'on pourrait mettre notre argent dedans. Elle disait que cette cachette serait bonne, parce que personne ne songerait à chercher de l'argent dans une toupie. Mon père crut qu'elle ne serait pas assez grande et que si quelqu'un, par hasard, la prenait à la main, son poids nous trahirait.

« Enfin, mon père trouva un moyen qui lui parut excellent. Nous avions une très-vieille horloge qui avait été faite par mon grand-père, qui était horloger à Genève. Il y avait une petite porte dans le cadran, et, chaque fois que l'heure devait sonner, cette porte s'ouvrait pour laisser passer une planchette sur laquelle se trouvait un arbre. Dans l'arbre, un petit oiseau était perché, et, quand l'heure avait sonné, il battait des ailes et se mettait à chanter. Ensuite la planchette rentrait, la porte se fermait et l'horloge faisait de nouveau tic-tac, tic-tac, tout tranquillement, pendant une heure.

« Elle marchait, comme beaucoup d'horloges, à l'aide de deux poids qui sont attachés par de petites cordes aux rouages. Ces cordes étaient enroulées sur des roues qu'elles faisaient tourner à mesure que les poids descendaient. A l'intérieur, il se trouvait une mécanique qui réglait la marche des roues afin qu'elles n'allassent pas trop vite, entraînées comme elles l'étaient par les poids. Voilà comme les horloges sont faites. Or, mon père, continua Lafaine, qui avait envie d'emporter sa vieille horloge, se dit qu'il cacherait son argent dans les poids, qui se composaient de deux boîtes de fer-blanc pleines de quelque chose de très-lourd. Mon père ne savait pas au juste si elles contenaient du petit plomb ou du sable. Il dessouda donc le fond de ces boîtes et vit qu'elles étaient remplies de petit plomb. Il les vida et mit à la place ses pièces d'or, puis il versa dessus du sable pour les empêcher de sonner les unes contre les autres. Enfin, il ressouda le fond des boîtes, et, la chose faite, personne ne se serait douté que ces poids fussent différents, en quoi que ce fût, des poids ordinaires. Il emballa son horloge dans une boîte qu'il mit dans sa malle, où elle ne prit pas trop de place, car il n'emporta que le cadran, les rouages et les deux poids.

« Lorsque nous arrivâmes au Havre, on visita notre bagage à la douane, et on le laissa tout passer. Quand les douaniers en vinrent à l'horloge, mon père leur montra à l'intérieur la petite porte et l'oiseau, et ils ne firent aucune attention aux poids.

« Une fois dans le vaisseau, nos caisses furent mises auprès d'un tas de bagages que des marins, sur le pont, faisaient descendre à fond de cale par un grand trou carré. Quant à notre malle, mon père la prit avec lui et la mit là où il devait s'installer pour le voyage. On appelle cet endroit du vaisseau l'entrepont. Les hommes, les femmes et les enfants qui allaient en Amérique y étaient réunis. Les uns parlaient le français, d'autres parlaient l'allemand ou le hollandais, et il y avait une quantité d'enfants trop petits pour parler, mais qui prenaient leur revanche en criant souvent et beaucoup. Le vaisseau se mit bientôt en marche.

« Nous ne vîmes rien de remarquable pendant notre voyage, si ce n'est un banc de glace. »

— Qu'est-ce que c'est que cela? demanda Madeleine.

— C'est une grande montagne de glace, répondit Lafaine, qui flotte à la surface de la mer Je ne sais pas comment elle y vient.

— Je ne crois pas qu'elle puisse flotter à la surface de l'eau, dit Riquet, car la glace que j'ai vue s'enfonce toujours.

— Mais elle ne s'enfonce pas complétement, dit Madeleine.

— Non, répondit Riquet; mais elle s'enfonce

16

jusqu'à ce qu'elle soit à fleur d'eau, et Lafaine dit que son banc de glace s'élevait hors de l'eau comme une montagne.

— Oui, reprit Lafaine, il avait bien cent pieds de haut et il brillait au soleil. Je crois que, si vous regardiez un petit morceau de glace quelconque, flottant dans un bassin, vous verriez qu'il en paraît un peu à la surface de l'eau.

— Oui, dit Riquet, mais très-peu.

— En proportion de sa grandeur, répondit Lafaine. On nous a dit à bord du vaisseau qu'il ne paraissait à la surface de l'eau qu'un dixième de la montagne de glace. Les neuf autres dixièmes étaient sous l'eau. Vous voyez donc qu'il fallait qu'elle fût bien grande, puisqu'un dixième s'élevait déjà si haut.

« Notre montagne de glace était vraiment belle et curieuse à voir. Nous l'aperçûmes pour la première fois le soir, au moment où le soleil se couchait, et après une averse. Parmi de gros nuages, à l'ouest, brillait un arc-en-ciel; lorsque nous fûmes près de la montagne de glace, il paraissait juste au-dessus. C'était un spectacle superbe! La glace brillait avec tant d'éclat au soleil couchant, qu'on aurait pu croire que c'était un énorme diamant, et que l'arc-en-ciel en était la monture. »

— Quelle chose extraordinaire! dit Riquet.

— Oui, continua Lafaine, et ce qui fut plus extraordinaire encore, c'est qu'une baleine s'approcha dans ce moment-là du banc de glace et se mit à lancer de l'eau. Le soleil qui brillait colora cette eau et en fit un autre arc-en-ciel argenté.

— Comme cela devait être beau! s'écria Riquet.

— Oui, répondit Lafaine, c'était bien beau. Nous vîmes plusieurs magnifiques spectacles en mer; nous en vîmes aussi d'affreux.

— Ah! dit Riquet, que vîtes-vous donc?

— Mais il y eut une terrible tempête et nous fîmes naufrage, dit Lafaine. Pendant trois jours et trois nuits il souffla un ouragan. On cargua toutes les voiles et on laissa filer le vaisseau sous le vent avec rien que les mâts. Il fit ainsi cent soixante-cinq lieues en hurlant comme un chien effrayé.

— Aviez-vous peur? demanda Riquet.

— Mais oui, répondit Lafaine; quand la tempête commença, plusieurs passagers montèrent sur le pont par les écoutilles pour la voir arriver. Mais il n'y eut plus moyen de redescendre, car nous venions à peine d'y être, que le vaisseau ressentit une secousse qui renversa l'échelle par laquelle nous étions montés. Nous avions tous horriblement peur. Les vagues qui se brisaient sur l'avant du vaisseau inondaient le pont, et les cris du capitaine et des matelots étaient étourdissants. Enfin on parvint à replacer l'échelle et nous descendîmes; mais on ferma les écoutilles et nous ne pûmes plus remonter.

— Les écoutilles, qu'est-ce que c'est que cela? demanda Riquet.

— Ce sont des trappes carrées ouvertes sur le pont du vaisseau; on les ferme toujours lorsqu'il va y avoir du gros temps, répondit Lafaine.

Il en était là de son histoire lorsqu'ils arrivèrent à un endroit où deux routes se croisaient. Comme ils étaient sur un terrain plat où l'on pouvait aisément faire tourner la charrette, Lafaine dit qu'il pensait qu'il valait mieux ne pas aller plus loin, et il leur proposa de rentrer. Madeleine et Riquet désiraient bien prolonger la promenade, mais Lafaine crut qu'il serait déjà bien fatigué avant d'être à la maison.

— Mais vous n'aurez pas le temps de nous raconter votre histoire, dit Riquet.

— Oh! que si, répondit Lafaine, je n'ai que peu de chose à ajouter maintenant. Je n'ai qu'à vous rendre compte de notre naufrage.

— Vous avez fait naufrage? s'écria Riquet.

— Oui, dit Lafaine. Quand la charrette aura tourné, je vous raconterai cela.

Riquet fit donc tourner fièrement la charrette, et on se dirigea vers la maison. Le Maréchal se mit à trotter ; mais Riquet tira sur les rênes et lui dit :

— Doucement, Maréchal, doucement ! tu vas rentrer au pas.

— La tempête nous poussa jusque sur les côtes de la Nouvelle-Écosse, dit Lafaine qui continuait son récit. Ce ne fut qu'en arrivant à la côte que nous nous doutâmes du danger que nous courions. Les marins voulurent jeter les ancres, mais elles ne tinrent pas et le vaisseau finit par échouer. Alors la consternation et le désordre furent au comble. Quelques personnes effrayées sautèrent par-dessus le bord et furent noyées. D'autres se mirent à crier comme des insensés. Celles qui restèrent calmes agirent avec plus de raison. Les matelots ouvrirent les écoutilles et laissèrent sortir les passagers ; nous nous blottîmes dans les endroits les plus abrités du pont et nous nous attachâmes à ce que nous pouvions trouver près de nous. Mon père ouvrit sa malle et en sortit les deux poids de l'horloge. Il m'en donna un et garda l'autre. Il me dit qu'il fallait tâcher de les sauver, mais qu'il ne croyait pas que cela fût possible.

« Peu de temps après, la tempête se calma. Des

16.

gens du pays vinrent sur la plage et se tinrent
debout sur les rochers pour tâcher de voir s'ils
pouvaient venir à notre secours. Nous étions tout
près de la côte, mais les brisants étaient si terribles que tous ceux qui se seraient mis en mer
auraient péri. Voyant cela, nous restâmes sur le
vaisseau, attendant que le capitaine trouvât un
moyen de nous faire arriver à terre. »

— Et que fit-il? demanda Riquet.

— Il se procura d'abord une longue corde qu'il
attacha à un baril qu'il lança à la mer; l'autre bout
de la corde était sur le pont. Le baril fut longtemps
ballotté par les vagues, qui, chacune à son tour, le
rapprochaient et l'éloignaient du rivage; l'une
d'elles finit par le rejeter violemment sur les rochers. Les gens qui étaient sur la plage coururent
s'en emparer, mais, avant qu'ils arrivassent, la
vague, en se retirant, l'avait remporté, et de
nouveau il fut ballotté sur la mer comme une
plume. Bientôt il échoua encore sur les rochers,
où on essaya de le saisir sans plus de succès
qu'auparavant. Cet essai fut répété deux ou trois
fois. Enfin, les gens du rivage parvinrent à le
saisir et ils l'emportèrent à une assez grande
distance de la mer.

« Le capitaine leur fit signe de tirer la corde
vers eux. Il était obligé de se servir de signaux

pour se faire comprendre, parce que le bruit étourdissant des vagues empêchait qu'on ne l'entendît. Les marins avaient déjà, d'après les ordres du capitaine, attaché au bout de la corde une autre corde bien plus grosse, une espèce de câble. Or, quand on tira la corde, on fit arriver sur la plage le câble dont un bout resta sur le pont. Entre le vaisseau et la plage, il trempait dans la mer qui le secouait rudement. Les gens de la côte attachèrent le câble à un fort poteau qu'ils plantèrent solidement en terre. Les matelots, de leur côté, tirèrent dessus tant qu'ils purent, puis ils l'assujettirent au grand mât, en sorte qu'il se trouva tendu au-dessus des vagues. Il partait du haut du mât et aboutissait par une pente douce au rivage. Le capitaine confectionna ensuite une espèce de berceau de cordes, qui devait glisser sur le câble, et dans lequel il comptait mettre les passagers, chacun à son tour, pour les faire arriver au rivage. Bien des gens redoutaient de faire le voyage de cette façon, mais ils avaient encore plus peur de rester à bord. »

— Que craignaient-ils donc à bord? demanda Riquet.

— Mais ils craignaient de tomber à la mer, répondit Lafaine, si les vagues avaient brisé le vaisseau.; alors ils auraient bien sûr tous péri; car, même s'ils n'avaient pas été noyés, ils auraient été jetés sur les rochers de la côte.

« Il semblait bien dangereux de se laisser glisser sur le câble ; pourtant chacun à son tour s'y décida, et nous arrivâmes tous sains et saufs au rivage. »

— Et avez-vous pu sauver les poids de l'horloge ? dit Riquet.

— Oui, répondit Lafaine ; et dès que nous fûmes sur le rivage, nous les enterrâmes. Mon père me mena à une petite baie protégée d'un côté par des rochers, ce qui faisait que la mer y était très-calme. Derrière ces rochers, les vagues venaient expirer sur une plage sablonneuse. Mon père se mit à creuser un trou juste au-dessus de l'endroit où la mer pouvait monter ; il m'appela pour l'aider. Les vagues nous gênaient bien un peu pendant notre travail, mais nous persévérâmes jusqu'à ce que nous eûmes creusé un trou qui avait un pied et demi de profondeur. Puis, après avoir mis les poids de l'horloge dedans, nous les recouvrîmes de sable et nous nous éloignâmes un peu. Les vagues qui venaient à chaque instant se briser à cet endroit eurent bientôt uni le sable, et on ne se serait pas douté de ce que nous venions de faire. Personne ne nous avait vus, chacun étant très-occupé de soi. Mon père mesura la distance qui se trouvait entre un certain gros rocher blanc, qui était sur la plage, et le trou où il avait caché son trésor, afin d'être sûr de pouvoir le retrouver ; puis nous allâmes rejoindre nos gens. Nous les trouvâmes groupés autour des rochers ; ils étaient mouillés et fatigués ; mais ils semblaient bien heureux d'avoir la vie sauve. Quelques marins arrivaient encore par le moyen du câble ; le capitaine fut le dernier qui fit le voyage.

« Sur la plage, il y avait plusieurs huttes, dans lesquelles on fit du feu pour sécher nos habits et pour nous réchauffer. La tempête se calma, et, comme la marée baissait, nous pûmes aller chercher, avant la nuit, des provisions au vaisseau. Le lendemain, on s'y rendit facilement et on apporta à terre le bagage des voyageurs ; on remit à mon père la malle dans laquelle se trouvait son horloge. Deux ou trois jours après des bateaux vinrent nous prendre pour nous mener à Québec. Avant de nous embarquer, mon père et moi nous guettâmes une bonne occasion et nous déterrâmes nos poids d'horloge, que nous remîmes dans la malle. »

— Est-ce tout ? dit Riquet, quand Lafaine cessa de parler.

— Oui, répondit Lafaine, je crois que mon histoire finit là.

— Elle est bien intéressante, dit Madeleine ; êtes-vous fatigué ?

— Non, tout au contraire, répondit Lafaine, la promenade m'a fait du bien. Je vais m'asseoir un peu. En disant ces mots, il se mit sur son séant et regarda autour de lui.

— Quel merveilleux voyage ! reprit Riquet. Mais je ne m'étais jamais douté que vous eussiez fait naufrage, Lafaine.

— Mais, à vrai dire, répondit Lafaine, je n'ai jamais fait naufrage.

— Comment ! s'écria Riquet, qu'est-ce que c'est alors que cette histoire que vous venez de nous raconter ?

— Broderie, répondit tranquillement Lafaine.

— Broderie ! répéta Riquet de plus en plus étonné.

— Oui, dit Lafaine.

— Alors vous n'avez pas fait naufrage du tout ? demanda Riquet.

— Non, répondit Lafaine.

— Mais comment êtes-vous arrivés à terre ? dit Riquet.

— Nous remontâmes tranquillement le Saint-Laurent et nous débarquâmes à Québec, comme cela se fait toujours.

— Et les poids de l'horloge? demanda Riquet.

— Broderie encore, dit Lafaine. A vrai dire,
mon père n'avait pas d'horloge. Il mit son argent
dans un sac, son sac dans sa caisse, et sa caisse à
fond de cale, et elle arriva en aussi bon état que
les instruments du capitaine.

— Et le banc de glace et l'arc-en-ciel? demanda
Madeleine.

— Broderie, broderie, répondit Lafaine.

— Tiens! s'écria Riquet, moi qui croyais que
tout cela était vrai.

— Pas possible! dit Lafaine. Je suis fâché que
vous ayez été trompé; mais ce n'est pas ma faute,
car je vous ai donné le choix entre une histoire
vraie et une histoire inventée, et vous avez préféré celle-ci.

— Oui, c'est vrai, dit Riquet.

Peu de temps après, ils arrivèrent tous à la
maison.

XV

LA MALADIE

Lorsque Madeleine et Riquet furent de retour à la maison après leur promenade en charrette avec Lafaine, il y eut entre eux une discussion au sujet des histoires brodées et des histoires vraies. Lesquelles fallait-il préférer? Riquet était un peu honteux d'avoir cru si complétement au récit du voyage, quoique Lafaine l'eût averti d'avance qu'il allait inventer. Madeleine dit qu'elle aimait mieux les histoires brodées, parce qu'elles étaient si intéressantes! Riquet finit par être de son avis, tout en regrettant que les histoires ne pussent pas, à la fois, être vraies et intéressantes.

Madeleine, dont la santé n'était pas très-forte, devint sérieusement malade, environ deux mois après que Lafaine se rétablit de sa chute; et, malheureusement, ce fut pendant une absence de sa tante, madame Henry. Son oncle, M. Henry, était toujours en voyage pour affaires. Il revenait de temps en temps à la maison, mais ce n'était que pour quelques jours ; souvent, quand il repartait, il emmenait madame Henry, qui restait avec lui quinze jours ou trois semaines. Ce fut pendant une de ces absences de sa tante que Madeleine tomba malade.

Elle eut une esquinancie, maladie très-pénible, qui est quelquefois dangereuse. Une nuit elle se sentit subitement malade. Lafaine monta à cheval et partit au galop pour aller chercher le médecin. Mais, avant l'arrivée du médecin, la maladie avait bien augmenté. Celui-ci resta auprès de Madeleine quatre ou cinq heures. Elle était douce et docile, et elle ne fit pas de difficultés pour prendre tous les médicaments qui lui furent prescrits. Aussi, elle fut bien plus vite soulagée que si elle avait été entêtée et impatiente, et qu'elle eût refusé de suivre les ordonnances du docteur Bernard.

Lorsque M. et madame Henry s'en étaient allés, ils avaient recommandé Madeleine et Riquet aux domestiques, et surtout à une jeune fille appelée Louise, qui était intelligente, honnête et digne de confiance. En outre, Louise aimait beaucoup Madeleine. Elle était très-bonne pour elle lorsqu'elle était malade et même lorsqu'elle se portait bien ; mais comme Louise avait une excellente santé

17

elle-même, elle n'entendait rien au métier de
garde-malade. Elle couchait dans une chambre
contiguë à celle de Madeleine, et elle eut grand'-
peur quand elle la vit malade. Elle fut dans des
transes jusqu'à l'arrivée du médecin; mais, lorsqu'il fut venu, elle fit de son mieux pour l'aider,
en lui apportant tout ce qu'il demandait. Elle se
sentit bien heureuse quand elle apprit que Madeleine était soulagée et qu'il était probable qu'elle
irait bientôt de mieux en mieux. A trois heures
du matin, Madeleine commença à respirer sans
effort, et elle put s'endormir. Le médecin annonça
alors que le plus mauvais moment était passé et
qu'il pouvait s'en aller.

Il reviendrait, ajouta-t-il, après déjeuner, voir
s'il y avait quelque chose de plus à faire.

En s'en allant, il dit à Louise qu'il lui était toujours très-pénible de voir souffrir de jeunes enfants, mais que, quand ils étaient doux et patients
comme Madeleine, on les guérissait bien plus vite.
Madeleine dormait dans ce moment-là; mais
Louise se promit de lui répéter ce que le médecin
avait dit. En effet, elle n'y manqua pas, et cela fit
grand plaisir à la petite malade.

Après le déjeuner, le docteur Bernard tint sa
promesse; il revint et trouva Madeleine bien
mieux. Il laissa une fiole, contenant une potion

dont elle devait prendre quelques gouttes de temps en temps, ainsi que des poudres qu'il fallait lui donner le soir si elle paraissait agitée et avait la fièvre. Puis il recommanda aussi qu'on la tînt bien tranquille pendant la journée.

Madeleine dormit toute l'après-midi, et, à l'heure du dîner, elle était encore mieux que le matin. Elle demanda qu'on la laissât se lever pour jouer avec Riquet. Louise l'habilla donc, et son cousin apporta ses joujoux dans la chambre pour jouer avec elle. Celui-ci pria Louise de lui permettre d'aller chercher une des petites amies de Madeleine, qui s'appelait Sara, et qui vivait non loin de chez madame Henry; il disait qu'elle l'aiderait à distraire la malade. Sara vint, et, pendant deux ou trois heures, les enfants jouèrent de tout leur cœur. Madeleine pourtant était trop faible pour pouvoir supporter l'excitation de la plupart de leurs jeux; souvent, en jouant sur le tapis avec Riquet et Sara, elle posait sa tête, d'un air fatigué, sur un des coussins du canapé qui se trouvait à côté d'elle. Enfin, elle se leva et alla s'étendre sur le lit. Riquet et Sara continuèrent à jouer, en lui parlant de temps en temps pour attirer son attention sur ce qu'ils faisaient. Dans ces cas-là, elle levait la tête un moment pour les regarder, puis elle la laissait retomber avec accablement.

A quatre heures, Lafaine, qui aimait tèndre-
ment la bonne petite Madeleine, se dit qu'il irait
voir comment elle se trouvait. Il travaillait dans
le jardin, et, avant de le quitter, il fit un joli bouquet de belles fleurs qu'il comptait offrir à Madeleine. Il monta donc l'escalier et frappa à sa porte.

— Entrez! cria Riquet de toute sa force.

— Ah! Lafaine, dit-il dès que la porte s'ouvrit,
est-ce vous? Je suis bien aise que vous soyez venu,
parce que je veux vous montrer mon train de
chemin de fer.

Il avait mis sur le tapis une rangée de livres, et
c'était ce qu'il appelait un train.

— Voilà le wagon des bagages et voici la locomotive, continua-t-il.

Lafaine ne fit pas la moindre attention à lui;
mais, traversant rapidement la chambre, il s'approcha du lit de Madeleine. Elle était très rouge
et elle semblait avoir la fièvre, car elle se retournait à tout moment avec agitation. Elle ne parla
pas; Lafaine garda aussi le silence. Il ne lui offrit même pas les fleurs, mais il les cacha derrière
lui afin qu'elle ne les vît pas, car il était évident
que, dans l'état où elle se trouvait, c'eût été une
grande fatigue que d'avoir à prendre un bouquet
et à dire merci. Lafaine savait fort bien cela, car
il avait été souvent malade lui-même.

Il regarda Madeleine et posa doucement la main sur son front, puis il jeta un coup d'œil autour de la chambre. Riquet avait couvert le tapis de joujoux et de livres ; près de la cheminée, on voyait des copeaux qu'il avait faits en essayant de fabriquer un jouet quelconque pour sa cousine. Une table qui se trouvait à côté du lit était couverte de fioles et de bouteilles qui avaient contenu des médecines, et de tasses à demi pleines de tisane. Le lit était défait et les draps étaient tachés par les médicaments qu'il avait fallu administrer à la hâte et au milieu de la nuit ; de plus, la chambre commençait à être froide, car le soleil, qui l'avait égayée toute la matinée, avait disparu.

Lafaine resta à considérer ce désordre pendant quelques instants, comme s'il se demandait ce qu'il fallait faire pour remédier à cet état de choses.

Enfin, il s'approcha de Riquet et le pria, à voix basse, de le suivre sur le palier.

— Riquet, dit-il, voulez-vous me rendre un service ?

— Oui ; seulement, dit Riquet avec un peu d'hésitation, Sara veut que je reste pour jouer au chemin de fer avec elle.

— J'ai besoin que vous me fassiez une course en charrette, dit Lafaine.

— Oh! oui, certainement, dit Riquet, je veux bien; laissez-moi aller avertir Sara.

— Attendez un peu, reprit Lafaine, il faut que je vous donne mes instructions. Vous direz tout bas à Sara que vous allez faire une course en charrette pour moi et qu'elle peut aller avec vous, si elle veut. Ne restez pas à serrer vos joujoux et vos livres, mais descendez m'attendre dans la cour.

— Bien, répondit Riquet. Il se faisait toujours une fête de conduire la charrette, pour aller n'importe où ou pour faire n'importe quoi.

Ils retournèrent donc tous deux dans la chambre de Madeleine. Riquet alla donner, à voix basse, son message à Sara, et Lafaine s'approcha de nouveau du lit de la malade.

— Madeleine, dit-il, aimeriez-vous mieux que Mary Bell vînt vous voir?

— Oh! oui, répondit Madeleine, cela me ferait bien plaisir.

— Je crains seulement, dit Lafaine, que tant de visites ne vous fatiguent. Si j'envoie chercher Mary Bell, pourrez-vous rester bien tranquille toute seule jusqu'à ce qu'elle vienne?

— Oui, certainement, dit Madeleine.

— Alors je vais la prier de venir, dit Lafaine; mais vous saurez que sa visite sera courte, car sa mère est malade et elle ne peut la quitter longtemps.

— Cela ne fait rien, dit Madeleine ; qu'elle vienne un peu me voir.

Lafaine mit alors à côté du lit une petite table sur laquelle il posa une sonnette, afin que Madeleine pût sonner, quand elle serait seule, si elle avait besoin de quelque chose. Il s'en alla en lui disant que Louise viendrait voir ce qu'il lui fallait, si elle sonnait.

Il trouva Sara et Riquet qui l'attendaient dans la cour ; il se dépêcha d'atteler le cheval et il aida les enfants à grimper dans la charrette. Il expliqua ensuite à Riquet qu'il fallait qu'il se rendît chez madame Bell, pour dire à Mary que Madeleine était malade et qu'elle serait bien bonne de monter dans la charrette et de venir passer une demi-heure avec elle. Il recommanda aussi à Riquet d'offrir de la reconduire chez sa mère dès qu'elle voudrait quitter Madeleine.

— Sara peut aller avec vous chez Mary Bell, furent les dernières instructions de Lafaine, mais vous la remettrez chez elle en revenant.

Riquet se mit donc en route ; trois quarts d'heure après, il était de retour avec Mary Bell.

Lafaine alla au devant de la charrette pour aider Mary à en descendre. Il lui dit qu'il était bien

fâché de la faire venir, mais que Madeleine avait
la fièvre et semblait bien mal à son aise ; il ajouta
qu'il espérait que la nuit serait meilleure si quelqu'un qui avait plus l'habitude de soigner les
malades que Louise pouvait venir mettre les
choses en état.

— Oui, dit Mary Bell, vous avez bien fait de
m'envoyer chercher.

Puis, ôtant son chapeau, elle se dirigea tout de
suite vers la chambre de Madeleine. Elle en savait le chemin, car elle avait souvent soigné sa
chère Madeleine.

Lorsque Mary entra, Madeleine avait les yeux
fermés. Elle allait dormir, mais elle était mal
couchée et elle avait la fièvre. Mary s'approcha si-
lencieusement du lit, puis, posant sa main sur l'é-
paule de Madeleine, elle se pencha un peu et
la baisa tendrement à la joue. La malade ouvrit
les yeux et, lorsqu'elle vit que c'était Mary, elle
lui mit ses bras autour du cou, mais elle ne lui
parla pas. Mary resta quelques instants dans
cette position, puis elle se dégagea doucement en
disant à voix basse : Reste bien tranquille, je vais
revenir bientôt.

Elle alla trouver Louise qui était en bas ; elle
lui dit qu'elle était venue voir sa malade et
qu'elle regrettait de ne pouvoir passer la nuit,

afin de l'aider dans les soins à lui donner.

— Vous devez être bien fatiguée, dit-elle à Louise, car vous avez fait tout votre ouvrage, après avoir veillé Madeleine la nuit dernière. Je vais rester encore un peu de temps et je la coucherai.

— Ah! je vous remercie bien, répondit Louise, car je ne m'entends pas à soigner les malades. Quand vous aurez besoin de quelque chose, dites-le-moi et je vous le donnerai.

— Vous n'avez qu'à m'apporter de l'eau chaude dans le petit bain de pieds, dit Mary, c'est tout ce qu'il me faut; le reste, je le ferai moi-même. En vous en allant, vous emporterez ce que j'aurai mis sur le palier, car nous ne devons garder dans la chambre que ce dont la malade pourrait avoir besoin dans la nuit.

Et Mary Bell revint auprès de Madeleine. Elle commença par ramasser les joujoux et les livres que Riquet avait laissés traîner dans la chambre.

Elle remit les livres à leur place sur des planches, et elle entassa les joujoux dans un panier qu'elle porta dans la chambre de Riquet.

Elle plaça sur le grand plateau toutes les médecines, les fioles, les tasses et les cuillers, et elle le déposa sur le palier où Louise devait venir l'emporter. Elle garda, pourtant, tout ce dont on

17.

pouvait avoir besoin dans la nuit, et ayant étendu
une serviette bien blanche sur une petite table
qu'elle cacha un peu derrière le lit, afin que Madeleine ne la vît pas, elle posa dessus, avec soin,
les objets qui lui restaient ; ensuite elle rangea
les meubles et elle balaya les copeaux. Grâce à
elle, cette pièce perdait peu à peu son aspect de
chambre de malade et prenait un air gai. Un
bon feu pétillait dans la cheminée, car Lafaine
l'avait fait pendant que Riquet était allé chercher
Mary Bell. Elle venait de tout remettre en ordre,
lorsque Louise arriva avec le bain de pieds, qu'elle
posa sur une chaise à côté du lit. Mary lui dit
qu'elle pouvait emporter tout ce qui se trouvait
dans le plateau sur le palier et elle la pria aussi
de dire à Lafaine d'apporter du bois pour le feu.

Elle s'occupa alors de Madeleine, à qui elle ôta
ses bas et ses souliers ; puis elle la coucha doucement au bord du lit, de façon à ce que ses pieds
pendissent et qu'elle pût les mettre dans le bain,
sans prendre froid. Pendant que Madeleine avait
les pieds dans l'eau, Mary alla chercher dans une
armoire où on serrait le linge, des draps, une
taie d'oreiller, et une robe de nuit pour la malade, et elle mit chauffer le tout sur une chaise
devant le feu. Elle revint ensuite auprès de Madeleine, en ayant soin de verser de temps en temps

de l'eau chaude dans le bain, afin qu'il ne se refroidît pas. Pour lui essuyer les pieds, elle prit
une serviette bien chaude, car elle en avait étendu
une devant le feu avec le linge, et Madeleine
resta bien tranquille pendant toute l'opération,
sans dire un mot.

Mary Bell, qui déshabilla alors Madeleine, lui
mit une robe de nuit; puis, approchant du feu le
canapé qui se trouvait à un bout de la chambre,
elle empila les coussins, sur lesquels elle mit un
oreiller; alors elle revint vers le lit et dit :

— Madeleine, je vais maintenant te porter auprès du feu.

— Oh! non, répondit Madeleine, il ne faut pas
me porter, car je puis marcher; je me sens bien
mieux.

Mais Mary voulut absolument porter sa petite
malade, afin, disait-elle, qu'elle ne se refroidît
pas en posant les pieds sur le parquet. Madeleine s'agenouilla donc sur son lit, et Mary la prit
dans ses bras et la porta auprès du feu, où elle
la coucha sur le canapé, la tête appuyée sur
l'oreiller.

— Là, dit Mary, reste couchée bien tranquillement pendant que je fais ton lit.

Elle s'occupa donc du lit, et Madeleine se mit
à regarder le feu. Lorsque Mary eut fait le lit et

qu'elle eut mis sur le palier les anciens draps pour que Louise les emportât, elle s'approcha du canapé avec une serviette bien douce et une tasse à demi pleine d'eau de Cologne et d'eau fraîche ; elle plaça la tasse sur la petite table qui était auprès de Madeleine, et elle se mit à lui laver doucement la figure. Elle la peigna aussi, en ayant soin de ne pas appuyer le peigne trop fort, et Madeleine bougea si peu pendant qu'elle le faisait, que Mary crut un instant qu'elle dormait. Mais elle vit bientôt qu'elle s'était trompée, car Madeleine, ouvrant les yeux, lui dit d'une voix quelque peu lamentable :

— Mary Bell, pensez-vous que je vais être bien malade ?

— Non, répondit celle-ci, je crois que tu vas guérir.

—Ah! vraiment ! dit Madeleine, tant mieux.

Mary prit la malade dans ses bras et la mit au lit, où son pauvre petit corps fiévreux se trouva bien à l'aise entre les draps propres et chauds. Elle alla ensuite chercher le livre de prières de Madeleine, et s'asseyant auprès du lit, elle dit :

— Maintenant, je vais te lire ta prière ; puis, tu essaieras de dormir.

— Oui, si je le peux, dit Madeleine.

Mary ouvrit donc le livre et lut.

Après avoir récité intérieurement sa prière de tous les soirs, Madeleine adressa quelques demandes à Dieu. Elle le supplia de lui accorder la grâce d'être bien patiente pendant sa maladie, et de lui permettre de guérir. Elle n'oublia pas son oncle et sa tante, qui étaient en voyage, demandant à Dieu qu'ils revinssent en bonne santé.

Elle le pria ensuite de veiller sur son père, sur sa mère et tous ses amis, et de les préparer pour une vie meilleure au ciel.

Quand elle eut fini de prier, Mary Bell l'embrassa et lui dit qu'elle était obligée de la quitter.

— Il faut que je rentre à la maison pour soigner ma mère, dit-elle, et je ne manquerai pas de lui dire comme tu es douce et patiente ; cela lui fera plaisir. Reste couchée et tâche de dormir, si tu le peux. Je vais t'envoyer Riquet, si tu veux ; seulement, il ne faut pas lui parler. Il s'asseoira auprès du feu, pour lire, et il ne fera pas de bruit, afin que tu puisses dormir.

— Oui, répondit Madeleine.

— Plus tard, continua Mary, quand tu auras dormi une heure, si tu te sens mieux, peut-être que Lafaine viendra te raconter une histoire. Il vaut mieux que tu te réveilles dans la journée, tu n'en dormiras que plus aisément cette nuit.

Mary alla appeler Riquet, afin qu'il vînt rester avec Madeleine.

Comme il faisait presque nuit, elle ferma les volets et elle apporta une petite lampe, pour que Riquet pût lire ; mais elle eut soin de la mettre sur une petite table, afin que les rideaux du lit empêchassent la lumière de faire mal aux yeux à Madeleine. Elle repoussa le canapé à sa place et elle apporta une petite chaise à bascule auprès de la table, pour que Riquet fût commodément assis. On y était, en effet, très-bien pour lire.

Quand tout fut prêt, Mary Bell s'approcha encore une fois du lit pour dire adieu à Madeleine et pour l'embrasser ; celle-ci ferma les yeux et ne tarda pas à s'endormir. Elle dormit si profondément qu'une heure après, lorsque le médecin arriva, il se contenta de lui tâter doucement le pouls en disant qu'elle allait bien et qu'il ne fallait pas la réveiller.

Madeleine, en fermant les yeux, s'était bien promis qu'elle ne dormirait qu'une demi-heure, car elle voulait faire chercher Lafaine, pour qu'il lui contât une histoire ; mais, contre son attente, elle dormit pendant deux heures, et quand elle se réveilla, elle se trouva seule, car Riquet, ayant eu assez de sa lecture et voyant qu'elle ne se réveil-

lait pas, s'était doucement glissé hors de la
chambre.

XVI

AGNÈS

Madeleine se sentit bien mieux quand elle se
réveilla ; tout d'abord, elle fut un peu surprise
de se trouver seule, et elle allait sonner pour
faire venir Louise, lorsqu'elle réfléchit que,
n'ayant besoin de rien, elle serait un peu embar-
rassée d'avoir à demander quelque chose quand
celle-ci viendrait, et elle se décida à rester tranquillement au lit.

Grâce à Mary Bell, la chambre avait pris une
telle apparence de gaieté, que Madeleine n'éprouva
bientôt plus aucune crainte d'y rester seule. Tout
était en ordre, et la lampe que Riquet avait laissée
sur la petite table projetait une clarté douce dans

la pièce. La lumière vacillante du feu qui éclairait la partie du plafond que Madeleine pouvait voir contribua aussi à faire disparaître, chez elle, tout sentiment de solitude.

— Je vais attendre un peu, se dit-elle ; peut-être que Riquet reviendra.

Elle laissa donc la sonnette sur la table et se mit à chantonner une petite chanson que Lafaine lui avait apprise.

Quand elle eut chanté un peu de temps, elle s'assit sur son lit et, s'appuyant en arrière sur ses oreillers, qu'elle avait entassés les uns sur les autres, elle écarta les rideaux et elle se mit à regarder autour d'elle.

— Oh ! qu'il fait bon ici ! se dit-elle ; c'est parce que Mary Bell est venue. Comme je me sens bien maintenant !

Il lui vint aussi à l'idée qu'elle pourrait bien aller voir, au pied du lit, entre les rideaux, si son cousin n'était pas endormi dans son fauteuil ; c'est ce qu'elle fit, mais Riquet n'y était pas. Le fauteuil était vide, la lampe était sur la table, et le livre qu'il avait lu était encore ouvert ; il ne l'avait pas serré, parce qu'il s'était dit, en s'en allant, qu'il reviendrait bientôt se remettre à sa lecture.

La curiosité de Madeleine fut excitée par cette

découverte, et elle voulut voir quel livre son cousin avait lu, et s'il s'y trouvait des gravures. Elle descendit donc de son lit, et, prenant la précaution de mettre ses bas, elle alla vers le fauteuil, puis, posant ses pieds sur un tabouret auprès du feu, elle prit le livre et commença à regarder les gravures.

Bientôt elle entendit frapper doucement à la porte; elle dit : — Entrez ; — et Lafaine parut. Il sembla étonné de la voir levée; mais il dit que, si c'était un signe qu'elle se portait mieux, il en était bien aise.

— Oh! oui, je me sens mieux, bien mieux, répondit Madeleine, et je suis très-contente que vous soyez venu, car Mary Bell a dit que vous pourriez me raconter une histoire. Asseyez-vous là et commencez, je vous en prie.

— Non, pas tout de suite, dit Lafaine. Vous allez souper d'abord, et puis, si je dois venir vous raconter une histoire, il faut que j'aille me préparer.

— Vous préparer! dit Madeleine, est-ce que vous n'êtes pas prêt ?

— Non, répondit Lafaine, il faut que j'aille faire un bout de toilette.

Il était toujours très-bien vêtu, même lorsqu'il travaillait, et comme il était encore plus proprement mis qu'à l'ordinaire, Madeleine ne comprenait pas qu'il eût besoin d'aller s'habiller. Cependant, Lafaine lui dit que les habits qu'il portait étaient assez bons pour travailler, mais qu'il ne voudrait pour rien au monde rendre visite à une jeune personne sans faire quelques frais. Il lui conseilla de rentrer au lit et il lui promit que Louise lui apporterait à souper. — Alors, ajouta-t-il, dans une demi-heure, quand vous aurez soupé et que vous aurez fait tous vos préparatifs pour la nuit, je viendrai vous endormir en vous racontant une histoire.

Il partit, et elle se recoucha; peu de temps après, Louise arriva portant sur un plateau, du thé, du pain grillé et un compotier couvert. Madeleine ne pouvait pas voir ce qu'il y avait dedans; aussi, dès qu'on eut placé le plateau devant elle, elle ôta le couvercle du compotier et elle vit qu'il contenait de la gelée de groseille.

Riquet ne tarda pas à suivre Louise, et, se tenant debout auprès du lit, il regarda manger Madeleine. Il avait déjà soupé; mais sa cousine lui donna du pain grillé et de la confiture.

— Louise, est-ce que le docteur va venir ce soir? demanda Madeleine.

— Non, répondit Louise, il est venu pendant que vous dormiez, et il a dit que vous alliez très-bien et que vous n'aviez plus de médecines à prendre, si ce n'est quelques gouttes d'une potion que je dois vous donner à dix heures et demie, si vous ne respirez pas facilement.

Madeleine se mit alors à respirer très-fort, pour voir si elle le faisait sans difficulté. Elle dit à Louise qu'elle respirait très-bien, et qu'il ne serait pas nécessaire de lui donner la potion. Riquet, de son côté, se mit aussi à respirer de toute sa force, pour voir si ses poumons étaient en bon état. Ceci encouragea sa cousine, qui voulut faire de nouveaux essais, et pendant plusieurs minutes les enfants aspirèrent et soupirèrent tant qu'ils purent. Louise finit par leur dire de ne pas respirer ainsi, et elle ajouta que, si Madeleine ne prenait pas garde, elle n'aurait bientôt plus le souffle.

Lorsque la malade eut soupé, Louise emporta le plateau, et, une demi-heure après, Lafaine parut.

— Riquet, dit Madeleine, voici Lafaine qui vient me raconter une histoire, et il ne faut pas que tu nous interrompes; c'est pour moi qu'il la raconte.

— Est-ce que tu ne veux pas que je reste pour entendre l'histoire? demanda Riquet.

— Oh! si, tu peux rester, pourvu que tu ne nous interrompes pas. Lafaine, continua Madeleine, je voudrais bien que vous me prissiez dans vos bras pour me bercer pendant que vous parlerez. Je suis fatiguée d'être couchée dans ce lit depuis si longtemps.

— Je veux bien, dit Lafaine; attendez, je vais chercher la chaise à bascule.

Celle de Riquet était trop petite pour Lafaine; il en apporta une grande qu'il plaça auprès du feu, et, prenant Madeleine dans ses bras, il alla s'y asseoir. Il pria ensuite Riquet de lui donner ce qu'il verrait sur le palier derrière la porte.

— Qu'est-ce que c'est? demanda Madeleine.

— Vous allez le savoir, dit Lafaine. En disant ces mots, il mit Madeleine sur ses genoux, la tête appuyée sur son épaule, de façon à ce qu'elle pût voir également bien le feu et la porte; quand elle fut installée, Riquet revint, tenant à la main un plat en fer battu dans lequel il y avait trois grosses pommes rouges. Lafaine lui dit de le poser devant le feu pour faire cuire les pommes.

— Pour qui sont ces pommes? demanda Madeleine.

— Il y en a une pour vous, répondit Lafaine, une pour Riquet et une pour moi; mais nous ne les mangerons que demain matin.

— Il devrait y en avoir une pour Louise, dit Madeleine.

— Pourquoi donc? dit Lafaine. Louise peut se faire cuire des pommes tant qu'elle veut; seulement, ajouta-t-il après un moment de silence, cela lui ferait peut-être plaisir de voir que nous ne l'avons pas oubliée.

— Oh! oui, certainement, dit Riquet.

— Eh bien! allez lui chercher une pomme; nous pouvons en mettre encore une dans le plat, dit Lafaine.

— Oui, répondit Riquet; mais il ne faut pas commencer votre histoire avant que je revienne.

Il alla donc chercher une pomme pour Louise; il en rapporta une magnifique qu'il put tout juste mettre dans le plat avec les autres, et il s'assit dans sa petite chaise à bascule auprès de la table.

— Maintenant, Lafaine, dit-il dès qu'il fut assis, en avant l'histoire.

— Madeleine, quelle espèce d'histoire dois-je vous raconter? demanda Lafaine. La voulez-vous vraie ou la voulez-vous brodée?

— Brodée, répondit Madeleine, aussi brodée que possible.

— Bien, dit Lafaine, je vais vous parler d'Agnès.

— Agnès! qui est-ce?

— Tu ne dois pas parler, Riquet, lui dit Madeleine. C'est pour moi que Lafaine raconte cette histoire.

— Oui, dit Lafaine, c'est pour Madeleine que je raconte cette histoire, et, tant qu'elle durera, vous ne devez pas parler.

« Une nuit, continua-t-il, il y a environ trois semaines, j'étais occupé à écrire. Je venais de guérir de ma blessure, et, comme il y avait longtemps que je n'avais pu travailler, j'étais bien aise de me remettre à lire et à écrire tous les soirs. Il avait fait bien chaud toute la journée, et l'air frais de la nuit, qui me semblait délicieux, m'engageait à travailler. Je voyais de ma fenêtre, qui était ouverte, le jardin, les champs, et au loin les montagnes éclairées par la lune.

« Lorsque minuit sonna, j'avais fini d'écrire ; comme le temps était magnifique et que je n'avais pas sommeil, quoiqu'il fût si tard, l'envie me vint de faire une petite promenade. Je serrai donc mes livres et mes cahiers, et, prenant ma casquette, j'enjambai la croisée et je me trouvai sur le toit du hangar qui est au-dessous. Je pensai qu'il valait mieux sortir ainsi que de descendre par l'escalier, ce qui aurait pu réveiller les gens de la maison. Je me promenai donc sur le toit où je ne vis personne, si ce n'est Moma, qui était derrière une cheminée. (Moma était une grande chatte noire qui appartenait à Madeleine.)»

— Pauvre Moma! dit Madeleine, ne trouve-t-elle pas un meilleur endroit que cela pour se coucher la nuit? Je compte lui faire un lit, dès que je serai guérie.

— Quand j'arrivai au bout du hangar, je descendis le long du grand treillage jusqu'à la barrière, et, de là, je sautai par terre ; je traversai ensuite la cour et j'allai m'asseoir sur les marches de la terrasse du sud. Le jardin me parut si beau que je m'y promenai, puis je sortis par la grille et je m'enfonçai dans les bois. Je flânai pendant une demi-heure et je finis par me trouver dans un petit recoin ravissant, d'où jaillissait une belle source : elle sortait de terre un peu au-dessus d'un rocher couvert de mousse, et en tombant elle formait une nappe d'eau limpide, aussi grande que la moitié de cette chambre. Des arbres magnifiques l'entouraient, et, à la clarté de la lune, je pus voir que le fond de l'eau était couvert de sable jaune, tandis que les bords étaient tout parsemés de jolis coquillages et de charmants cailloux. En quittant les rochers, l'eau tombait en cascade et de grandes fleurs sauvages poussaient autour. Il me sembla que je n'avais jamais rien vu d'aussi beau. Je m'assis sur une pierre plate qui sortait à demi du gazon à un endroit d'où je pouvais voir la nappe d'eau et les fleurs, et d'où je pouvais entendre la chute de la cascade.

« Un vieux chêne vénérable poussait auprès de la source ; mais, comme il était très-grand, les arbres du bosquet m'en cachaient le feuillage et je ne pouvais guère voir qu'un peu de son tronc, qui me paraissait immense. Il était creux jusqu'à une certaine hauteur et l'entrée était arrondie en arcade. Tout autour, il poussait de la belle moussé verte qui faisait comme un rideau bordé de fleurs. Je remarquai aussi quelque chose qui excita vivement ma curiosité ; je vis un petit chemin qui conduisait de l'arbre au bord de l'eau.

« J'étais à me demander ce que cela voulait dire, lorsque je vis remuer le rideau de mousse, et bientôt j'aperçus une ravissante petite figure qui regardait au dehors. Je fus, bien entendu, fort étonné, mais je me décidai à rester immobile pour voir ce qui allait se passer.

« La jolie personne ne pouvait pas me voir, mais, moi, je la voyais parfaitement. Elle regarda timidement autour d'elle pendant quelques minutes, puis elle sortit du tronc d'arbre. Elle était très-belle et ses longs cheveux noirs tombaient en boucles sur ses épaules ; ses vètements étaient à la fois riches et simples. »

— Comment donc était-elle mise ? demanda Madeleine.

— Ah ! je ne pourrais pas vous le dire tout au juste, répondit Lafaine ; je ne sais pas décrire les toilettes de femme ; pourtant je me rappelle qu'elle était habillée comme une petite fille et qu'elle tenait à la main une longue plume qui ressemblait à une plume de paon, si ce n'est qu'au lieu d'être de plusieurs couleurs, elle était d'un blanc argenté. Je crois vraiment qu'elle était en argent.

— Il est impossible qu'on fasse une plume en argent, dit Riquet.

— Pourquoi donc ? demanda Lafaine. On fait bien des franges en verre. Enfin, ce qu'il y a de certain, c'est que sa plume avait l'air d'être en argent et brillait d'une façon charmante lorsqu'elle l'agitait au clair de lune.

« Quand elle eut regardé autour d'elle un peu de temps et qu'elle n'eut vu personne, elle arriva en sautillant jusqu'au bord de l'eau, puis elle dit : — Je vais geler la source et puis je danserai.

« Alors, se tenant debout sur le rivage aux jolis cailloux, elle caressa du bout de sa plume la surface de l'eau, qui, à mon grand étonnement, se gela aussitôt ; partout où Agnès étendait sa plume magique, des glaçons givrés apparaissaient. »

18

— Est-ce qu'elle s'appelait Agnès ? demanda Madeleine.

— Oui, répondit Lafaine.

— Comment le savez-vous ? reprit Madeleine.

— Oh ! elle me l'a dit et je vais bientôt vous raconter comment. Lorsque la nappe d'eau fut prise, elle s'avança avec précaution dessus, pour voir si la glace était assez forte pour la porter.

— Eh bien ! dit Madeleine, était-elle assez forte ?

— Oui, répondit Lafaine, la glace la soutint très-bien et elle s'en assura en bondissant légèrement dessus.

« — Maintenant, dit-elle, à la cascade. »

« En disant ces mots, elle l'effleura de sa plume argentée, et le même phénomène se reproduisit ; aussitôt, je n'entendis plus le bruit de la cascade, et l'eau qui ruisselait et qui bouillonnait se changea en magnifiques glaçons. J'aurais bien cru que la cascade tout entière était gelée, si je n'avais point vu, grâce au clair de lune, que l'eau coulait encore un peu derrière la glace, comme cela a lieu lorsque les chutes d'eau sont gelées en hiver. »

— Oui, dit Riquet, j'ai souvent remarqué cela en regardant le petit ruisseau.

— Quel petit ruisseau ? lui demanda Madeleine.

— Celui du pré, répondit son cousin.

Lafaine, qui n'avait pas fait attention à la remarque de Riquet, continua son histoire ainsi
qu'il suit :

— Agnès, marchant toujours sur la glace, toucha de sa plume argentée les branches d'arbres
qui pendaient au-dessus du bassin, les mousses,
les grandes herbes et les fleurs qui croissaient
alentour. En un instant, elle fit l'hiver ; car les
branches des arbres se chargèrent de neige, des
glaçons se formèrent sur les bords du bassin, et
les grandes herbes et les fleurs devinrent blan-
ches et transparentes. A les voir éclairées par les
rayons de la lune, on aurait pu croire qu'elles
étaient incrustées de diamants. Je n'ai jamais
rien vu d'aussi splendide.

« Enfin elle regarda autour d'elle et dit : «Voilà
qui est fait ! Voyons maintenant si la glace est
tout à fait forte. »

« Puis elle se mit au milieu du bassin et elle
sauta deux fois légèrement dessus, en disant ou
plutôt en chantant gaiement, comme un oiseau,
le mot : « Pip ! »

« Quand elle eut fait cela, elle s'arrêta pour
écouter ; mais, comme je restais bien tranquille,
elle ne se douta pas que j'étais auprès d'elle, et
bientôt elle sauta de nouveau, deux fois de suite,
en disant encore : « Pip ! pip ! »

Un instant après elle se mit à danser, en chantant la petite chanson que voici :

> « Pip! pip! cui! cui! ki ri! ki ri!
> Je puis risquer mon petit cri.
> O chère lune, enfin tu brilles!
> Petits garçons, petites filles
> Sont rentrés. Ils ont tout le jour
> Pour jouer; la nuit, c'est mon tour.
> La nuit, à moi, m'appartient toute.
> Nul ne me voit, nul ne m'écoute.
> Je puis risquer mon petit cri :
> Pip! pip! cui! cui! ki ri! ki ri! »

— Quelle jolie chanson! dit Madeleine.

— Oui, répondit Lafaine, et vous ne pouvez
vous imaginer comme elle la chantait bien et avec
quelle grâce elle dansait sur la glace. Je la trouvai
si charmante que je ne pus rester immobile, et, en
bougeant, j'agitai le feuillage. Agnès s'arrêta, et
j'eus bien peur qu'elle ne me vît; mais il n'en
fut rien, et bientôt elle commença le second couplet de sa chanson :

> « Pip! pip! cui! cui! ki ri! ki ri!
> Je puis risquer mon petit cri.
> La lune aime le mont splendide;
> Le soleil, la plaine liquide... »

« Quand elle en arriva là, elle cessa de chanter.

Elle m'avait vu. Le fait est que, comme j'essayais de me reculer un peu, le feuillage avait fait du bruit, et qu'elle l'avait entendu. Dès qu'elle m'aperçut, elle quitta précipitamment la glace, et, se sauvant par son petit sentier, elle rentra à la hâte dans le creux du chêne. Un moment après, je vis que le rideau de mousse bougeait, et elle ne tarda pas à reparaître.

« — Lafaine, dit-elle, qu'est-ce qui vous a fait venir ici?

— Mais, je me promenais, lui répondis-je, et j'ai pris par ce sentier; voilà tout. Est-ce que vous ne voulez pas que je reste ici?

— Je préfère être seule, dit-elle.

— Oh! alors je vais m'en aller, lui dis-je. Mais comment avez-vous su qui j'étais?

— Je vous connais bien, répondit-elle, vous vous appelez Lafaine.

— Est-ce que vous connaissez Madeleine? lui demandai-je.

— Oui, dit-elle, je la connais très-bien. J'aime beaucoup Madeleine, je l'aime plus que vous.

— Ah! vraiment, et pourquoi l'aimez-vous plus que moi?

— Parce qu'elle est une petite fille, me répondit Agnès.

— Voilà une bonne raison, lui dis-je; j'avoue

18.

que, moi aussi, j'aime mieux les petites filles que
les garçons. Mais comment se fait-il que vous
connaissiez Madeleine ?

— Oh ! je l'ai vue souvent. Je vais la regarder
au clair de lune pendant qu'elle dort.

— Eh bien ! je parlerai de vous à Madeleine, et
sûrement elle voudra venir vous voir.

— Non, il ne faut pas qu'elle vienne, me dit
Agnès, mais elle peut m'écrire une lettre.

— Elle n'est pas assez grande pour écrire une
lettre, » lui dis-je.

Lafaine vit que l'histoire intéressait les enfants,
car ni l'un ni l'autre ne l'interrompaient. Craignant alors de ne pouvoir réussir à endormir Madeleine comme il l'avait espéré, il lui dit que,
quoiqu'il eût encore à lui parler d'Agnès, il valait
mieux cesser pour le moment. Il ajouta que, si
elle voulait appuyer sa tête contre lui, il lui chan-
terait la chanson d'Agnès, comme elle l'avait
chantée elle-même.

Madeleine dit qu'elle serait bien aise d'entendre
chanter Lafaine, mais qu'elle espérait que, quand
il aurait fini la chanson, il lui parlerait encore
d'Agnès, car cela lui faisait bien plaisir.

Elle changea ensuite de position et reposa sa
tête sur l'épaule de Lafaine, qui lui dit :

— Fermez maintenant les yeux, et tâchez, pendant que je chante, de vous figurer que vous voyez le bosquet, la source, le givre qui brille au clair de lune, et Agnès qui danse sur la glace.

Lafaine chanta le premier couplet de la chanson sur un air fort joli et fort gai. Il dit qu'il ne pouvait pas chanter le second couplet parce qu'il ne l'avait pas bien entendu, mais il recommença plusieurs fois le premier.

Madeleine étant restée bien tranquille pendant cinq minutes à écouter la chanson, Lafaine vit qu'elle dormait. Il se leva alors doucement et la mit dans son lit, puis Riquet ramena les couvertures sur elle. Ils quittèrent ensuite tous deux la chambre sans faire le moindre bruit.

XVII

LA DORMEUSE

A neuf heures du soir, lorsque Louise eut fini son ouvrage, elle éteignit le feu de la cuisine et verrouilla la porte d'entrée, car Lafaine et Riquet étaient déjà couchés. Elle alla ensuite voir Riquet dans sa chambre et elle y prit une bougie, qu'elle porta chez Madeleine.

Quoique le feu fût presque éteint, la chambre de la malade n'avait pas l'air trop triste; car la lampe brûlait encore sur la petite table, un peu derrière le lit, où Riquet l'avait placée. Lorsque Louise s'approcha doucement de Madeleine, celle-ci dormait la joue appuyée sur sa main.

— Pauvre petite! se dit Louise, elle dort; ce sera bien dommage d'avoir à la réveiller plus tard pour lui faire prendre sa médecine.

Louise regarda ensuite la pendule et vit qu'il était neuf heures passées; elle devait attendre une heure avant de donner la potion à Madeleine; mais elle pensa que, si elle allait se coucher, elle pourrait bien ne pas se réveiller avant le matin, car elle avait le sommeil fort lourd. Elle décida donc qu'elle veillerait jusqu'à dix heures et demie, pour faire prendre à Madeleine sa médecine. Elle alla chercher son tricot afin de ne pas s'endormir; puis, revenant, elle s'assit sur le canapé, car elle voulait un siége où elle fût à son aise.

Mary Bell, après s'être servie du canapé pour y coucher Madeleine pendant qu'elle faisait le lit, l'avait remis à sa place contre le mur. Louise le

rapprocha facilement du feu, sans faire de bruit,
car il avait des roulettes. Elle le plaça de façon à
avoir la lampe un peu derrière, afin d'y voir pour
ramasser ses mailles. Ensuite elle versa la médecine dans une petite tasse ; elle y mêla un peu
d'eau et elle la posa sur la table, toute prête à
être donnée à Madeleine quand le moment serait
venu. Puis, assise sur le canapé, le dos à la lumière, elle se mit à tricoter.

Tout alla bien pendant une demi-heure ; au
bout de ce temps, Louise, qui avait travaillé toute
la journée et qui avait veillé la nuit d'avant,
commença à avoir sommeil. Trois fois son tricot
lui échappa des mains : les deux premières fois,
cela la réveilla ; mais la troisième fois elle ne se
réveilla pas. A tout moment, elle laissait retomber sa tête sur sa poitrine ; elle finit par l'appuyer
sur un des coussins et elle ne tarda pas à s'endormir profondément.

Elle dormit ainsi deux heures ; Madeleine en
faisait autant dans son lit. En se couchant, elle
s'était bien promis de ne pas se réveiller pour
prendre sa médecine. Elle n'aurait pas refusé de
la prendre si quelqu'un la lui avait apportée ;
mais elle ne voulait pas se réveiller pour cela
d'elle-même. Il est difficile de savoir si cette réso-
lution eut quelque influence sur la durée de son

sommeil; toujours est-il qu'elle dormit jusqu'à onze heures passées; alors elle commença à remuer la tête et les bras, et bientôt elle ouvrit les yeux.

Elle regarda autour d'elle et ne vit personne; le feu était presque éteint, mais la lampe éclairait encore la chambre, quoique faiblement.

Elle s'assit sur son lit et, un moment après, elle dit très-doucement, comme si elle se parlait à elle-même :

— Je voudrais bien que quelqu'un fût ici pour me donner à boire; puis elle ajouta : Je vais aller chercher de l'eau moi-même.

En disant ces mots, elle descendit du lit, s'enveloppa dans sa pelisse et mit ses bas et ses souliers en chantonnant à demi-voix :

> Je puis risquer mon petit cri :
> Pip! pip! cui! cui! kiri! kiri!

C'était là tout ce qu'elle pouvait se rappeler de la chanson d'Agnès.

En allant vers le feu, elle se demanda qui avait pu remuer le canapé et, lorsqu'elle vit Louise couchée dessus, elle fut bien autrement étonnée.

— Tiens! dit-elle tout bas, Louise qui dort ici! Elle sera restée pour me soigner. Comme elle est fatiguée !

Elle la regarda en silence pendant quelques
minutes; puis elle se dit à voix basse :

— Elle n'est pas à son aise; je vais lui mettre
les pieds sur le canapé.

Et se baissant, elle souleva avec ses deux bras
les pieds de Louise, qu'elle posa aussi doucement
que possible sur le canapé. Celle-ci ne se réveilla
point; au contraire, comme elle se trouvait mieux
couchée qu'avant, elle n'en dormit que plus profondément. Madeleine, voyant qu'elle avait si bien
réussi à rendre service à Louise, commença à
s'intéresser vivement à son bien-être; elle ne
tarda pas à voir que ses pieds n'étaient pas assez
couverts, et elle pensa qu'il serait bon de les lui
envelopper chaudement. Elle chercha, dans tous
les tiroirs de la commode, une petite couverture
de laine dont on se servait souvent pour cet
usage, et elle finit par la trouver dans le tiroir
d'en bas.

— Ah! la voilà, dit-elle; je savais bien qu'elle
était dans la commode !

Elle la sortit du tiroir et la porta auprès du canapé, en faisant aussi peu de bruit que possible;
puis elle l'étendit sur les pieds de Louise avec
beaucoup de soin.

— Maintenant, dit-elle, je vais rallumer le feu,
afin qu'elle n'ait pas froid.

Quelques-unes des petites bûches que Lafaine avait apportées étaient par terre, à côté de la chaise à bascule dans laquelle il s'était assis pour bercer la malade ; le bois qu'il avait mis sur le feu était à peu près brûlé, et il restait à peine dans la cheminée quelques tisons à moitié éteints. Madeleine prit les petites bûches et les mit sur les tisons ; elle le fit avec beaucoup de précaution, afin de ne pas réveiller Louise, et, de temps en temps, elle se retournait pour voir si elle dormait encore.

Elle mit aussitôt de la braise sur les bûches, qui ne tardèrent pas à fumer, puis bientôt à s'enflammer.

— Voilà, dit-elle avec satisfaction, il brûle maintenant. Riquet m'a souvent dit que je ne pourrais pas faire un feu, mais je savais bien le contraire.

Madeleine avait eu grand soin tout le temps de ne pas s'approcher, en robe de nuit, trop près du feu, et, maintenant qu'il était bien allumé, elle pensait qu'il valait mieux s'en éloigner davantage ; elle se leva donc et elle plaça son tabouret un peu plus loin. Bientôt, elle vit que le feu donnait en plein dans la figure de Louise.

— Il faut que je lui fasse un écran, dit-elle, ou la clarté la réveillera.

Elle alla donc prendre dans la commode un châle dont elle avait vu sa tante se servir quelquefois. Elle plaça entre le feu et le canapé une chaise sur le dos de laquelle elle étendit le châle, qui abrita parfaitement le visage de Louise.

Madeleine se demanda ensuite s'il n'était pas temps de prendre sa médecine. Elle regarda la pendule pour voir si elle découvrirait quelle heure il était, mais elle n'y réussit pas, n'ayant jamais appris à connaître l'heure d'après une pendule. Après avoir regardé en silence les aiguilles et les chiffres, et avoir écouté le tic-tac un moment, elle se dit :

— Je ne puis pas voir l'heure qu'il est, mais il doit être tard ; si je prenais ma médecine ?

Elle se dirigea vers la table où était la lampe ; elle vit la médecine que Louise avait versée toute prête dans une tasse, et elle la remua un peu avec la cuiller.

— Voilà ma médecine, dit-elle, si je la prenais ? Non ; cela pourrait être du poison.

En disant ces mots, elle reposa sa médecine sur la table, n'étant pas très-fâchée au fond du cœur d'avoir trouvé une excuse pour ne pas la boire.

— Je vais m'asseoir dans la chaise à bascule, dit-elle, jusqu'à ce que Louise se réveille ; cela ne tardera pas.

19

Elle s'assit dans la chaise à bascule et elle se mit à se balancer, en regardant les petites flammes et la fumée qui s'élevaient du feu. Elle y resta presque un quart d'heure, puis elle commença à se sentir lasse.

— Quelle longue nuit ! dit-elle ; je ne savais pas que les nuits étaient si longues. Je voudrais bien que Louise se réveillât, mais je pense qu'elle doit être très-fatiguée. Je vais voir à la fenêtre si le jour se lève ; Lafaine dit qu'on le voit paraître à l'est, vers la fin de la nuit.

Madeleine ne savait pas de quel côté était l'est, mais elle se décida à tout hasard à aller vers la fenêtre. Elle tira donc les rideaux, elle ouvrit les volets et elle regarda au dehors : la lune et les étoiles brillaient, mais le jour ne se levait point.

Il y avait sur la table, près de la fenêtre, un encrier en bronze et des plumes ; or, elle pensa que, si elle écrivait un peu, cela ferait passer le temps.

— Si j'avais seulement du papier, dit-elle, j'écrirais un billet à Agnès.

Madeleine ne savait pas bien écrire, mais elle avait parfois envoyé à Lafaine et à Mary Bell ce qu'elle appelait des billets. Elle entremêlait par ci, par là, dans son écriture, des lettres formées comme les caractères d'imprimerie , car , lorsqu'elle ne savait pas comment tracer une lettre quelconque, elle tâchait de se rappeler comment elle l'avait vue imprimée dans les livres. Son écriture avait encore un autre défaut; elle mettait souvent, au beau milieu d'un mot, des lettres majuscules; pourvu que chaque lettre prise à part fût bien, il lui était égal qu'elle fût majuscule ou ordinaire. Malgré toutes ces difficultés, les billets de Madeleine étaient de vrais billets; ils étaient cachetés, et lorsque Mary Bell ou Lafaine les recevaient, ils parvenaient presque toujours à les lire.

Madeleine se dit donc qu'elle écrirait à Agnès, puisque Lafaine lui avait dit que celle-ci le lui permettait; seulement, elle ne savait où trouver du papier à lettre. Elle pensa qu'il y en aurait peut-être dans la chambre de sa tante et elle prit la lampe pour s'y rendre, en ayant toujours soin de ne pas réveiller Louise.

Sur la table, dans la chambre de sa tante, elle vit un petit pupitre qu'elle ouvrit; dans l'intérieur elle trouva du papier à lettre et des enveloppes de toutes grandeurs. Madeleine choisit ce qu'il lui fallait et remit ce dont elle n'avait pas besoin; puis elle s'en alla en tenant sa lampe d'une main, et son papier de l'autre.

A son retour, elle découvrit que Louise avait un

peu bougé, mais qu'elle dormait aussi profondément qu'auparavant.

Madeleine plaça sa lampe sur la table à côté de la fenêtre, tout en prenant garde de ne pas mettre le feu aux rideaux, puis elle commença à écrire. Elle travailla avec patience pendant une demi-heure; il ne lui en fallut pas moins pour faire sa lettre. Il est impossible dans un livre de donner une idée de l'écriture de Madeleine, mais voici le contenu de sa lettre :

« Mercredi, à minuit.

« Chère Agnès,

« Je vous aime parce que Lafaine dit que vous m'aimez.

« Répondez-moi, s'il vous plaît.

« Votre amie, M. »

Elle n'écrivit que M., au lieu de Madeleine, parce qu'au moment où elle allait signer, la lampe eut l'air de vouloir s'éteindre; elle craignit de se trouver dans l'obscurité et elle s'arrêta à M, pensant bien qu'Agnès devinerait qui elle était, et que, sinon, Lafaine n'aurait qu'à le lui dire en

lui donnant la lettre. Elle la plia et la glissa dans
l'enveloppe, puis, mouillant à la hâte un pain à
cacheter, elle s'en servit pour la fermer. Madeleine alla ensuite chercher une épingle pour relever la mèche de la lampe et l'empêcher de s'é-
teindre ; elle ne put en trouver, et la lampe continua à baisser de plus en plus.

— Il faut que je descende pour avoir une autre
lampe, ou Louise sera dans l'obscurité, dit-elle
en la regardant ; un moment après, elle ajouta :

— Pauvre Louise ! elle doit être bien fatiguée
pour dormir si longtemps.

Puis, prenant la lampe, elle sortit doucement de
la chambre. Les marches de l'escalier crièrent bien
un peu, quoiqu'elle descendît avec autant de
précaution que possible.

A la cuisine, il faisait chaud, car, bien que le
feu fût alors éteint, il avait été allumé toute la
journée. Madeleine chercha partout une lampe,
mais elle n'en vit pas. La cuisine était rangée
avec un ordre admirable.

— Je vais chercher dans les armoires, dit-elle.

Elle en ouvrit une : il y avait beaucoup de
choses dedans, mais point de lampe. Elle ferma
donc cette armoire et en ouvrit une autre, dans
laquelle elle trouva quatre lampes sur la seconde
planche. Bien aise d'avoir fait cette découverte,

elle en posa une sur la table de la cuisine et l'al-
luma; puis elle éteignit la sienne et la mit dans
l'armoire à la place de celle qu'elle venait de
prendre.

Madeleine ne fut pas non plus fâchée d'apercevoir, sur la dernière planche de l'armoire, une
assiette contenant du pain et du beurre, et tout
auprès un petit pot; elle s'empressa de regarder
dedans et elle vit qu'il était à demi plein de lait.

—Je suis bien aise d'avoir trouvé cela, dit-elle,
car je vais souper. J'avais besoin de quelque
chose et je ne savais pas trop de quoi; je sais
maintenant ce qu'il me fallait : j'avais faim.

Elle apporta le pain, le beurre et le lait sur la
table de la cuisine et, s'asseyant sur une chaise,
elle se mit à souper de très-bon appétit.

Tout alla bien pendant quelque temps; elle
avait mangé deux tartines et bu presque tout son
lait, lorsqu'il lui sembla qu'on remuait en haut
de l'escalier. Elle avait laissé la porte de la cuisine ouverte, elle pouvait donc entendre le
moindre bruit sur l'escalier, et la lumière de sa
lampe éclairait le palier. Elle crut qu'on venait
d'ouvrir une porte et elle cessa de boire son lait
pour écouter.

—Qui est là? cria une voix que Madeleine reconnut pour être celle de Lafaine.

— Moi, répondit-elle.

— Comment, moi? répéta Lafaine; mais qui êtes-vous? Est-ce Madeleine?

— Oui, répondit celle-ci.

— Mais, Madeleine, qu'est-ce que vous faites donc à la cuisine? lui demanda Lafaine d'une voix étonnée.

— Je soupe, dit-elle.

— Il me semble, Madeleine, lui répondit Lafaine, que vous ne devriez pas être dans la cuisine à souper à cette heure de la nuit. Pourquoi êtes-vous descendue?

— Je suis venue chercher une lampe pour Louise.

— Pour Louise! dit Lafaine; est-ce elle qui vous a envoyée chercher une lampe?

— Oh! non, je suis venue de moi-même, répondit Madeleine.

— Où est Louise? lui demanda Lafaine.

— Elle dort, et il ne faut pas parler trop fort où vous la réveillerez.

Lorsqu'elle eut dit ceci, elle entendit Lafaine qui riait de tout son cœur, quoiqu'il fît son possible pour se retenir; quand il fut un peu plus calme et qu'il put parler, il lui cria: Madeleine!

— Quoi? dit-elle.

— Avez-vous fini de souper?

— Oui, presque, je n'ai plus qu'un peu de lait à boire.

— Eh bien! quand il sera bu, vous ferez bien d'aller tout de suite vous recoucher pour essayer de dormir.

— Et que deviendra Louise? demanda Madeleine.

—Où est Louise? est-ce qu'elle dort dans votre chambre?

— Oui.

— Eh bien! laissez-la où elle est, rentrez au lit, et tâchez de dormir. Si dans une demi-heure vous ne dormez pas, sonnez et je m'habillerai pour venir voir ce qu'il faut faire.

— C'est bon, dit Madeleine. Et prenant la lampe, elle s'en retourna dans sa chambre, où Louise dormait aussi profondément que jamais.

Pour obéir à Lafaine, Madeleine posa sa lampe sur la petite table et entra tout de suite au lit; elle ferma les yeux en se disant qu'elle devait sonner, si dans une demi-heure elle ne dormait pas. Elle se demanda aussi comment elle saurait quand la demi-heure serait écoulée; mais bien longtemps avant d'avoir pu résoudre cette question difficile, elle dormait de tout son cœur.

Le lendemain matin, Louise se réveilla à son heure habituelle, c'est-à-dire à cinq heures et demie. Elle se leva en sursaut, fort surprise de voir qu'il faisait jour et qu'elle avait dormi toute la nuit sur le canapé dans la chambre de Madeleine. Mais elle fut bien plus étonnée encore, lorsqu'elle découvrit que ses pieds étaient enveloppés dans une couverture de laine et qu'on avait soigneusement placé un écran devant le feu. Elle se rendit à la hâte auprès du lit de Madeleine, et, la voyant tranquillement couchée, elle se sauva dans sa chambre, espérant que Riquet, Lafaine et les domestiques ne sauraient jamais quelle singulière garde-malade elle était, car elle se disait que, s'ils le découvraient, ils ne cesseraient de se moquer d'elle.

Lorsque le docteur vint le lendemain et qu'on lui raconta le souper qu'avait fait Madeleine, il dit que les malades qui veulent se guérir à leur manière font, en général, de terribles méprises; mais que, cette fois, il était bien prouvé que le malade avait mieux su que le médecin ce qui lui était bon. Madeleine, après avoir bien dormi, était vraiment convalescente. Par un bonheur exceptionnel, ses imprudences de la nuit n'avaient point eu de mauvais résultat.

19.

XVIII

LES ADIEUX DE MADELEINE

William, le cousin de Riquet, n'était pas chez sa tante, madame Henry, lorsque les événements racontés dans les derniers chapitres eurent lieu. Il était au collége et ses vacances ne commençaient que vers le milieu du mois de septembre. On avait décidé qu'il ne les passerait pas chez sa tante, mais bien à New-York, où Madeleine irait le rejoindre; ensuite, elle devait revenir habiter la campagne, parce que le médecin avait déclaré que sa santé s'en trouverait mieux de jour en jour.

William devait aller à la rencontre de Madeleine, car il était au collége dans une ville de la Nouvelle-Angleterre, c'est-à-dire plus près de New-York que sa sœur. On convint donc que La-

faine mènerait Madeleine en voiture jusqu'à une
certaine ville où William devait se trouver.

Lorsque Riquet entendit parler de ce projet, il
demanda avec instance qu'on lui permît de faire
le voyage. Lafaine ayant dit qu'il n'y voyait pas
d'objection, Riquet pria sa mère de le laisser aller. Elle lui répondit qu'elle craignait que ce ne
fût bien cher; mais, ajouta-t-elle, tu peux aller
trouver Lafaine et calculer avec lui ce que coûtera ton voyage.

Il alla donc faire son compte et revint dire que
Lafaine pensait que ses dépenses s'élèveraient à
trois francs cinquante centimes par jour, et que,
comme il serait trois jours en route, il faudrait
lui donner dix francs cinquante centimes.

Madame Henry dit que c'était beaucoup d'argent à dépenser pour une excursion de petit garçon, mais que, cependant, c'était moins qu'elle
n'avait cru. Elle lui demanda ensuite s'il préférerait faire le voyage, ou bien avoir les dix francs
cinquante centimes pour acheter des joujoux.

Riquet réfléchit longtemps avant de répondre,
car il pensait à tout ce qu'il pourrait acheter avec
cette somme : enfin, il se décida en faveur de l'excursion. Sa mère lui dit alors qu'il pouvait la
faire, s'il voulait.

Il fut enchanté de cette permission et se rendit en toute hâte dans la cour, afin de consulter Lafaine sur les arrangements à prendre pour le voyage.

Lafaine comptait voyager dans une voiture à deux chevaux et à quatre places, derrière laquelle il y avait une planche mobile pour mettre les malles. Riquet le trouva qui s'apprêtait à dévisser cette planche.

Il l'ôtait, parce que Madeleine ne prenait avec elle que peu de bagages; elle laissait à la campagne la plus grande partie de sa garde-robe, ses joujoux, et ses livres, car elle pouvait se procurer chez son père tout ce qu'il lui fallait. Lafaine savait donc qu'un sac de nuit contiendrait toutes ses affaires, et il pensait le loger sous le siége de la voiture.

— Ma mère dit que je puis aller avec vous, dit Riquet à Lafaine, et je veux maintenant vous demander quelque chose.

— Quoi donc?

— Promettez-moi que vous me l'accorderez? dit Riquet.

— Oui, si c'est quelque chose de raisonnable, répondit Lafaine.

Riquet lui expliqua alors qu'il avait bien envie qu'on le chargeât de diriger l'expédition; il priait Lafaine de s'asssoir au fond de la voiture comme

un voyageur et de lui céder sa place sur le siége,
à côté de Madeleine, pour qu'il pût conduire. Il
voulait aussi que, quand ils auraient à s'arrêter
dans des auberges, Lafaine allât se reposer, pendant que lui, Riquet, s'occuperait de faire soigner
les chevaux et de commander le dîner. De plus, il
fallait lui laisser régler tous les comptes.

Il ajouta que Lafaine pourrait venir à son aide
en cas d'accident ou de grandes difficultés, mais
qu'autrement il devrait voyager comme un *monsieur*, et lui laisser diriger l'expédition à sa guise.

Lafaine se demanda tout d'abord s'il était sage
de faire cet arrangement; il avait bien promis à Riquet de lui accorder sa demande si elle était raisonnable, mais il doutait qu'elle le fût. Enfin,
après un peu d'hésitation, il lui offrit de tout remettre entre ses mains, à condition qu'aux trois
premières fautes graves que ferait Riquet en dirigeant l'expédition, lui, Lafaine, reprendrait ses
pouvoirs et sa place sur le siége. Tout en faisant
cet arrangement, Lafaine ôtait la planche à bagage. Or, dès que Riquet eut plein pouvoir, il lui
ordonna de revisser la planche; quoique le bagage
ne se composât que d'un sac de nuit, il tenait à
le mettre derrière la voiture. Il croyait que cela
leur donnerait l'apparence de vrais voyageurs
qui font un long voyage. Lafaine ne fit pas d'ob-

jection ; il revissa solidement la planche et apporta une lanière de cuir, qu'il posa dessus pour assujettir le bagage, quand on l'y placerait.

Riquet recommanda à Lafaine d'avoir les chevaux attelés à huit heures du matin le lendemain, car c'était l'heure qu'il avait fixée pour le départ; puis il alla chercher une carte du pays pour voir jusqu'où il irait le premier jour. Il raconta à sa mère les conditions qu'il avait faites avec Lafaine et elle ne trouva rien à y redire.

Riquet proposa à Madeleine de ne pas s'arrêter à une auberge pour dîner, mais de camper en plein air, comme ils l'avaient fait l'été précédent, quand ils étaient allés à la recherche de Carlo. Madeleine fut de cet avis, et il se mit à penser aux provisions à emporter. Il se décida à prendre du pâté, une tourte aux pommes, un gâteau, trois oranges, trois pommes et une cruche de lait. Sa mère promit de lui préparer tout cela pour le lendemain matin, et les enfants examinèrent la voiture, pour voir où ils mettraient leur panier à provisions.

Le siége de derrière qui, lorsqu'on en ôtait les coussins, formait un coffre, était un très-bon endroit; mais malheureusement le panier ne pouvait y entrer. Riquet dit qu'il fallait y mettre la cruche à lait.

— Nous l'entourerons de foin, dit-il, afin qu'elle ne se casse pas.

Ils allèrent à la grange, Riquet grimpa à l'échelle, et, choisissant du foin bien doux, il le jeta à sa cousine, qui le ramassa au fur et à mesure qu'il tombait à terre. Ils remplirent de foin le coffre, tout en ayant soin de laisser de la place pour la cruche, puis ils remirent les coussins sur le siége. Quant au panier à provisions, ils comptaient le glisser sous le siége de devant.

Lorsque toutes ces questions furent résolues, Riquet regarda la planche derrière la voiture et se mit à regretter de n'avoir pas une malle à y mettre au lieu d'un sac de nuit, ce qui était, disait-il, un fort mince bagage pour trois voyageurs, parmi lesquels se trouvait une dame. Il demanda à sa cousine si elle ne pourrait pas emballer ses effets dans une malle.

— Oui, dit Madeleine, si ma tante peut m'en prêter une.

— Nous mettrons mon gros paletot dans le sac de nuit, dit Riquet, et si cela ne suffit pas, nous pourrons le remplir de foin.

Madame Henry voulut bien leur prêter une malle, et elle les mena en choisir une dans le grenier. Ils virent qu'elles étaient presque toutes énormes, mais madame Henry en découvrit une qui lui sembla très-convenable, et elle dit aux enfants de la porter sur le palier et de la faire descendre par Louise dans la chambre de Madeleine.

Riquet et sa cousine virent en la soulevant qu'elle n'était pas lourde et ils se décidèrent à la descendre eux-mêmes. Riquet aida Madeleine à ôter ses effets du sac de nuit pour les mettre dans la malle, qu'il voulut absolument fermer à clef, quoique sa cousine l'avertît qu'on aurait à l'ouvrir le lendemain matin, pour y placer d'autres vêtements. Mais malgré tout ce qu'elle put lui dire, il la ferma avec soin, et en lui en donnant la clef, il lui recommanda de ne pas l'oublier, parce qu'il était sûr que, si elle venait à être perdue, cela compterait comme une de ses trois fautes graves.

Le lendemain, Louise ouvrit la malle pour y emballer les autres vêtements de Madeleine, puis elle la referma et lui en rendit la clef. Riquet vint s'assurer que tout allait bien, et, prenant la malle par un bout, il la descendit avec Louise et la plaça dans le vestibule, afin que, dès que la voiture viendrait, on pût la charger.

Cela fait, Riquet ne songea plus à la malle, mais se mit à empaqueter ses provisions de bouche dans un panier carré, sans couvercle et

sans anse, que madame Henry lui avait donné et
qui pouvait se placer sous le siége de la voiture.
Quand le panier fut casé, Riquet se demanda
de quoi on pourrait avoir besoin en voyage; car
il craignait d'oublier quelque chose d'important,
ce qui compterait comme une de ses trois fautes.
Il se procura un petit sac d'avoine pour le cheva
et il le mit sous le siége à côté du panier; il plaça
la cruche à lait au milieu du coffre, en ayant soin
de l'entourer de beaucoup de foin, afin qu'elle
fût bien en sûreté; puis il alla demander à sa
mère de l'argent pour payer les dépenses du
voyage. Elle lui confia un petit portefeuille contenant 125 francs, et il le mit dans sa poche. Madame Henry pensait que le voyage coûterait pour
eux trois à peu près 50 francs, mais elle donna
plus que le strict nécessaire, afin qu'en cas d'accident ils ne fussent pas pris au dépourvu.

Riquet, s'étant même muni de livres, pour
que Madeleine pût lire en route, crut qu'il avait
songé à tout.

A déjeuner, il n'eut pas faim, car il était très-
excité par les préparatifs du départ et par le
plaisir qu'il se promettait de ce voyage. Après le
déjeuner, il alla dans la cour où il trouva les chevaux attelés, et Lafaine se tenant debout à côté
d'eux, d'un air tout à fait tranquille et indifférent,

comme s'il n'avait rien à faire et qu'il n'eût aucune responsabilité. Riquet examina le harnachement pour voir si tout était en règle, et dit à Lafaine d'aller s'asseoir au fond de la voiture.
Ensuite, il fit ses adieux à tout le monde et aida
Madeleine à grimper sur le siége de devant ; puis
il se plaça à côté d'elle, et, faisant un signe de
tête affectueux à ceux qui étaient réunis dans la
cour pour les voir partir, il prit les rênes et se
dirigea vers la grille.

Quand il arriva sur la route, il aperçut une
voiture de roulage très-chargée qui était traînée
par quatre chevaux. Elle se trouvait à quelque
distance derrière lui, mais elle allait dans la
même direction, et lorsque Lafaine la vit, il pria
Riquet d'arrêter afin qu'il pût dire un mot au
voiturier. Lafaine descendit donc pour parler à
cet homme. Quand il revint, quelques instants
après, Riquet lui demanda ce qu'il avait eu à lui
dire. Lafaine lui répondit qu'il avait parlé au voiturier d'un petit transport qu'il avait à lui faire faire.

— Maintenant que nous sommes en route, Lafaine, dites, n'ai-je pas bien mené mon affaire ?
s'écria Riquet.

— Très-bien, lui répondit Lafaine.

Quand les enfants eurent fait un peu plus d'un
quart de lieue ils virent de loin, groupées à l'ombre

d'un arbre, des jeunes filles qui tenaient chacune à la main un bouquet. En s'approchant, Madeleine reconnut que c'étaient ses petites amies qui, conduites par Mary Bell, s'étaient placées sur son chemin pour lui dire adieu et pour lui offrir des fleurs.

Riquet arrêta la voiture et les petites filles grimpèrent dedans pour embrasser Madeleine, pour lui dire adieu, et pour lui donner leurs bouquets, qui étaient si nombreux que tout d'abord elle ne sut où les mettre. Mais Mary Bell vint à son aide ; elle épingla les bouquets à l'intérieur de la voiture. Comme ils étaient composés de belles fleurs d'automne, ils firent, ainsi arrangés, un effet charmant. Quand tout fut prêt, Madeleine dit adieu à Mary Bell et à ses autres amies, qui lui recommandèrent de revenir bientôt, et on se remit en route.

La course en voiture fut très-agréable ; ils eurent toutes sortes d'aventures que nous ne raconterons pas en détail. Les enfants s'amusèrent beaucoup pendant tout le voyage et rien ne vint troubler leur bonheur, si ce n'est qu'en montant à pied une côte Riquet découvrit, à son grand effroi, qu'il n'y avait pas de malle sur la planche derrière la voiture. Il s'écria d'un ton de surprise extrême :

— Dites donc, Lafaine! nous avons perdu notre malle.

— Vraiment! dit celui-ci, qui était assis bien à son aise au fond de la voiture et qui sembla faire peu d'attention à cette nouvelle, car il ne se retourna même pas pour répondre.

Riquet courut en avant et cria à Madeleine d'arrêter les chevaux, puis, d'un air inquiet et excité, il demanda à Lafaine ce qu'ils allaient faire.

— Je n'en sais rien, répondit paresseusement Lafaine, moi je ne suis qu'un voyageur.

— Si nous revenions sur nos pas, dit Riquet, nous retrouverions peut-être la malle sur la route? Quand a-t-elle pu tomber?

— Peut-être que des voleurs l'ont prise, lui suggéra Lafaine.

— Oh! ce n'est pas probable, répondit Riquet.

— Pourquoi donc? C'est tout aussi probable que de croire qu'elle est tombée, si vous avez bien serré la courroie, dit Lafaine.

— Ce n'est pas moi qui ai mis la courroie, c'est vous, s'écria Riquet.

— Moi! dit Lafaine.

— Oui, reprit Riquet; du moins je le crois, puis il s'arrêta un moment et essaya de se rappeler si, bien sûr, on avait pris la malle. Il finit par se dire qu'on avait dû l'oublier à la maison ; cependant il était encore bien inquiet.

— Qu'est-ce que je vais faire ? dit-il à Lafaine. Vous aviez promis de m'aider en cas de grande difficulté ; c'est bien le moment, il me semble.

— Eh bien ! répondit Lafaine, je vais vous venir en aide. D'abord, je vous conseille de ne pas trop vous tourmenter, car vous avez fait de votre mieux pour que tout allât bien. Vous vous êtes occupé avec soin du départ, vous y avez donné toutes vos pensées, et si, parmi les nombreuses choses qu'il fallait vous rappeler, il vous en est échappé une, cela peut se comprendre. C'est la première fois que vous êtes chargé d'une pareille besogne et vous vous en êtes très-bien acquitté, car, après tout, avoir oublié la malle n'est pas un grand malheur.

Riquet, en l'entendant, commença à se consoler un peu, mais il semblait encore inquiet, car il demanda de nouveau à Lafaine ce qu'il fallait faire.

— Vous pouvez faire trois choses, répondit celui-ci. Premièrement, vous pouvez retourner sur vos pas chercher la malle ; deuxièmement, vous pouvez vous en passer ; et troisièmement, vous pouvez me charger de cette affaire et ne plus vous en tourmenter.

— C'est ce que je veux faire, dit Riquet.

— Seulement, continua Lafaine, cet oubli de la malle comptera comme une de vos trois fautes.

— Bon, dit Riquet ; j'y consens.

— Alors c'est entendu; continuons notre route, dit Lafaine.

Ils continuèrent donc leur chemin et Riquet ne pensa plus à sa malle perdue ; il conduisit les chevaux et s'amusa beaucoup jusqu'à midi, où il s'arrêta de lui-même pour camper auprès d'un ruisseau, dans un très-joli endroit entouré de rochers fort pittoresques.

Ils prenaient leur repas, lorsqu'ils entendirent du bruit sur la route ; bientôt ils virent paraître la voiture de roulage qu'ils avaient rencontrée au moment de leur départ. Le voiturier fit en passant un signe de tête à Lafaine, qui lui demanda :

— Tout va bien?

— Tout va bien, répéta l'autre.

Riquet demanda ce que signifiait ce dialogue entre le voiturier et Lafaine, mais celui-ci ne voulut pas s'expliquer là-dessus; au contraire, il prit un air mystérieux pour faire croire qu'il était question d'une affaire importante entre lui et cet homme.

— Je crois vraiment que vous parliez de la malle, n'est-ce pas, Lafaine ? dit Riquet.

— Ah ! tout est découvert, s'écria Lafaine.

Puis il avoua que le voiturier avait la malle. En partant, Lafaine avait remarqué que Riquet l'oubliait et plus tard il avait chargé tout bas cet homme d'aller la prendre.

Ce fut la seule faute que fit Riquet, car il mena l'expédition jusqu'au bout d'une manière très-satisfaisante. Après avoir remis Madeleine saine et sauve entre les mains de son frère William, qui se trouva exact au rendez-vous, il ramena Lafaine à la maison.

FIN.

TABLE DES MATIÈRES

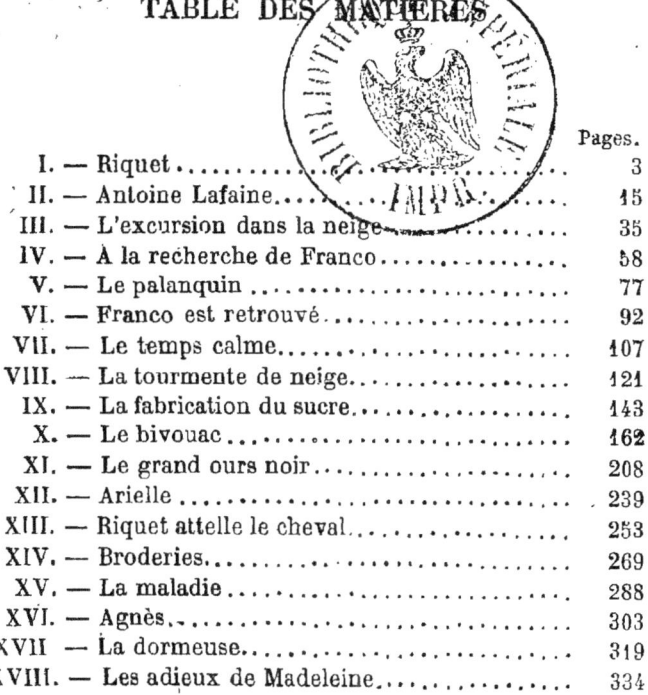

FIN DE LA TABLE.

Imprimé par Charles Noblet, rue Soufflot, 18.

CATALOGUE

DE

J. HETZEL & CIE

ÉDITEURS

BIBLIOTHÈQUE D'ÉDUCATION ET DE RÉCRÉATION
A L'USAGE DE L'ENFANCE, DE LA JEUNESSE, DES INSTITUTIONS
DE JEUNES GENS ET DE JEUNES FILLES. — BIBLIOTHÈQUES
PUBLIQUES, SCOLAIRES ET POPULAIRES. — LIVRES DE PRIX.
LIVRES D'ÉTRENNES.

Poésie — *Romans* — *Voyages* — *Histoire*
Sciences & Arts

ŒUVRES COMPLÈTES

VICTOR HUGO	JULES VERNE
JEAN MACÉ	P.-J. STAHL
GUSTAVE DROZ	ERCKMANN-CHATRIAN

72 fr.

MAGASIN D'ÉDUCATION
Collection complète.

12 vol.

PARIS

18, RUE JACOB, 18

Envoi *franco* contre mandat pour toute demande de 25 fr.

AUX PÈRES ET AUX MÈRES DE FAMILLE

AUX PROVISEURS, PROFESSEURS, INSTITUTRICES.

Notre *Bibliothèque d'Éducation et de Récréation*, annexe et complément de notre *Magasin d'éducation* (seul recueil à l'usage de la jeunesse qui ait été couronné par l'Académie), a pour but de donner aux professeurs, aux institutrices, aux mères, à l'enfant, à la jeune fille et au jeune homme, dans le collège, dans la pension et dans la famille, les livres complémentaires de l'instruction publique. Elle doit venir en aide au professeur, à l'institutrice, à la mère et à l'élève pour suppléer aux lacunes inévitables de l'enseignement collectif et oral. Bon nombre de nos livres sont rapidement devenus classiques ; la plupart sont excellents, et nous avons la ferme conviction qu'ils peuvent aider à renouveler le programme des livres un peu surannés et très-dépassés qu'on met depuis trop longtemps aux mains de la jeunesse. Leur succès auprès des directeurs de l'enseignement public et des parents, le choix qui en est fait tous les ans pour les distributions de prix et les bibliothèques populaires et autres par le ministère de l'Instruction publique, par l'Hôtel-de-ville, par les proviseurs, par les maîtres de pension, par les directeurs de bibliothèques, a dû nous confirmer dans l'idée que nous avons de leur agrément et de leur incontestable utilité.

J. HETZEL ET Cie.

AVIS. — Une nouvelle souscription sera ouverte prochainement pour la publication des ouvrages illustrés suivants :

VICTOR HUGO, JULES VERNE, ERCKMANN-CHATRIAN
LES ANIMAUX PEINTS PAR EUX-MÊMES
LE DIABLE A PARIS
LE RENARD — LES FABLES DE LA FONTAINE
LES ŒUVRES DE MOLIÈRE — DON QUICHOTTE
GIL BLAS — L'ESPRIT DES BÊTES
GÉOGRAPHIE ILLUSTRÉE DE LA FRANCE

en séries à **50 CENTIMES**,
sous une couverture imprimée et illustré.

**Les ouvrages illustrés précédés d'un (*)
ont estampillés pour le colportage.**

ÉDITIONS POPULAIRES ILLUSTRÉES

| ŒUVRES
complètes :
35 fr. 50
BROCHÉES. | **VICTOR HUGO**
(ŒUVRES COMPLÈTES) | ŒUVRES
complètes :
48 fr. 50
CARTONNÉES. |

ROMANS ILLUSTRÉS

158 DESSINS DE BRION, GAVARNI, BEAUCÉ ET RIOU.

* NOTRE-DAME DE PARIS.......	34 livr. réunies en un vol. de	3 50
* HAN D'ISLANDE..............	24 .... —	2 50
BUG-JARGAL	11 .... —	1 20
* DERNIER JOUR D'UN CONDAMNÉ	} 9 .... —	1 »
* CLAUDE GUEUX..............		

Réunis en un volume grand in-8°
Broché, 8 fr.; toile, tr. dor., 10 fr.; relié, tr. dor., 12 fr.

LES MISÉRABLES

202 DESSINS PAR BRION.

| 100 Livraisons, chacune de 8 pages, illustrée de 2 gravures, à 10 cent. 10 Séries brochées, | Chacune comprenant 10 livraisons, soit 80 pages de texte avec 20 gravures, à 1 fr. 10 cent. |

L'OUVRAGE COMPLET :
Broché, 10 fr.; toile, tr. d., 15 fr.; relié tr. d., 15 fr.

LES TRAVAILLEURS DE LA MER

70 DESSINS PAR CHIFFLART.

L'ouvrage complet, broché; 3 fr. 50; cart. toile, 5 fr. 50.

THÉATRE ILLUSTRÉ

119 DESSINS PAR BEAUCÉ, C. NANTEUIL ET RIOU.

* CROMWELL	16 liv. réun. en une série de	1 65
RUY BLAS	6 .... —	» 65
MARION DELORME.............	6 .... —	» 65
* HERNANI...................	6 .... —	» 65
MARIE TUDOR. — LA ESMERALDA.	6 .... —	» 65
LE ROI S'AMUSE..............	6 .... —	» 65
* ANGELO....................	6 .... —	» 65
* LES BURGRAVES.............	6 .... —	» 65
LUCRÈCE BORGIA..............	4 .... —	» 45

Réunis en un volume grand in-8°
Broché, 6 fr.; toile, tr. dor., 8 fr.; relié, tr. dor., 10 fr.

ÉDITIONS POPULAIRES ILLUSTRÉES.
VICTOR HUGO
(ŒUVRES COMPLÈTES. — SUITE.)

POÉSIES ILLUSTRÉES

* ODES ET BALLADES.......... 14 liv. réunies en une série 1 50
* VOIX INTÉRIEURES............ } 10 .... — 1 10
LES RAYONS ET LES OMBRES....
* LES ORIENTALES............ 6 .... — .... » 65
* LES FEUILLES D'AUTOMNE..... } 10 .... — 1 10
LES CHANTS DU CRÉPUSCULE....

Quatre séries réunies en un volume contenant 77 dessins
Broché, 4 fr ; cart. toile, tr. dor., 6 fr.; relié, tr. dor., 8 fr.

Pour paraître successivement :

LES CONTEMPLATIONS. — LA LÉGENDE DES SIÈCLES.
LES CHANSONS DES RUES ET DES BOIS.

LE RHIN
120 DESSINS PAR BEAUCÉ ET LANCELOT.
Un volume grand in-8° très-illustré
Broché, 4 fr.; toile, tr. dor., 6 fr.; relié, tr. dor., 8 fr.

ŒUVRE POÉTIQUE ELZEVIRIENNE
FORMANT 10 VOLUMES IN-18 RAISIN
57 fr. 50 Édition elzévirienne sur papiervergé de Hollande. **57 fr. 50**

DESSINS ET ORNEMENTS PAR E. FROMENT
Chaque volume se vend séparément :

ODES ET BALLADES. 1 vol........................ 7 fr. 50
ORIENTALES. 1 vol.............................. 4 fr. »
FEUILLES D'AUTOMNE. 1 vol...................... 4 fr. »
CHANTS DU CRÉPUSCULE. 1 vol.................... 4 fr. »
VOIX INTÉRIEURES. 1 vol........................ 4 fr. »
RAYONS ET OMBRES. 1 vol........................ 4 fr. »
CONTEMPLATIONS. 2 vol. à 7 fr. 50.............. 15 fr. »
LA LÉGENDE DES SIÈCLES. 1 vol................. 7 fr. 50
LES CHANSONS DES RUES ET DES BOIS, 1 vol...... 7 fr. 50

Les 10 volumes : 57 fr. 50. — Sur chine : 115 fr.

SOUS PRESSE : THÉATRE ELZEVIRIEN COMPLET

JULES VERNE

(ŒUVRES COMPLÈTES)

ŒUVRES COMPLÈTES
parues :

32 fr. 50

BROCHÉES.

ŒUVRES COMPLÈTES
parues :

43 fr. 50

CARTONNÉES.

VOYAGES EXTRAORDINAIRES

TRÈS-BELLE ÉDITION POPULAIRE ILLUSTRÉE

publiée

| Par livraisons de 8 pages de texte et 2 gravures, à 10 c. | Par séries de 10 livraisons, à 1 fr. 10 c. |

* **LES AVENTURES DU CAPITAINE HATTE-
RAS** (LES ANGLAIS AU PÔLE NORD et LE DÉSERT DE GLACE),
illustrées de 261 dessins et vignettes par RIOU. 1 vol. gr.
in-8°, relié, tr. dorées, 10 fr.; cart. toile, tr. dorées, 8 fr.;
broché....................................... . ... 6 fr.

Il n'y a pas à faire l'éloge des ouvrages si originaux, si remarquables à tous les titres, de M. Verne, arrivé presque dès ses débuts
à une célébrité plus qu'européenne. Les *Aventures du capitaine
Hatteras* font connaître, à travers les péripéties du plus dramatique
récit, toutes les données ainsi que les hypothèses de la science sur
la nature et les phénomènes des contrées hyperboréales.

* **VOYAGE AU CENTRE DE LA TERRE,** illustré
de 56 dessins par RIOU. 1 vol. in-8°, toile, tr. dorées, 5 fr.;
broché... 3 fr.

Tout ce qu'on sait ou qu'on est en droit de supposer sur la consti-
tution intime de notre globe, se trouve, pour ainsi dire, vérifié dans
ce livre, dont la lecture serait d'ailleurs des plus attrayantes, ne fût-il
qu'une œuvre de pure imagination.

* **CINQ SEMAINES EN BALLON,** illustrées de 80 dessins et vignettes par RIOU. 1 vol. in-8°, toile, tr. dor.,
5 fr. 50 ; broché.................................... 3 50

L'ouvrage de début de l'auteur, qui dès lors s'annonçait comme
un maître dans ce merveilleux et émouvant tableau, déroulé par
lui aux yeux du lecteur, de toutes les contrées intérieures du vaste
continent africain, dont les mystères, dont la vie étaient restés jusqu'à notre époque parmi les *desiderata* de la science.

Cinq semaines en ballon et le *Voyage au centre de la terre* se
vendent aussi réunis en un volume relié, tranches dorées, 10 fr.;
toile, tr. dorées, 8 fr.; broché....·.................................. 6 fr.

JULES VERNE

(ŒUVRES COMPLÈTES. — SUITE.)

* LES ENFANTS DU CAPITAINE GRANT (Voyage autour du Monde), 177 dessins de Riou. 1 vol. grand in-8°, relié, tr. dor., 12 fr.; toile, tr. dorées, 10 fr.; broché.   8 fr.

A l'intérêt scientifique se joint, dans ce livre, celui qui est excité par une action fondée sur les plus nobles sentiments d'amour filial et de dévouement à l'humanité. Pour tous les ouvrages de M. Verne, le savant, le conteur et l'écrivain sont au même niveau.

DE LA TERRE A LA LUNE, 43 dessins par de Montaut. 1 vol. grand in-8°, toile, tr. dorées, 4 fr. 50; broché.   2 50

Œuvre pleine de gaîté et d'humour qui est en même temps un livre de science positive irréprochable. Rien de plus attachant que l'histoire de tous ces préparatifs pour une visite à notre satellite, à travers lesquels on se trouve initié à tout l'ensemble de ses rapports avec notre globe, rien de plus curieux que le récit du retour des voyageurs présenté dans la seconde partie *Autour de la lune*.

EN COURS DE PUBLICATION :

VINGT MILLE LIEUES SOUS LES MERS. 111 dessins par de Neuville. 1 vol. grand in-8, relié, doré, 10 fr.; toile, tr. dorées, 8 fr.; broché..................   6 fr.

EN PRÉPARATION :

AUTOUR DE LA LUNE. 43 dessins par de Neuville et Bayard. 1 vol. gr. in-8, toile, tr. dor., 4 fr. 50; broché.   2 50

De la terre à la lune et *Autour de la lune* réunis en 1 vol. relié, tr. dorées, 9 fr.; toile, tr. dorées, 7 fr.; broché..................   5 fr.

Ces deux derniers ouvrages, une fois parus, porteront le prix de l'*OEuvre complète* à
41 fr. brochée, **56** fr. cartonnée.

Les Voyages Extraordinaires *sont publiés aussi en 10 volumes in-18 à 3 fr. chacun.* — *Voir page 22.*

JULES VERNE et THÉOPHILE LAVALLÉE.

* GÉOGRAPHIE ILLUSTRÉE DE LA FRANCE ET DES COLONIES. 108 gravures par Clerget et Riou, et 100 cartes par Constans et Sédille. 1 vol. grand in-8°, relié, tr. dor., 15 fr.; cart. toile, tr. dor., 13 fr.; broché...   10 fr.

Ce livre a été donné comme prix d'excellence dans les grands centres d'instruction. C'est la plus nouvelle, la plus claire, la plus richement illustrée et la moins chère, dans ses conditions, des géographies de la France.

ERCKMANN-CHATRIAN

ŒUVRES COMPLÈTES parues :	OEUVRES COMPLÈTES	ŒUVRES COMPLÈTES parues :
20 fr. **50**	ROMANS NATIONAUX	**26** fr. **50**
· BROCHÉES.	Illustrés par TH. SCHULER, RIOU et FUCHS.	CARTONNÉES.

* LE CONSCRIT DE 1813.........	12 liv. réun. en une série de	1 25
* MADAME THÉRÈSE.............	11 .... —	1 15
* L'INVASION....................	13 .... —	1 35
* WATERLOO....................	15 .... —	1 55
* L'HOMME DU PEUPLE.........	15 .... —	1 50
* LA GUERRE...................	12 .... —	1 20
* LE BLOCUS...................	13 .... —	1 35

Un très-beau volume grand in-8° illustré de 182 dessins.

Broché, 9 fr.; toile, tr. dor., 11 fr.; relié, tr. dor., 13 fr.

CONTES ET ROMANS POPULAIRES

Illustrés par BAYARD, BENETT, GLUCK et TH. SCHULER.

* MAITRE DANIEL ROCK..........	10 liv. réun. en une série de	1 05
* L'ILLUSTRE DOCTEUR MATHÉUS..	10 .... —	1 10
* HUGUES LE LOUP......	11 .... —	1 15
* CONTES DES BORDS DU RHIN...	10 .... —	1 10
* JOUEUR DE CLARINETTE.........	13 .... —	1 35
* MAISON FORESTIÈRE...........	9 .... —	1 »
* L'AMI FRITZ.................	12 .... —	1 25
* LE JUIF POLONAIS............	10 .... —	1 05

Un très beau volume grand in-8° illustré de 171 dessins.

Broché, 8 fr. 50; toile, tr. d., 10 fr. 50; relié, tr. d., 12 fr. 50.

---

* HISTOIRE D'UN PAYSAN

LA RÉVOLUTION FRANÇAISE RACONTÉE PAR UN PAYSAN. — Illustrations de THÉOPHILE SCHULER. Les 3 premières séries ont paru; prix : 3 fr. 20. — *En cours de publication* : les 3 dernières séries. L'ouvrage complet illustré coûtera en 1 vol. broché, 6 fr. — *L'Histoire d'un Paysan aura paru complète illustrée en juillet 1870.*

Le prix de l'œuvre complète illustrée d'ERCKMANN-CHATRIAN sera, avec *l'Histoire d'un Paysan,* de **23** fr. **50** broc. et de **29** fr. **50** cart.

Les œuvres d'ERCKMANN-CHATRIAN sont publiées aussi en 18 vol. in-18 à 3 fr. chacun. — *Voir page 24.*

GAVARNI-GRANDVILLE.

LE DIABLE A PARIS, *Paris à la plume et au crayon.* 1,508 dessins, dont 600 grandes scènes et types avec légendes de GAVARNI et 908 dessins par GRANDVILLE, BERTALL, CHAM, DANTAN, etc.; texte par BALZAC, ALFRED DE MUSSET, VICTOR HUGO, GEORGE SAND, STAHL, BARBIER, SUE, LAPRADE, SOULIÉ, NODIER, GOZLAN, GUSTAVE DROZ, ROCHEFORT, VILLEMOT, Mme DE GIRARDIN, etc. L'ouvrage complet forme 4 beaux volumes grand in-8°. Reliés 1/2 chagrin, 44 fr.; toile, tranches dorées, 38 fr.; brochés......................... 30 fr.

 Prix de chaque volume: relié, tranches dorées, 11 fr.; toile, tranches dorées, 9 fr. 50; broché................. 7 fr. 50

Les 4 volumes du *Diable à Paris* contiennent la plus grande accumulation de petits chefs-d'œuvre, soit comme texte, soit comme dessins, qui ait jamais été réunie dans une œuvre littéraire. L'inouï bon marché de ce trésor défie toute comparaison.

GRANDVILLE.

* LES ANIMAUX PEINTS PAR EUX-MÊMES, scènes de la vie privée et publique des animaux, sous la direction de P.-J. STAHL, avec la collaboration de BALZAC, GUSTAVE DROZ, BENJAMIN FRANKLIN, JULES JANIN, ÉDOUARD LEMOINE, ALFRED DE MUSSET, PAUL DE MUSSET, CHARLES NODIER, GEORGE SAND, P.-J. STAHL. 1 vol. grand in-8°, contenant 320 dessins. Relié, tranches dorées, 12 fr.; cartonné toile, tranches dorées, 10 fr.; broché......................... 8 fr.

Le vrai chef-d'œuvre de Grandville et livre unique au point de vue littéraire.

GŒTHE (KAULBACH).

LE RENARD, traduit par E. GRENIER, illustré de 60 belles compositions par KAULBACH. 1 vol. gr. in-8°. Relié, tranches dorées, 10 fr.; toile, tranches dorées, 8 fr.; broché........ 6 fr.

 Le même ouvrage, en édition populaire gr. in-8°. Toile, tranches dorées, 3 fr. 50; broché......................... 2 fr

Excellente traduction d'un des ouvrages les plus curieux du grand poëte et philosophe allemand. On sait que le poëme de Gœthe est inspiré d'une épopée satirique du moyen âge. Il a su y conserver tous les traits heureux de l'original, en y ajoutant cette empreinte du génie et cette perfection de forme qui donnent à une œuvre une vitalité indéfinie. Celle-ci restera dans tous les temps et dans toutes les langues.

TOUSSENEL (A.).

L'ESPRIT DES BÊTES, 85 dessins par BAYARD. 1 volume grand
in-8°, relié, tranches dor., 8 fr.; toile, tr. dor., 6 fr.; br. 4 fr.

Ce livre est unique en son genre; accepté par les savants comme
une œuvre scientifique de haute portée, il restera, en outre, comme
un des spécimens les plus rares de l'esprit français. Les illustrations
de Bayard sont dignes du texte.

FABLES DE LA FONTAINE (édit. EUGÈNE LAMBERT).

FABLES , précédées d'une notice sur sa vie et son œuvre, par
A. MOREL. 115 grandes illustrations par EUGÈNE LAMBERT.
1 beau vol. gr. in-8, relié, demi-chagrin, tranches dorées,
15 fr.; toile, doré sur tranches, 13 fr., broché........... 10 fr.

M. Eugène Lambert, un de nos peintres d'animaux les plus goûtés
du public, a illustré de 115 grandes compositions cette nouvelle
édition d'un livre qu'on a appelé à juste titre le classique
de tous les âges.

MOLIÈRE (édition TONY JOHANNOT et SAINTE-BEUVE).

ŒUVRES, précédées d'une notice sur sa vie et ses ouvrages,
par SAINTE-BEUVE. 630 vignettes de TONY JOHANNOT. 1 vol.
gr. in-8, relié, tranches dorées, 15 fr.; toile, tranches dorées, 13 fr.; broché................................. 10 fr.

La Notice de Sainte-Beuve placée en tête de cette célèbre édition
est presque le dernier travail du célèbre critique. Les 630 vignettes
de Tony Johannot dont elle est enrichie sont, avec l'illustration du
Don Quichotte et du Voyage où il vous plaira, les chefs-d'œuvre
de cet éminent et gracieux talent. Partout, dans ces admirables
dessins, ce sont les conceptions mêmes de notre grand comique qui
prennent forme et s'animent devant les yeux.

EN COURS DE PUBLICATION :

DON QUICHOTTE (TONY JOHANNOT, L. BIART et MÉRIMÉE).

Par CERVANTES, traduction entièrement nouvelle de LUCIEN BIART,
notice par MÉRIMÉE. Magnifique édition ornée de 750 dessins par
TONY JOHANNOT. 1 vol. grand in-8, par séries de 50 centimes.

EN PRÉPARATION :

GIL BLAS ET LAZARILLE (MEISSONIER, GIGOUX et NODIER).

Par LESAGE, magnifique édition suivie de LAZARILLE DE TORMÈS,
ornée de 620 dessins par MEISSONIER et GIGOUX, 1 vol. grand in-8.
50 cent. la série.

1.

SEUL JOURNAL POUR LA JEUNESSE
COURONNÉ
PAR L'ACADÉMIE FRANÇAISE.

Collection complète :
12 vol. **72** fr.

MAGASIN

Collection complète :
12 vol. **72** fr.

D'ÉDUCATION ET DE RÉCRÉATION

ILLUSTRÉ

Journal de toute la famille

Encyclopédie morale
de l'Enfance et de la Jeunesse.

PARIS :
12 fr.

DIRECTEURS

DÉP^{ts} :
14 fr.

JEAN MACÉ — P.-J. STAHL — JULES VERNE

Il paraît une livraison de 32 pages tous les quinze jours, depuis le
20 mars 1864 ; soit un beau volume album tous les six mois.

*Les 12 volumes parus contiennent 20 grands ouvrages, 190 contes et
articles divers et environ 2,160 gravures de nos premiers artistes.*

Abonnement annuel : Paris, 12 fr., Dép^{ts}, 14 fr.

Les abonnements partent du 20 mars ou du 20 septembre
de chaque année.

Volume broché, 6 fr. ; cartonné toile, tranches dorées, 8 fr.

LA COLLECTION COMPLÈTE, 12 VOL. BROCHÉS : 72 FR.

Cartonnés toile, tr. dorées : **96** fr. ; reliés, tr. dorées : **120** fr.

GUSTAVE DORÉ   LES   **40 GR. DESSINS.**

CONTES DE PERRAULT

SPLENDIDE ÉDITION, PRÉFACE DE P.-J. STAHL
40 planches hors texte

PRIX, EN FEUILLES : 20 FR.

25 fr.   Complet en riche reliure à l'anglaise.   **25 fr.**

25 francs.

PRIX — CADEAUX — ÉTRENNES

BIBLIOTHÈQUE DES FAMILLES

ÉDUCATION
ET RÉCRÉATION

Volumes illustrés in-8° et grand in-8°.

BIART (LUCIEN).

AVENTURES D'UN JEUNE NATURALISTE. 1 beau volume
grand in-8 orné de 156 dessins par BENETT, relié, tranches
dorées, 12 fr.; toile, tranches dorées, 10 fr.; broché...... 8 fr.

Un voyage que tous les enfants seront heureux de pouvoir faire,
en compagnie d'un enfant intelligent, bon et brave, à travers ces
contrées de l'intérieur du Mexique, si peu explorées et si fécondes
en surprises de toute sorte.

BRÉHAT (ALFRED DE).

LES AVENTURES D'UN PETIT PARISIEN. — 1 beau volume
in-8°, illustré par MORIN, relié, tranches dorées, 10 fr.;
toile, tranches dorées, 8 fr.; broché.................... 6 fr.

Aussi amusant que le *Robinson suisse*, instructif, moral et littéraire; beaucoup de variété et de mouvement. Grand succès de
famille; traduit en plusieurs langues.

CAHOURS ET RICHE.

CHIMIE DES DEMOISELLES. 1 vol. in-8° avec figures dans le
texte; relié, tr. dor., 10 fr.; toile, tr. dor., 8 fr.; broché.. 6 fr.

La *Chimie des Demoiselles*, par M. Cahours, membre de l'Institut,
et par M. Riche, professeur agrégé, se compose des leçons faites
avec tant d'éclat par les auteurs à la Sorbonne. La *Chimie des Demoiselles* est aussi la chimie des jeunes gens et des gens du monde,
cela va sans dire; son titre indique seulement qu'elle a été écrite
plus spécialement à l'usage des jeunes personnes. Louer le livre
des deux célèbres professeurs serait superflu.

CHERVILLE (MARQUIS DE).

HISTOIRE D'UN TROP BON CHIEN. 1 vol. in-8°, illustré par
ANDRIEUX, relié, tr. dor., 10 fr.; toile, tr. dor., 8 fr.; broché. 6 fr.

Ce livre aimable, d'un des principaux collaborateurs d'Alexandre
Dumas, justifie le mot de l'illustre conteur : « M. de Cherville n'a
qu'un défaut; il fait si bien qu'il ne me laisse plus rien à faire. »

DESNOYERS (LOUIS).

AVENTURES DE JEAN-PAUL CHOPPART. 1 vol. illustré de
nombreuses vignettes par GIACOMELLI, nouv. édition aug-

meutée de gravures hors texte par CHAM. 1 vol. in-8°. Relié,
tranches dorées, 10 fr.; toile, tranches dorées, 8 fr.; broché   6 fr.

> Livre original, robuste, très-bon et très-amusant pour les enfants
> et excellent pour servir d'antidote aux idées d'indépendance pré-
> maturée, qui travaillent souvent les jeunes têtes. Succès consacré
> et on ne peut plus légitime.

GOLDSMITH.

LE VICAIRE DE WAKEFIELD , traduction de CHARLES
NODIER, illustré de dix belles gravures sur acier par TONY
JOHANNOT. Grand in-8°. Relié, tranches dorées, 10 fr.; toile,
tranches dorées, 8 fr.; broché........................   6 fr.

> Un des rares romans qui peuvent être lus par les jeunes gens et
> les jeunes personnes, non-seulement sans danger, mais avec fruit;
> classique pour le style, en France comme en Angleterre.

GRAMONT (LE COMTE DE).

LES BÉBÉS, poésies de l'enfance, illustrées par OSCAR PLETSCH.
1 vol. in-8°. Relié, tr. dor., 10 fr.; toile, tr. dor., 8 fr.; br.   6 fr.
LES BONS PETITS ENFANTS (volume en prose), vignettes par
LUDWIG RICHTER. 1 vol. in-8°. Relié, tranches dorées, 10 fr.;
toile, tranches dorées, 8 fr.; broché...................   6 fr.

> Ces deux volumes, d'une inspiration morale , aimable et élevée,
> sont ornés de nombreuses vignettes par les deux dessinateurs de
> scènes enfantines les plus en renom de l'autre côté du Rhin, Ludwig
> Richter et Pletsch. Jolis textes ingénieusement variés, d'un style
> pur et élégant.

HUGO (VICTOR).

LES ENFANTS (*le Livre des Mères et des Jeunes Filles*), la
fleur des poésies de Victor Hugo ayant trait à l'enfance,
illustrées par FROMENT. 1 vol. grand in-8°. Relié, tranches dorées, 14 fr.; toile, tr. dorées, 13 fr.; broché.......   10 fr.

> Ce qui est offert aux mères dans ce recueil, c'est le miroir même
> de leur cœur, c'est le trésor amassé de leurs plus vives, comme de
> leurs plus suaves émotions. Amis et adversaires, tous, sans accep-
> tion d'école et de parti, avaient admiré, éparses dans l'ensemble
> des œuvres du poëte, les perles dont a été composé cet écrin. Cha-
> cune, pour ainsi dire, était célèbre pour son compte. Les éditeurs
> de ce livre ont eu raison de penser que, réunies, elles auraient une
> valeur inestimable. Ce recueil est unique en son genre.

A. KÆMPFEN.

LA TASSE A THÉ, 9 gravures hors texte, nombreuses vignettes, par WORMS. 1 vol. in-8°. Relié, tranches dorées, 10 fr.;
toile, tranches dorées, 8 fr.; broché...................   6 fr.

> Ce livre charmant par la délicatesse des sentiments et du style,
> est digne de prendre place dans toutes les bibliothèques de jeunes
> filles, à côté des modèles du genre. C'est un voyage en Chine au-
> quel on ne saurait faire qu'un reproche. c'est qu'il finit trop vite.

Mme S. LOCKROY.

LES FÉES DE LA FAMILLE. 1 beau volume in-8°, illustré par DE DONCKER. Relié, tranches dorées, 10 fr.; toile, tranches dorées, 8 fr.; broché.......................... 6 fr.

Recueil de contes bien composés et écrits avec un rare naturel. Ils ne renferment pas seulement de bonnes pensées, mais des pensées d'un ordre élévé; le merveilleux qui les enveloppe y est à dose acceptable même pour ceux qui voudraient le proscrire tout-à-fait. Il en rend la lecture très-attrayante pour les enfants qui l'aiment et qui ont bien raison, tandis que la pureté de la morale intelligente qui s'en dégage les fait goûter des parents.

JEAN MACÉ.

HISTOIRE D'UNE BOUCHÉE DE PAIN, illustrée par FRŒLICH. 1 vol. in-8°. Relié, tr. dor., 10 fr.; to.le, tr. dor.,8 fr.; br. 6 fr.

Un des chefs d'œuvre de notre temps, son succès universel en a fait un clasique de tous les pays. Chez M. Macé, l'homme de cœur, de goût et d'esprit est à la hauteur du savant. Ce livre avec les *Serviteurs de l'estomac* qui le complètent, a rendu non-seulement possible, mais attrayante, pour les jeunes filles et les jeunes garçons, l'histoire naturelle de l'être humain.

LES CONTES DU PETIT-CHATEAU, illustrés par BERTALL. 1 beau volume in-8°. Relié, tranches dorées, 10 fr.; toile, tranches dorées, 8 fr.; broché......................... 6 fr.

Ces *Contes* ont les qualités primesautières des *Contes de Perrault*, et sont pour les enfants des leçons plus directes et plus intelligibles. En même temps lecture singulièrement attachante par l'originalité des inventions, la vivacité, la pureté et l'entrain du style.

LE THÉATRE DU PETIT-CHATEAU. 1 beau volume in-8° sur vélin, illustré par FROMENT. Relié, tranches dorées, 10 fr.; toile, tranches dorées, 8 fr.; broché.................... 6 fr.

Un vrai théâtre pour les enfants de notre temps, gai, instructif, varié, sans rien de suranné ni de banal. Il peut se lire aussi bien que se jouer dans les familles et dans les institutions.

L'ARITHMÉTIQUE DU GRAND-PAPA (*Histoire de deux Petits. Marchands de pommes*), illustrations de YAN'DARGENT. 1 vol. in-8°. Relié, tranches dorées, 10 fr.; toile, tranches dorées, 8 fr.; broché.......................... 6 fr.

Charmant conte où les enfants peuvent apprendre en se jouant la numération, les quatre règles, les fractions, le système décimal et le système métrique. Ingénieux et original comme tous ceux de son auteur, ce livre est la meilleure préparation à l'étude aride de l'arithmétique, et la plus jolie sans comparaison sous le rapport littéraire.

MALOT (HECTOR).

ROMAIN KALBRIS, dessins de E. BAYARD. 1 vol. in-8, relié, tranches dorées, 10 fr.; toile, tranches dorées. 8 fr., broché............... .... 6 fr.

Une donnée de la plus grande simplicité, deux enfants pour per-

1..

sonnages principaux, tels sont les éléments d'où l'auteur a tiré ce livre heureux, un des plus charmants, des plus touchants et des mieux écrits qui puissent être mis sous les yeux de l'enfance et de la jeunesse.

MARELLE (CHARLES).

LE PETIT MONDE. 1 vol. in-8°, illustré de nombreux dessins et vignettes. Relié, tr. dor, 10 fr.; toile, tr. dor., 8 fr.; br.   6 fr.

Petits récits et apologues en vers, d'une naïveté charmante et d'un sentiment excellent. — Ce volume convient surtout aux enfants du premier âge.

MAYNE-REID.

WILLIAM LE MOUSSE, AVENTURES DE TERRE ET DE MER. 1 vol. in-8°, illustré par RIOU, relié, tranches dorées, 10 fr.; toile, tranches dorées, 8 fr.; broché.....................   6 fr.

LES JEUNES ESCLAVES. 1 vol. in-8, illustré par RIOU, relié, tranches dorées, 10 fr.; toile, tranches dorées, 8 fr.; broché.   6 fr.

LE DÉSERT D'EAU. 1 vol. in-8, illustré par BENETT, relié, tranches dorées, 10 fr.; toile, tranches dorées, 8 fr.; broché   6 fr.
(LE DÉSERT D'EAU *paraîtra fin septembre.*)

Il faut choisir dans l'œuvre abondante de Mayne-Reid. Les *Aventures de terre et de mer, William le mousse,* le *Désert d'eau,* les *Jeunes Esclaves,* ont pris place parmi ses chefs-d'œuvre.

DE MEISSAS (L'ABBÉ).
Chapelain de Sainte-Geneviève.

HISTOIRE SAINTE, comprenant l'Ancien et le Nouveau Testament, d'après les documents fournis par la Bible et les historiens de l'antiquité, avec nombreuses vignettes par GÉRARD SÉGUIN. 1 volume grand in-8, relié, tranches dorées, 12 fr.; toile, tranches dorées, 10 fr.; broché........   8 fr.

Excellent ouvrage d'enseignement religieux, qui est en même temps un excellent et très-entraînant livre d'histoire. Il présente, dans un ordre méthodique, tout l'ensemble des faits relatés dans les divers livres de l'Ancien et du Nouveau Testament. Œuvre d'un esprit sûr et distingué, il convient à tous les âges.

MULLER (EUGÈNE).

RÉCITS ENFANTINS, illustrés par FLAMENG. 1 volume in-8°. Relié, tranches dorées, 10 fr.; cart. toile, tranches dorées, 8 fr.; broché.......................................   6 fr.

Beaucoup de variété dans les sujets, une forme simple; récits aimables et très-attachants pour les enfants.

LA JEUNESSE DES HOMMES CÉLÈBRES, illustrations par
BAYARD. 1 vol. in-8°, relié, tranches dorées, 10 fr.; toile,
tranches dorées, 8 fr.; broché........................   6 fr.

Le livre de M. Eugène Muller est à la fois d'un érudit et d'un
conteur. On y sent les études sérieuses du bibliothécaire, et on y
retrouve la grâce et le charme de l'auteur de la *Mionette*.

NÉRAUD ET JEAN MACÉ.

BOTANIQUE DE MA FILLE, illustrations par LALLEMAND.
1 vol. in-8°, relié, tranches dorées, 10 fr.; cart. toile, tr.
dorées, 8 fr.; broché...............................   6 fr.

La Botanique de ma fille, ou de mon fils, ou la vôtre, convient à
tous les âges. C'est une perle égale peut-être dans sa spécialité à
l'*Histoire d'une Bouchée de pain*. Il est, en outre, par la richesse de
son illustration, un des plus remarquables de notre collection.

NOEL (EUGÈNE).

LA VIE DES FLEURS, illustrations de YAN'DARGENT. 1 volume
in-8°, relié, tranches dorées, 10 fr.; cart. toile, tranches
dorées, 8 fr.; broché...............................   6 fr.

Ouvrage très-bien écrit, excellent pour inspirer à la jeunesse et
à l'adolescence le goût de la botanique et préparer à son étude.

LOUIS RATISBONNE.

LA COMÉDIE ENFANTINE, couronnée par l'Académie fran-
çaise. (Livre dès à présent classique.) PREMIÈRES ET DER-
NIÈRES SCÈNES, RÉUNIES EN UN VOLUME IN-8°, AVEC TOUTES LES
GRAVURES DE FROMENT ET DE GOBERT de la première édition.
Relié, tr. dorées, 10 fr.; toile, tr. dorées, 8 fr.; broché....   6 fr.

Ce livre est le premier de la collection par la date et n'a pas de
rivaux par son succès. C'est la seule œuvre moderne, en vers, qui
ait réussi à devenir classique pour le jeune âge.

SAINTINE (X.-B.).

PICCIOLA, 41e édition, illustrée à nouveau par FLAMENG. 1 vol.
in-8°. Relié, tr. dor., 10 fr.; toile, tr. dor., 8 fr.; broché..   6 fr.

Un livre pour lequel toute apologie est depuis longtemps super-
flue; sain, touchant, aimable, gracieux, ne développant la sensibilité
que dans le sens le plus droit, le plus moral.

SCHULER (TH.), P. J. STAHL ET JEAN MACÉ.

LE LIVRE DES PETITS ENFANTS. 1 vol. in-8°, illustré, relié,
tr. dorées, 10 fr.; cart. toile, tr. dorées, 8 fr.; broché.....   6 fr.

Cet admirable petit ouvrage *illustré splendidement* des chefs-d'œuvre du célèbre artiste alsacien, M. Théophile Schuler, est le plus complet, le plus riche et le mieux conçu des alphabets qu'on ait jamais offert au premier âge. C'est le premier, c'est le meilleur livre à mettre entre les mains des enfants.

SAUVAGE (ÉLIE).

LA PETITE BOHÉMIENNE, illustrations par Frœlich. 1 vol. in-8. Relié, tr. dor., 10 fr.; toile, tr. dor., 8 fr.; broché...   6 fr.

Livre aimable dont le seul défaut est d'être beaucoup trop court.

SÉGUR (LE COMTE ANATOLE DE).

FABLES, illustrées par Frœlich. 1 beau vol. in-8°. Relié, tr. dorées, 10 fr.; cart. toile, tr. dorées, 8 fr.; broché......   6 fr.

Élégance et distinction de forme, morale aimable et solide, sentiments élevés, telles sont les qualités qui recommandent ce recueil. Tous les âges le liront avec autant de profit que de plaisir.

P. J. STAHL.

LA MORALE FAMILIÈRE (*couronnée par l'Académie française*). **CONTES ET RÉCITS** illustrés par Schuler, Bayard, de la Charlerie, Frœlich, etc. 1 vol. in-8°, relié, tranches dorées, 10 fr.; toile, tranches dorées, 8 fr.; broché........   6 fr.

Livre qu'un critique éminent a appelé « un petit chef-d'œuvre de goût et d'honnêteté, » et dont M. Villemain, dans son Rapport à l'Académie française, a dit : « Ces leçons de bon sens, de droiture, de franchise et d'honneur, sont accueillies par l'Académie du même prix et couronnées par elle dans le même rang que les œuvres de la philosophie la plus élevée. »

P. J. STAHL ET MULLER.

LE NOUVEAU ROBINSON SUISSE, revu et traduit par P.-J. Stahl et Muller, mis au courant de la science moderne par Jean Macé, environ 150 dessins de Yan'Dargent. 1 vol. gr. in-8°. Relié, tr. dor., 12 fr.; toile, tr. dorées, 10 fr.; broché.   8 fr.

En conservant toutes les qualités de l'ouvrage original, qui l'ont rendu si cher aux enfants, la nouvelle traduction en a fait disparaître les erreurs scientifiques, les longueurs et les autres défauts qui le déparaient. C'est maintenant un livre aussi scientifique, aussi sûr et aussi solide qu'il est intéressant et agréable. — L'édition actuelle a pris, même à l'étranger, la place de l'original ; c'est elle qu'on traduit partout.

P.-J. STAHL ET DE WAILLY (LÉON).

CONTES CÉLÈBRES DE LA LITTÉRATURE ANGLAISE, illustrations par Fath. 1 vol. in-8°. Relié, tranches dorées, 10 fr.; toile, tr. dorées, 8 fr.; broché.......................   6 fr.

Ce volume est un écrin, chaque conte est un diamant, un des plus grands succès de la collection.

ALBUMS - LIVRES EN COULEURS
IN-4°.

CHROMOTYPOGRAPHIE SILBERMANN

DESSINS DE FRŒLICH, TEXTES DE P.-J. STAHL.

ALPHABET DE Mlle LILI, relié toile, à biseaux........ 4 50
    Cartonné bradel.................................. 3 fr.
ARITHMÉTIQUE DE Mlle LILI, relié toile, à biseaux.. 4 50
    Cartonné bradel.................................. 3 fr.
MONSIEUR CÉSAR, relié toile, à relief............. 3 fr.
    Cartonné bradel.................................. 1 50
MOULIN A PAROLES, relié toile, à relief........... 3 fr.
    Cartonné bradel.................................. 1 50
HECTOR LE FANFARON, relié toile, à relief........ 3 fr.
    Cartonné bradel.................................. 1 50
JEAN LE HARGNEUX, relié toile, à relief........... 3 50
    Cartonné bradel.................................. 2 fr.
HISTOIRE D'UN AQUARIUM ET DE SES HABITANTS. 1 vol.
    grand in-8°, par E. Van Bruyssel, avec planches en 12 cou-
    leurs, chef-d'œuvre typographique imprimé par Silbermann
    de Strasbourg, d'après Becker et Riou. Prix : relié, tranches
    dorées à biseaux, 8 fr.; cartonné bradel................ 6 fr.

ALBUMS - LIVRES IN-8°.

L. FRŒLICH ET P. J. STAHL.

**Bibliothèque de la célèbre Mademoiselle Lili
et de son cousin Lucien.**

JOURNÉE DE Mlle LILI, relié toile, à biseaux........ 4 50
    Cartonné bradel.................................. 3 fr.
Mlle LILI A LA CAMPAGNE, relié toile, à biseaux...... 4 50
    Cartonné bradel.................................. 3 fr.

PREMIÈRES ARMES DE Mlle LILI, relié toile, à biseaux 4 50
    Cartonné bradel.................................... 3 fr.
VOYAGES DE DÉCOUVERTES DE Mlle LILI ET DE SON
        COUSIN LUCIEN, relié toile, à biseaux...... 7 fr.
    Cartonné bradel.................................... 5 fr.
VOYAGE DE Mlle LILI ET DE SON COUSIN LUCIEN
    AUTOUR DU MONDE, relié toile, à biseaux.. 7 fr.
    Cartonné bradel.................................... 5 fr.
MONSIEUR TOC TOC, relié toile, à biseaux.......... 4 50
    Cartonné bradel.................................... 3 fr.
LE PETIT DIABLE, relié toile, à biseaux............ 4 50
    Cartonné bradel.................................... 3 fr.
LE ROYAUME DES GOURMANDS, rel. toile, à biseaux 7 fr.
    Cartonné bradel.................................... 5 fr.
HECTOR LE FANFARON (bistre), relié toile, à biseaux........ 2 50
JEAN LE HARGNEUX (bistre), relié toile, à biseaux.......... 2 50
MADEMOISELLE PIMBÈCHE, relié toile, à biseaux.... 3 50
    Cartonné bradel.................................... 2 fr.
LE ROI DES MARMOTTES, relié toile, à biseaux...... 3 50
    Cartonné bradel .... 2 fr.
ZOÉ LA VANITEUSE, relié toile, à biseaux........... 2 50
    Cartonné bradel.................................... 1 fr.

FATH (GEORGES).

PIERROT A L'ÉCOLE, relié toile, à biseaux.......... 4 50
    Cartonné bradel.................................... 3 fr.

FROMENT ET P. J. STAHL.

HISTOIRE D'UN PAIN ROND, relié toile, à biseaux.... 4 50
    Cartonné bradel.................................... 3 fr.
LA PETITE PRINCESSE ILSÉE, relié toile, à biseaux.. 7 fr.
    Cartonné bradel.................................... 5 fr.

O. PLETSCH ET P. J. STAHL.

LES PETITES AMIES, relié toile, à biseaux.......... 4 50
    Cartonné bradel.................................... 3 fr.

MARIE (ADRIEN) ET P.-J. STAHL.

LE PETIT TYRAN, relié toile, à biseaux............. 4 50
    Cartonné, bradel.................................. 3 fr.

LANÇON.

CAPORAL, LE CHIEN DU RÉGIMENT, relié toile, à
    biseaux... 4 50
    Cartonné bradel................................. .3 fr.

HISTOIRE DU GRAND ROI COCOMBRINOS, dessins silhouettes enfantines, par MICK-NOEL, relié toile, à biseaux, 4 fr. 50,
cartonné bradel.................................... 3 fr.

MÉSAVENTURES DU PETIT PAUL, dessins silhouettes enfantines, par MICK-NOEL; relié toile, à biseaux.............. 3 50

AVENTURES SURPRENANTES DE TROIS VIEUX MARINS.
par GREENWOOD (JAMES), 1 volume-album grand in-4°, dessins par GRISET. Richement relié, 7 fr.; cartonné bradel. 5 fr.

    Livre très-amusant pour les yeux et très-récréatif comme lecture.
Spécimen remarquable de l'art et de l'esprit anglais appliqués à la
récréation de la jeunesse.

LORENTZ FRŒLICH.

BÉBÉ A LA MAISON, relié toile, à biseaux.......... 6 50
    Cartonné bradel................................. 4 fr.

BÉBÉ AUX BAINS DE MER, relié toile, à biseaux..... 6 50
    Cartonné bradel................................. 4 fr.

IN-18.

ALEXANDRE DUMAS.

LA BOUILLIE DE LA COMTESSE BERTHE, Vol. album
in-18, avec nombreux dessins, relié toile, 3 fr.; broché... 2 fr.

CHARLES NODIER.

TRÉSOR DES FÈVES ET FLEUR DES POIS, Vol. in-18,
avec nombreux dessins, relié toile, 3 fr.; broché........ 2 fr.

CONTES CHOISIS, illustrés des célèbres eaux-fortes de TONY
JOHANNOT. 2 vol., 3 fr. 50 chacun. Les deux............. 7 fr.

CHENNEVIÈRES (MARQUIS DE).

AVENTURES DU PETIT ROI SAINT LOUIS devant Bellesme.
Broché... 5 fr.

LE NOUVEAU MAGASIN DES ENFANTS.

4 SÉRIES GRAND IN-8.

Chaque série br. 10 fr. — Rel. tr. dorée, 14 fr.

Les Aventures de Tom Pouce, par P.-J. STAHL; 110 vignettes par BERTALL.

Trésor des fèves et Fleur des pois, par Charles NODIER; 61 vignettes par Tony JOHANNOT.

Histoire de la mère Michel et de son chat, par E. de LA BÉDOLLIÈRE; 84 vignettes par LORENTZ.

Vie de Polichinelle et de ses nombreuses aventures, par Octave FEUILLET; 87 vignettes par BERTALL.

La Bouillie de la comtesse Berthe, par Alexandre DUMAS; 142 vignettes par BERTALL.

Histoire d'un casse-noisette, par Alexandre DUMAS; 237 vignettes par BERTALL.

Les Fées de la mer, par Alphonse KARR; 66 vignettes par LORENTZ.

Aventures du prince Chènevis, par Léon GOZLAN; 100 vignettes par BERTALL.

Monsieur le Vent et Madame la Pluie, par Paul de MUSSET; 92 vignettes par Gérard SÉGUIN.

Histoire du véritable Gribouille, par George SAND; illustrée 67 dessins par Maurice SAND; gravures de H. DELAVILLE.

Le Prince Coqueluche, par Édouard OURLIAC; 80 vignettes par Gérard SÉGUIN.

La Révolte des Fleurs, par P.-J. STAHL, etc.

ÉTUDES
D'APRÈS LES GRANDS MAITRES

DESSINS ET LITHOGRAPHIES

Par A. COLIN

PROFESSEUR DE DESSIN A L'ÉCOLE POLYTECHNIQUE

Ouvrage adopté par le ministère de l'Instruction publique, à l'usage de Lycées et des Écoles.

Album in-follo : 20 planches,

PRIX : cartonné bradel . . . . 20 fr.
—   cartonné toile, avec titre doré . . . . 22 fr.

Chaque planche se vend séparément, collée sur carton, avec texte au dos.
Prix de chaque planche : 1 fr. 25.

PRIX — ÉTRENNES — BIBLIOTHÈQUES POPULAIRES — ETC.

3 Fr.   BIBLIOTHÈQUE   **4 Fr.**
Broché.   Cartonné.

D'ÉDUCATION ET DE RÉCRÉATION

VOLUMES IN-18

Brochés, **3 fr.** — Cartonnés toile, tranches dorées, **4 fr.**

ANDERSEN	Nouveaux contes suédois................	1 v.
BERTRAND (J.)	Les fondateurs de l'astronomie.........	1 v.
BIART (Lucien)	Aventures d'un jeune naturaliste.......	1 v.
BRACHET (A.).......	Grammaire historique (préface de LITTRÉ)	1 v.
BRÉHAT (de).......	Aventures d'un petit Parisien..........	1 v.
CARLEN (Émilie)	Un brillant Mariage	1 v.
CHERVILLE (de).....	Histoire d'un trop bon chien...........	1 v.
CLÉMENT (Ch.).....	Michel-Ange, Raphael, etc.............	1 v,
DURAND (Hip.).....	Les grands Prosateurs.................	1 v.
—	Les grands Poëtes....................	1 v.
ERCKMANN-CHATRIAN.	Le fou Yegof ou l'Invasion.............	1 v.
—	Madame Thérèse.....................	1 v.
—	Histoire d'un paysan (COMPLÈTE)........	4 v.
FOUCOU.............	Histoire du travail...................	1 v.
FRANKLIN (J.)	Vie des animaux (3 fr. 50 le vol.).......	6 v.
GRIMARD	Histoire d'une goutte de séve..........	1 v.
HIPPEAU (Mme)	Cours d'Économie domestique..........	1 v.
HUGO (VICTOR)......	Les Enfants.........................	1 v.
IMMERMAN	La blonde Lisbeth....................	1 v.
LA FONTAINE (JOUAUST)	Fables annotées par BUFFON (3 fr. 50)...	1 v.
LAVALLÉE (Th.).....	Les Frontières de la France...........	1 v.
—	Histoire de la Turquie................	2 v.
LEGOUVÉ (E.).......	Les Pères et les Enfants au XIXe siècle (ENFANCE ET ADOLESCENCE)...........	1 v.
—	Les Pères et les Enfants au XIXe siècle (LA JEUNESSE) (3 fr. 50)..............	1 v.
LOCKROY (Mme).....	Contes à mes nièces	1 v.
MACAULAY	Histoire et critique..................	1 v.

Macé (Jean)........	Histoire d'une Bouchée de pain........	1 v.
—	Les Serviteurs de l'estomac...........	1 v.
—	Contes du Petit Château..............	1 v.
—	Arithmétique du Grand-Papa..........	1 v.
Malot (Hector)....	Romain Kalbris....................	1 v.
Maury (commandant)	Géographie physique................	1 v.
Muller (Eugène)....	La Jeunesse des hommes célèbres.....	1 v.
Ordinaire.........	Dictionnaire de Mythologie...........	1 v.
—	Rhétorique nouvelle.................	1 v.
Pape-Carpantier(Mᵐᵉ)	Le secret des grains de sable.........	1 v.
Ratisbonne (Louis).	Comédie enfantine (ouvrage couronné)..	1 v.
Reclus (Élisée).....	Histoire d'un ruisseau..............	1 v.
Renard...........	Le fond de la mer..................	1 v.
Roulin (F.)........	Histoire naturelle..................	1 v.
... (Ch.)........	Petites Ignorances de la Conversation...	1 v.
—	La Bonté.........................	1 v.
Sayous...........	Conseils à une Mère sur l'éducation littér.	1 v.
—	Principes de Littérature.............	1 v.
Simonin..........	Histoire de la Terre................	1 v.
Stahl (P.-J.)......	Morale familière (ouvrage couronné)...	1 v.
Stahl et Muller....	Le nouveau Robinson suisse..........	1 v.
Thiers...........	Histoire de Law...................	1 v.
Verne (Jules)	Aventures du capitaine Hatteras :	
—	— Les Anglais au pôle Nord..........	1 v.
—	— Le Désert de Glace..............	1 v.
—	Cinq semaines en ballon.............	1 v.
—	De la Terre à la Lune..............	1 v.
—	Autour de la Lune.................	1 v.
—	Voyage au Centre de la Terre........	1 v.
—	Les Enfants du capitaine Grant :	
—	— L'Amérique du Sud..............	1 v.
—	— L'Australie....................	1 v.
—	— L'Océan Pacifique	1 v.
—	Vingt mille lieues sous les mers, 1ʳᵉ part.	1 v.
Wogan (de)...... ..	Voyages et Aventures...............	1 v.
Zurcher et Margollé	Les Tempêtes.....................	1 v.
—	Histoire de la navigation	1 v.
—	Le monde sous-marin...............	1 v.

La plupart de ces livres seront bientôt ornés de gravures, et coûteront 3 fr. 50 au lieu de 3 fr. à mesure qu'ils entreront dans la collection in-18 avec gravures, dont les ouvrages suivants sont les premiers parus.

SÉRIE DES VOLUMES IN-18, AVEC GRAVURES

Brochés, **3 fr. 50** — Cartonnés, tr. dorées, **4 fr. 50**

(Suite de la Collection *Éducation et Récréation.*)

BERTRAND (Alex.)...	Lettres sur les révolutions du globe......	1 v.
FARADAY (M.).......	Histoire d'une chandelle..............	1 v.
GRATIOLET (P.).....	De la physionomie....................	1 v.
MAYNE-REID	Aventures de terre et de mer..........	1 v.
—	Les jeunes esclaves...................	1 v.
—	Le Désert d'eau......................	1 v.
—	Les chasseurs de girafes..............	1 v.
PARVILLE (de)......	Un habitant de la planète Mars.........	1 v.
SILVA (de).........	Le Livre de Maurice..................	1 v.
TYNDALL	Dans les montagnes..................	1 v

SÉRIE IN-18. — PRIX DIVERS.

(Suite de la Collection *Éducation et Récréation.*)

CLAVÉ (J.)..........	Principes d'économie politique, in-18...	2 fr.
GRIMARD (Ed.)......	La Plante (2 vol.) (*en réimpression*)....	10 fr.
MACÉ (Jean)........	Théâtre du Petit Château	2 fr.
—	Arithmétique du Grand-Papa (éd. popul.)	1 fr.
—	Morale en action....................	1 fr.
—	Lettres d'un Paysan d'Alsace sur l'instruction obligatoire...............	» 30
—	Le Génie de la petite ville. 1 v. in-32..	» 25
—	Anniversaire de Waterloo, 1 vol. in-32..	» 15
—	Une carte de France — le Gulf-Stream.	» 25
—	La Ligue de l'enseignement, nos 1 à 4, à.	» 25
SOUVIRON	Dictionnaire des termes techniques	6 fr.
A. BRACHET........	Dictionnaire étymologique de la langue française (*sous presse*).............	8 fr.

COLLECTION HETZEL

HISTOIRE, POÉSIE, VOYAGES, ROMANS, LITTÉRATURE FRANÇAISE ET ÉTRANGÈRE

VOLUMES IN-18 A 3 FR.

BIART (Lucien).....	Le Bizco.............................	1 v.
—	Benito Vasquez.......................	1 v.
—	La Terre chaude......................	1 v.
—	La Terre tempérée....................	1 v.
—	Pile et Face.........................	1 v.
CHAMFORT.........	(Édition Stahl)......................	1 v.
COLOMBEY.........	Esprit des Voleurs...................	1 v.
DAUDET (Alphonse)..	Le petit Chose.......................	1 v.
—	Lettres de mon moulin................	1 v.
DEVIC (Marcel).....	Le roman d'Antar.....................	1 v.
DOMENECH (l'abbé)..	La Chaussée des Géants...............	1 v.
—	Voyage et aventures en Irlande.......	1 v.
DROZ (Gustave)....	Monsieur, Madame et Bébé.............	1 v.
—	Entre nous...........................	1 v.
—	Le cahier bleu de Mlle Cibot...........	1 v.
—	Autour d'une source.................	1 v.
—	Un paquet de lettres. *(Prix, 1 fr.; sur papier vergé, 3 fr.)*.................	1 v.
DURANDE (Amédée).	Carl, Joseph et Horace Vernet..........	1 v.
ERCKMANN-CHATRIAN.	Le Blocus............................	1 v.
—	Confidences d'un Joueur de Clarinette..	1 v.
—	Contes de la Montagne................	1 v.
—	Contes des bords du Rhin.............	1 v.
—	Contes populaires....................	1 v.
—	Le Fou Yegof.........................	1 v.
—	La Guerre............................	1 v.
—	Histoire d'un Conscrit de 1813........	1 v.
—	Histoire d'un Homme du peuple.......	1 v.
—	Histoire d'un Paysan, complète en......	4 v.

Les États généraux, 1789...... 1 v.
La Patrie en danger, 1792...... 1 v.
L'an I de la République, 1793..... 1 v.
Le citoyen Bonaparte, 1794-1815. 1 v.

Erckmann-Chatrian.	L'illustre docteur Mathéus	1 v
—	Madame Thérèse	1 v.
	— *Édition allemande, avec les dessins hors texte, 1 vol., 3 fr.*	
—	La Maison forestière	1 v.
—	Maître Daniel Rock	1 v.
—	Waterloo	1 v.
Esquiros (Alph.)...	L'Angleterre et la vie anglaise	5 v.
Favre (Jules)	Discours du Bâtonnat	1 v.
Flavio	Où mènent les Chemins de traverse	1 v.
Genevray	Une cause secrète	1 v.
Gournot	Essai sur la jeunesse contemporaine	1 v.
Gozlan (Léon)	Émotions de Polydore Marasquin	1 v.
Gramont (comte de)	Les Gentilshommes pauvres	1 v.
—	Les Gentilshommes riches	1 v.
Janin (Jules)	La fin d'un Monde. Le neveu de Rameau	1 v.
—	Variétés littéraires	1 v.
Lavallée (Théophile)	Jean-sans-Peur	1 v.
Malot (Hector)	Les Amants	1 v.
—	Un Beau-frère	1 v.
Muller (Eugène)...	La Mionette	1 v.
Morale universelle.	Esprit des Allemands	1 v.
—	— Anglais	1 v.
—	— Espagnols	1 v.
—	— Grecs	1 v.
—	— Italiens	1 v.
—	— Latins	1 v.
—	— Orientaux	1 v.
Olivier (Just)	Le Batelier de Clarens	2 v.
Pichat (Laurent)...	Gaston	1 v.
—	Les Poëtes de combat	1 v.
—	Le Secret de Polichinelle	1 v.
Poujard'hieu	Les Chemins de fer	1 v.
—	La Liberté et les intérêts matériels	1 v.
Princesse palatine..	Lettres inédites (traduites par Rolland)	1 v.
Proudhon (P. J.)...	La Guerre et la Paix (2 vol. à 3 50)	2 v.
Quatrelles	Voyage autour du grand monde	1 v.
Rive (de la)	Souvenirs sur M. de Cavour	1 v.
Robert (Adrien)	Le Nouveau Roman comique	1 v.
Roqueplan	Parisine	1 v.
Sand (George)	Promenades autour d'un village	1 v.

Stahl (P. J.).......	Les bonnes fortunes parisiennes :	
—	— Les Amours d'un Pierrot..........	1 v.
—	— Les Amours d'un Notaire..........	1 v.
—	Histoire d'un Homme enrhumé........	1 v.
—	Voyage d'un Étudiant...............	1 v.
Texier et Kæmpfen..	Paris, capitale du monde.............	1 v.
Tourguéneff........	Dimitri Roudine....................	1 v.
—	Fumée (préface de Mérimée)..........	1 v.
—	Une nichée de gentilshommes.........	1 v.
—	Nouvelles moscovites................	1 v.
Wilkie Collins.....	La Femme en blanc..	2 v.
—	Sans Nom..........................	2 v.

LIVRES IN-18 EN COMMISSION (3 F.).

Anonyme...........	Mary Briant........................	1 v.
Arago (Étienne)....	Les Bleus et les Blancs.............	2 v.
Argis (Jules d')....	Les six Mariages de Henri VIII........	1 v.
Baignières.........	Histoires modernes..................	1 v.
—	Histoires anciennes.................	1 v.
Bastide (A.)........	Le Christianisme et l'Esprit moderne...	1 v.
Berchère..........	L'Isthme de Suez...................	1 v.
Boullon (E.).......	Chez Nous.........................	1 v.
Bugeaud (Jérôme)...	Jacquet-Jacques....................	1 v.
Carteron (C.)......	Voyage en Algérie..................	1 v.
Chauffour........	Les Réformateurs du xvⁱᵉ siècle........	2 v.
Dollfus (Charles)...	La Confession de Madeleine............	1 v.
Duvernet..........	La canne de Mᵉ Desrieux.............	1 v.
Favier (F.)........	L'Héritage d'un Misanthrope..........	1 v.
Fervel............	Histoire de Nice et des Alpes-Maritimes.	1 v.
Fos (Maria de).....	Les Cercles de feu..................	1 v.
Grenier...........	Poëmes dramatiques.................	1 v.
Habeneck (Ch.)....	Chefs-d'œuvre du Théâtre espagnol.....	1 v.
Huet (F.)..........	Histoire de Bordas Dumoulin..........	1 v.
Lancret (A.).......	Les Fausses Passions................	1 v.
Lavalley (Gaston)..	Aurélien..........................	1 v.
Laverdant (Désiré).	Don Juan converti..................	1 v.
—	Les Renaissances de Don Juan.........	2 v.
Lefèvre (André)....	La Flûte de Pan....................	1 v.
—	La Lyre intime.....................	1 v.
—	Les Bucoliques de Virgile............	1 v.
Lezaack (Dʳ).......	Les Eaux de Spa....................	1 v.
Mendès (Catulle)....	Philomela.........................	1 v.
Réal (Antony).....	Les Atomes........................	1 v.

SIMONIN (Louis).....	Les pays lointains.....................	1 v.
STEEL.............	Haôma........................	1 v.
VALLORY (Mme)......	A l'aventure en Algérie..............	1 v.
VALOIS (DE)........	Le Mexique, la Havane et Guatemala...	1 v.
—	Papier perdu.......................	1 v.
WORMS DE ROMILLY..	Horace (traduction).................	1 v.

VOLUMES IN-18 À **1** FR. **50.**

BIBLIOTHÈQUE DE LA VILLE ET DE LA CAMPAGNE
Œuvres variées, Romans, Voyages
121 OUVRAGES — 144 VOLUMES

ASSOLANT (Alfred)...	Aventures de Karl Brunner...........	1 v.
—	Une ville de Garnison................	1 v.
AUDEBRAND........	Schinderhannes......................	1 v.
BAYEUX (Marc)	La Sœur aînée.....................	1 v.
BELLOY (de).......	Les Toqués	1 v.
BERNARD (de).......	Les frais de la Guerre..............	1 v.
—	Pauvre Mathieu.....................	1 v.
—	Les stations d'un Touriste...........	1 v.
BERTRAND (L. A.)...	Les mémoires d'un Mormon...........	1 v.
BOCAGE...........	Les Puritains de Paris..............	6 v.
BORIE (Victor)......	L'année rustique (1862-1863)..........	2 v.
BOSQUET (Émile)....	Louise Meunier.....................	1 v.
BRÉHAT (Alfred de).	Les Chauffeurs indiens..............	1 v.
—	Les chemins de la vie..............	1 v.
—	Un drame à Calcutta.................	1 v.
—	Histoires d'Amour	1 v.
—	Les petits Romans..................	1 v.
—	Les jeunes amours.................	1 v.
CHAMPFLEURY.......	Le Violon de faïence................	1 v.
CHARLES (J.-N.).....	Entretiens de Gœthe et d'Eckermann...	1 v.
CHERVILLE (Mis de).	Aventures d'un chien de chasse........	1 v.
COLOMBEY..........	Histoire anecdotique du Duel..........	1 v.
—	Les Originaux de la dernière heure.	1 v.
DELMAS DE PONT-JEST.	Bolino le Négrier	1 v.
DELTUF (Paul)......	Adrienne.	1 v.
—	La comtesse de Silva................	1 v.
—	La Femme incomprise...............	1 v.
—	Les Femmes sensibles..............	1 v.
—	Jacqueline Voisin	1 v.
—	Mademoiselle Fruchet.....	1 v.

Melville (White)...	L'Interprète........................	2 v.
Mendellsohn.......	Lettres inédites......................	1 v.
Monnier (Marc)....	Garibaldi...........................	1 v.
Monnier (Henry)....	La Religion des Imbéciles.............	1 v.
Muller (Eugène)...	Contes rustiques.....................	1 v.
—	La Driette..........................	1 v.
—	Madame Claude.....................	1 v.
—	Pierre et Mariette...................	1 v.
Olivier (Just)......	Le Pré aux Noisettes.................	1 v.
Paul (Adrien)......	Les Duels de Valentin................	1 v.
—	Blanche Mortimer	1 v.
—	Une dette de jeu.....................	1 v.
—	Un Anglais amoureux.................	1 v.
Perret (Paul)......	Dame Fortune.......................	1 v.
—	Mademoiselle du Plessé	1 v.
Poe (Edgar).......	Contes inédits.......................	1 v.
Ponroy (Arthur)....	Le Présent de Noces.................	1 v.
Radiguet (Max)	Les Derniers Sauvages.	1 v.
—	La Princesse Sophie.................	1 v.
Robert Houdin......	Les Tricheries des Grecs.............	1 v.
Ruffini	Découverte de Paris.................	1 v.
Sala (G.)	La Dame du premier.................	2 v.
Sand (George).....	Les Amours de l'Age d'or.	1 v.
—	Autour de la table...................	1 v.
—	Beaux Messieurs de Bois-Doré........	2 v.
—	Constance Verrier...................	1 v.
—	Les Dames vertes...................	1 v.
—	Flavie.............................	1 v.
—	Souvenirs et impressions littéraires....	1 v.
—	Théâtre complet.....................	3 v.
Scholl (Aurélien) ..	Les Amours de Théâtre...............	1 v.
—	Aventures romanesques	1 v.
—	Histoire d'un premier amour..........	1 v.
Scudo (P.).........	La Musique en l'année 1862..........	1 v.
Siebecker.........	Physiologie des chemins de fer........	1 v.
Texier (Edmond)...	Choses du temps présent.............	1 v.
Trois buveurs d'eau.	Histoire de Murger..................	1 v.
Vialon (Prosper)....	L'Homme au Chien muet..............	1 v.
Viard (Jules).......	Petites joies de la vie humaine.........	1 v.
Vignon (Claude)....	Les Complices......................	1 v.
—	Un Drame en province...............	1 v.
—	Jeanne de Mauguet..................	1 v.

Vignon (Claude)....	Récits de la vie réelle................	1 v.
—	Victoire Normand.................	1 v.
Villemot (Aug.)....	La vie à Paris...................	2 v.
Wailly (de)........	Romans champêtres irlandais...........	4 v.
Wilkie-Collins.....	Armadale....................	2 v.
—	Une poignée de Romans.............	2 v.
Wood (Mᵐᵉ)........	Lady Isabel...................	2 v.
Zola (Émile)......	Contes à Ninon.................	1 v.

VOLUMES IN-18 A PRIX DIVERS

Berthet (André)....	Mes Lunes (*Boutades d'un sceptique*).	2 fr.
A. Decourcelle.....	Les Formules du docteur Grégoire (*Dictionnaire du Figaro*).............	2 fr.
Erckmann-Chatrian.	Le Juif polonais, pièce en 3 actes.....	1 50
Merson (Olivier)....	Ingres, sa vie et ses œuvres, avec sa photographie. 1 vol. (in-32)........	1 50
Mickiewitz (Adam)..	Histoire populaire de la Pologne......	5 fr.
Nadar.............	Le droit au vol.................	1 fr.

LIVRES EN COMMISSION.

Anonyme..........	Mademoiselle Segeste.............	2 fr.
Antully (Albéric d').	Fantaisie...................	2 fr.
Bruière (S.).......	Une saison en Allemagne...........	1 fr.
Guimet (Émile).....	Croquis égyptiens...............	3 50
—	L'Orient d'Europe au fusain, in-18....	2 fr.
Laussedat (Dʳ)......	Une Cure au Mont-Dore...........	2 fr.
Schnéegans (A.)....	Contes. 1 vol. in-18	2 fr.

VOLUMES IN-8° A PRIX DIVERS

About (Edmond)....	Rome contemporaine.............	5 fr.
—	La Question romaine	4 fr.
Bertrand (J.)......	Arago et sa vie scientifique.........	1 fr.
—	Les Fondateurs de l'Astronomie......	6 fr.
—	L'Académie et les Académiciens......	7 50
Blanc et Artom.....	OEuvre parlementaire du cᵗᵉ de Cavour.	7 50
Lafond (Ernest)....	Les contemporains de Shàkspeare :	
	Ben Johnson (2 vol.), à..........	6 fr.
	Massinger —	6 fr.
	Beaumont et Fletcher...........	6 fr.
	Webster et Ford.............	6 fr.
Richelot..........	Gœthe, ses mémoires et sa vie (4 vol.) à	6 fr.
Strauss (D.-F.)....	Nouvelle vie de Jésus (traduite par Ch. Dollfus et A. Nefftzer), 2 vol à......	6 fr.

LIVRES EN COMMISSION.

ANONYME..........	Le prisme de l'Ame.................	6 fr.
—	Rome...................	6 fr.
FOLEY (E.)........	Quatre années en Océanie	3 fr.
LAVERDANT (Désiré)..	Appel aux Artistes.................	1 fr.
PAULTRE (E.)......	Capharnaüm...................	6 fr.
PFAU (Louis)........	Études sur l'art...................	5 fr.
PIRMEZ............	Jours de solitude, 1 vol. in-8........	6 fr.
RATISBONNE (Louis)..	Les figures jeunes.................	5 fr.
RAYNALD	Histoire de la Restauration..........	5 fr.
RIVE (DE LA).......	Souvenirs sur M. de Cavour.........	6 fr.
SACRÉ et OUTREBON..	Égypte et Ismail-Pacha.............	6 fr.

Volumes in-32 à 1 fr.
Cartonnés, 1 fr. 25.

J. AYCARD.—Diamant de famille. 4 vol.
— Les Gentlemen de gr. chemin 2 vol.
BAISSAC. — Les Femmes dans les temps anciens........... 1 vol.
— Les Femmes dans les temps modernes................. 1 vol.
DE BALZAC. — Les Femmes... 1 vol.
E. DE LA BÉDOLLIÈRE. — Histoire de la Mode en France...... 1 vol.
A. DE BELLOY — Physionomies contemporaines........... 1 vol.
— Portraits et souvenirs...... 1 vol.
BERTIN.— La Sagesse de la Mère l'Oie................... 1 vol.
BOUGEARD.—Moralistes oubliés. 1 vol.
CHAMPFLEURY. — M. de Bois-d'hyver.... .... 3 vol.
DEQUET. — Abeille........... 1 vol.
EM. DESCHANEL.— Le Mal qu'on a dit des Femmes.......... 1 vol.
— Le Bien et le Mal qu'on a dit des Enfants............. 1 vol.
— Le Bien qu'on a dit de l'Amour. 1 vol.
— Le Mal qu'on a dit de l'Amour. 1 vol.
— Histoire de la Conversation.. 1 vol.
EYMA (Xavier). — Excentricités américaines .... 1 vol.
THÉOPHILE GAUTIER. — Avatar. 1 vol.
— La Jettatura.............. 1 vol.

GOLDSMITH. — Voyage d'un Chinois en Angleterre...... 1 vol.
LÉON GOZLAN. — Une Soirée dans l'autre Monde......... 1 vol.
F. DE GRAMONT — Comment on vient, comment on s'en va. 1 vol.
— Comment on se marie...... 1 vol.
JOLIET. — Esprit de Diderot.. 1 vol.
LARCHER ET JULIEN.—Ce qu'on a dit de la fidelité et de l'infidélité................. 1 vol.
HENRY MONNIER. — Comédies bourgeoises................ 1 vol.
— Galerie d'Originaux........ 1 vol.
— Les Bourgeois aux Champs. 1 vol.
— Croquis à la plume........ 1 vol.
MONSELET. — Cuisinière poétique................... 1 vol.
— Musée secret de Paris...... 1 vol.
ALFRED DE MUSSET et P. J. STAHL. — Voyage où il vous plaira. 10e édition............ 1 vol.
EUG. NOËL.— La Vie des Fleurs et des Fruits............. 1 vol.
— Rabelais................. 1 vol.
PAUL PERRET.—Légendes amoureuses de l'Italie........... 1 vol.
L. RATISBONNE.— Au Printemps de la vie................ 1 vol.

En réimpression :

ÉDOUARD GRENIER. — Le Renard, de Goethe........... 1 vol.
HENRY MONNIER. — Les Petites Gens .... 1 vol.
— Scènes parisiennes........ 1 vol.
ALFRED DE MUSSET. — Mimi Pinson.................. 1 vol.

P. J. STAHL. — Bijoux parlants. 1 vol.
— Histoire d'un Prince....... 1 vol.
— L'Esprit des Femmes....... 1 vol.
— L'Esprit de Voltaire .... 1 vol.
— Bêtes et Gens........... 1 vol.
— Théorie de l'Amour et de la Jalousie .... 1 vol.

LIVRES D'AMATEURS

GRAND LUXE
ÉDITIONS ILLUSTRÉES

CONTES DE PERRAULT, illustrés par GUSTAVE DORÉ, la grande
édition in-folio. Reste quelques exemplaires à............ 100 fr.

DAPHNIS ET CHLOÉ. Traduction d'AMYOT, complétée par
P. L. COURIER. 42 compositions au trait, en couleur, dans le
texte, par BURTHÉ. Préface par AMAURY DUVAL. Magnifique
édition in-folio en deux couleurs, imprimée par CLAYE.... 50 fr.

LEMERCIER (ALFRED) et BOCQUIN. — GAVARNI, aquarelles
fac-simile (chromolithographies), album en feuilles composé
de 6 planches. Prix................................. 30 fr.

GAVARNI. — OEUVRES CHOISIES, album in-folio. Cartonné.... 22 fr.
Quelques exemplaires seulement.

GRANDVILLE et KAULBACH. — OEUVRES CHOISIES, album
in-folio. Broché...................................... 20 fr.
—   —   Cartonné............................ 22 fr.

L'ORAISON DOMINICALE, dessins de FROELICH. Album in-4°,
contenant 10 planches à l'eau-forte, relié toile.......... 18 fr.

Édition anglaise, au même prix.

SEPT FABLES DE LA FONTAINE, dessins de FROELICH. Album
in-4°, illustré de 10 planches, broché................. 5 fr.

LES RICHESSES GASTRONOMIQUES DE LA FRANCE. —
LORBAC (CH. DE), texte. — LALLEMAND (CH.), illustrations :
LES VINS DE BORDEAUX, 1ʳᵉ partie. *Généralités, culture, ven-
danges, classification, châteaux vinicoles.* CRUS CLASSÉS.
Broché.. 25 fr.
— SAINT-ÉMILION, *son histoire, ses monuments et ses vins.*
Broché.. 8 fr.

ROMANS CHAMPÊTRES, par GEORGE SAND. 2 beaux vol. in-8°,
illustrés par T. JOHANNOT, se vendant séparément. 1 vol.
relié, tranches dorées, 14 fr.; broché................... 10 fr.

Ce qui est sorti de plus exquis de cette plume célèbre.

EN PRÉPARATION :

Agassiz...............	Manuel de zoologie. Traduit par Elisée Reclus.........................	1 v.
Arago (Étienne)....	Un Demi-siècle......................	3 v.
Dana	Manuel de géologie et de minéralogie...	2 v.
Du Temple........	Traité de mécanique usuelle...........	1 v.
Flammarion (Camille)	Histoire du ciel.....................	1 v.
Foucou-Tyndall.....	Les Glaciers, de Tyndall..............	2 v.
Grimard...........	Jardin des Plantes	1 v.
—	Jardin d'Acclimatation	1 v.
Griset (Ernest)	Aventures de la vie sauvage	1 v.
Hirtz (Mlle)........	Vêtements de femmes................	1 v.
Lacome	La musique mise à la portée des enfants.	1 v.
Malot (Hector)......	L'Enfant du tour de France...........	1 v.
Marsh (George-P.)..	L'Homme et la Nature , traduit par Mackintosh et Élisée Reclus.........	1 v.
Maury (commandant)	Leçons de géographie................	1 v.
Muller.............	Morale en action par l'histoire.........	1 v.
—	Les Filles du sonneur................	1 v.
North Peat........	Les Merveilles de la science...........	1 v.
Ordinaire..........	Histoire de la littérature française......	1 v.
Paris (Gaston)......	Histoire de la Langue française........	1 v.
Sandeau (Jules).....	La Roche aux mouettes..............	1 v.
Scherer	Cours complet de littérature française..	10 v.
Stahl et de Wailly.	Les enfants en Amérique..............	2 v.
Tissandier.........	L'air..............................	1 v.
Van Bruyssel	Les clients d'un vieux poirier	1 v.
Verne (Jules).......	Une Ville flottante..................	1 v.
—	Vingt mille Lieues sous les mers, 2e v. in-18	1 v.
—	Découverte du Monde, Hist. des grands voyages et des grands voyageurs....	1 v.
—	L'Oncle Robinson....................	1 v.
Wood (Mme).......	Aventures d'un griffon................	1 v.

ÉDITIONS POPULAIRES ILLUSTRÉES GRAND IN-8.

VOYAGE OU IL VOUS PLAIRA, par Alfred de Musset et P.-J. Stahl, illustré par Tony Johannot.

LES MILLE ET UNE NUITS, illustrées par Gustave Doré.
ALBUMS Frœlich, Froment, Richter, Detaille, Marie, O. Pletsch, Yundt, Cham, Lançon, Bertall, etc., etc.

LISTE DES AUTEURS

ET DESSINATEURS.

PARIS. — J. CLAYE, IMPRIMEUR, 7, RUE SAINT-BENOIT. — [1103]

CLAYE, IMPRIMEUR, 7, RUE SAINT-BENOIT

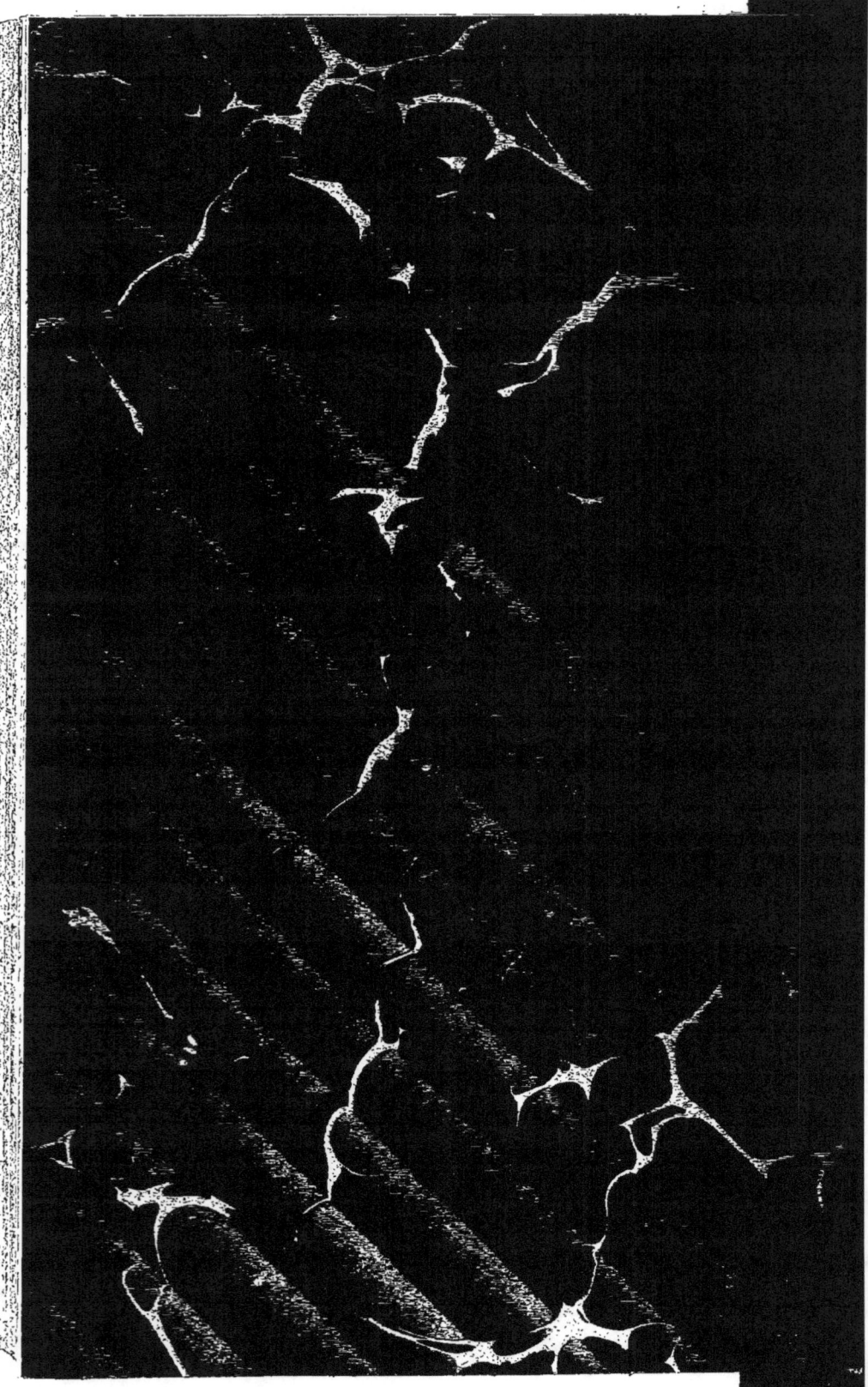

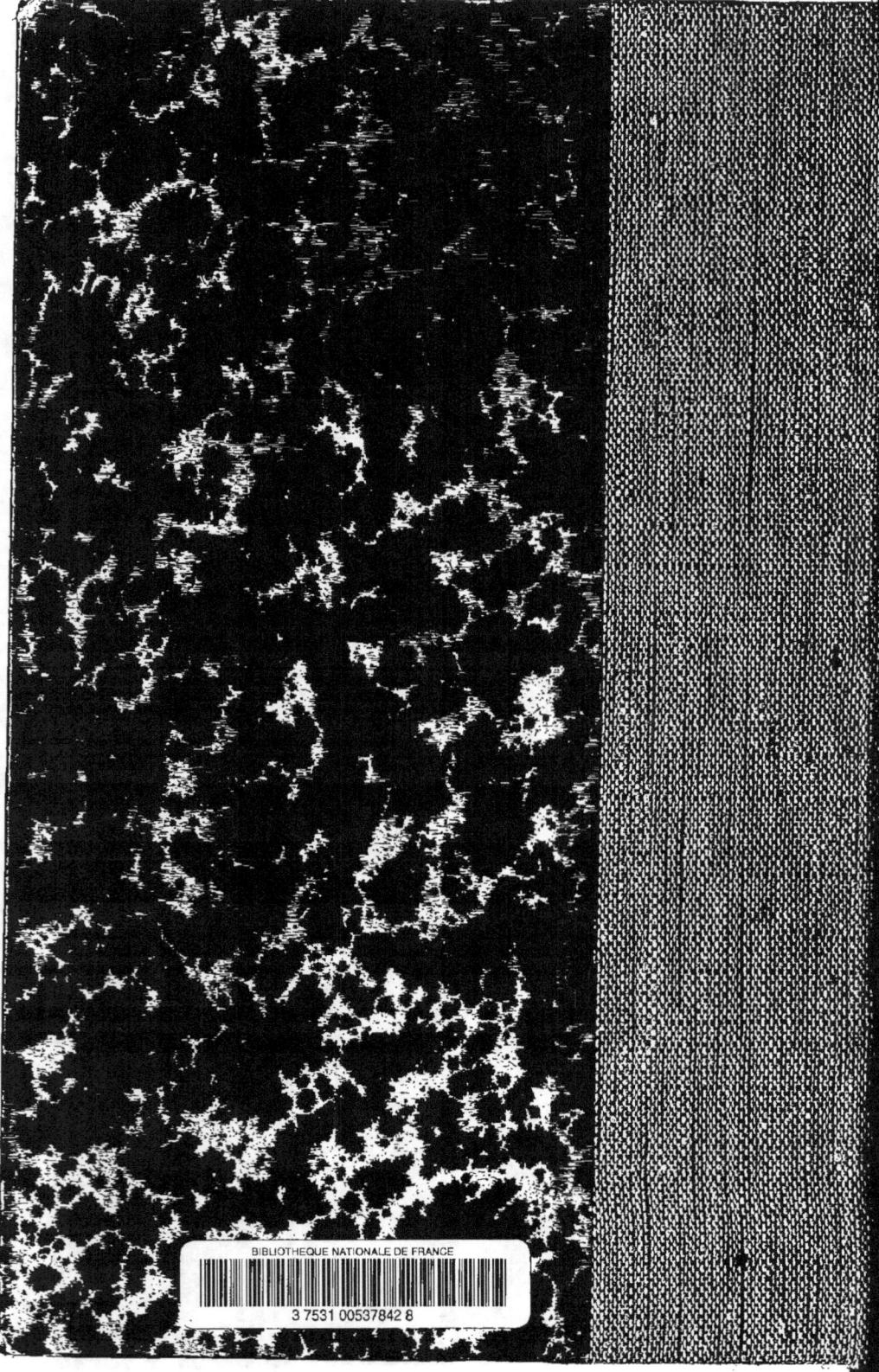